ZHONGGUO DIQU CHANYE ZHUANYI

中国地区产业转移

俞国琴 著

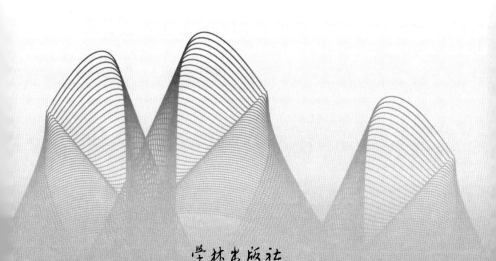

学林出版社

目　　录

第一章 导 论

第一节 选题的目的与意义

改革开放以来,我国地区产业结构关系始终存在一定的矛盾与冲突,而且地区产业结构不协调诱发和加剧了许多微观和宏观经济领域的问题,对国家整个经济的发展带来了一定的负面影响。

随着我国经济改革的不断深入、中国加入 WTO 和世界产业结构调整步伐的加快,产业结构的调整不是在一个国家内部封闭地进行,而是要融入世界经济整体之中来进行。我国国内地区产业结构的相互冲突与摩擦肯定会不利于提高全国的整体国际竞争实力,不利于国内统一市场的形成,不利于产业结构的战略性调整,也不利于各区域本身优势的发挥。

如何有效遏制我国地区产业结构存在的矛盾,长期以来是理论界讨论的热点。本文拟从产业转移着手对中国东中西部地区的产业结构作一探讨。

本文的选题,主要基于以下几方面的考虑:

一、国际产业转移的新特点及其对我国地区产业的影响

产业国际转移是经济全球化进程的一个重要组成部分。产业国际化转移这种现象的产生是多种因素促成的,主要是生产要素之间的差异(劳动力成本、自然资源禀赋、产业技术水平、知识

创新能力)、不同国家的经济发展阶段、国际市场的状况等。产业的国际转移的实质是生产要素在全球范围内的重新组合。①②

国际产业转移,既是发达国家调整产业结构、实现全球战略的重要手段,也是发展中国家改造和调整产业结构、实现产业升级和技术进步的重要途径。研究国际产业转移的特征和分析国际产业转移对我国经济发展的影响,并据此重新制定和调整我国地区的产业结构,对我国地区产业和经济的发展都具有一定的意义。

1. 国际产业转移的新特点

(1) 国际产业转移结构高度化

在世界经济增长中,特别是发达国家的经济增长中,知识因素的贡献越来越显著。知识经济的发展,不仅加速了发达国家产业结构的知识化、高度化发展,而且也使国际产业转移呈现出高度化趋势。国际产业转移的重心开始由原材料工业向加工工业、由初级产品工业向高附加值工业、由传统工业向新兴工业、由制造业向服务业转移,高新技术产业、金融保险业、贸易服务业、电讯、信息等日益成为国际产业转移的重点。③

传统的直接投资以产业结构转换导向型和资源开发导向型投资为主,大多以制造业和采矿业为对象,以追求低廉劳动力要素成本或质高价廉原材料、能源、中间性产品等或以获取更大幅度产品增加价值为基础的销售收益和资本收益最大化为直接投资目的。但现今的国际产业转移的投资方式开始向技术创新导向型投资和产业国际转移型投资转变。研究开发和第三产业对外直接投资额迅速增加,投资比例增加。

---

① 何方:《关于经济全球化的几个问题》,《世界经济》1998年第8期。

② Mark Casson. Enterprise and Competitiveness. Oxford: Clarendon Press, 1990.

③ 何立新、张秋:《试论国际产业转移与我国产业升级》,《商丘师范学院学报》2001年第5期。

（2）国际产业转移的跳跃性

历史上，跨国企业的国际化的发展进程带有线性推进的特征。多数企业都是遵循着产品生命周期的顺序开始其国际化的。随着世界经济全球化，越来越多的企业更重视采用新的技术与新的市场进入方法。在企业内国际分工的前提下，价值增值链的任何部分均可安排在能为提高公司整体业绩做出最大贡献的地方。许多跨国公司的老牌制造业和服务业通过缩短贸易、技术转让、投资等阶段之间的时间或直接跃向对外直接投资，加快国际化进程。兼并和收购使跳跃式发展变得更为简便易行。国际化发展顺序可以从跨国公司体系内的任何部位开始，亦即不再仅限于本国，国外子公司也可以从事发明和生产活动。唯一不同的是，国外子公司获得产品管理与营运的授权，为整个公司体系负责某一产品、产品群或企业行为（包括研究、开发与营销在内）的全部事项。①

（3）跨国公司成为国际产业转移的主体

目前全球跨国公司的总数已超过 6.3 万家，其设在海外的子公司达 70 多万家。跨国公司通过企业购并、股权控制、技术工艺、知识产权和管理资源的优势等手段对关联产业进行控制，从而实现对产业转移主导权的操纵，以获取最大的垄断利润。甚至开始向发展中国家转移高技术产品生产过程中的某个工序，即在以跨国公司为载体的国际产业转移中，垂直型产业转移占主导，而水平产业转移也日趋增多。②

（4）国际产业转移呈现多梯度性

随着以美国为首的西方发达国家正在经历从工业经济向信

①　原小能：《国际产业转移规律和趋势分析》，《上海经济研究》2004年第 2 期。

②　吴伟萍：《广东承接新一轮国际产业转移的策略研究》，《国际经贸探索》2003 年第 3 期。

息经济的过渡,世界范围内的产业结构调整和产业转移呈现出多梯度性。发达国家或地区在转移本国或本地区无竞争优势的劳动密集型产业的同时,开始转移资本技术双密集的产品生产。例如,发达国家的汽车生产厂家开始向发展中国家转移汽车生产,或是同当地企业合资或是独资生产。有的跨国公司甚至把汽车的设计研究开发部分转移到发展中国家。一些微电子公司看到发展中国家拥有数量相当可观的智力资源,甚至把部分研究开发工作转移到发展中国家,如微软公司、IBM 公司等相继在我国设立研究院。发展和利用跨国公司的能力将成为今后促进世界各国经济发展和提高国际竞争力的重要因素,成为发展中国家接纳国际产业转移、实现产业结构转型和升级的重要契机。①②

2. 国际产业转移对我国产业的影响

随着我国经济的持续增长,再加上巨大的市场潜力,我国逐步成为吸纳全球产业转移的中心地带。从全球海外直接投资(FDI)的布局看,我国 2002 年共批准设立外商投资企业 34 171家,比上年增加 31%;实际利用外资突破 500 亿美元,这是我国自改革开放以来首次超过美国,成为吸收外商直接投资的"第一大国"。③

全球 500 强企业和世界三大经济体以及东南亚的许多企业,近年来也都纷纷将生产基地迁往我国。如日本、韩国、美国等国家,正在把 IT、汽车、机械等成熟产业向我国沿海地区转移,使我国的产业结构进入了一个新的提升期。

(1) 不同步性的技术转移和产业转移规模。当前由于科技创

---

① 潘伟志:《论经济全球化与加快产业转移》,《生产力研究》2003 年第 4 期。

② 何立新、张秋:《试论国际产业转移与我国产业升级》,《商丘师范学院学报》2001 年第 5 期。

③ 胡兴华:《新一轮国际产业转移与我国的发展机遇》,《经营与管理》2004 年第 4 期。

新的发展导致产业间和产业内的分工细化,发达国家在加大国际产业转移规模的同时,往往把技术密集较高的和技术性较强的研究开发、设计以及设备维修等关键环节掌握在本国母公司中,而将制造、组装等次要环节转移到新兴工业化国家或发展中国家。这种转移虽然使其规模扩大,但是技术含量并没有增加或增加不多,而且并未与产业转移规模同步变化。这反映出发达国家以技术和资本控制着国际产业转移中摄取市场利润的比较优势,同时也反映出发达国家在其相应产业高度化后对发展中国家乃至全球市场利润的控制力,这为我国进行新型工业化提供了良好的借鉴。①

　　(2) 新的国际产业转移推动了我国资本密集型产业的发展。根据摩根斯坦利公司在 2002 年的报告预期,我国在 20 世纪 80 至 90 年代发展之后,已经主导了全球轻型制造业的生产和市场。在 21 世纪头 10 年中,我国将进入另一波的出口扩张期。这轮出口扩张的主要产品将是资本密集制造业的产品。而引领这次出口扩张的将是西方跨国公司的资本密集制造业转移我国。据测算,我国目前具有高学历(大学)以上人口 4 000 万,每年大学毕业的人口 260 万,完全可以满足西方跨国公司资本密集制造业的需求。由于我国工程师的成本与西方国家有着巨大的差距,因此,我国低廉的工程师成本使得投资我国的资本密集制造业有着极大的利益。由此我国新一轮的以资本密集制造业为主导的出口扩张将具有极大的竞争能力。②

　　(3) 外资引入扩大了我国对国际产业转移的吸纳规模。根据联合国《1992 年世界投资报告》,外资对东道国技术进步的直接作用是,它可以通过技术溢出提高要素生产率,改变产品结构特别是出口产品结构,促进国外分支机构进行研究与开发,引起

①② 周继红、李建:《论国际产业转移与我国新型工业化》,《改革论坛》2003 年第 6 期。

组织创新,提高管理水平;间接作用则要通过与当地研究与开发机构合作、向当地后向与前向合作者转移技术、通过外国机构的出现对竞争和当地生产率的影响及受训人员总数等表现出来。① 作为产业结构优化的决定性因素,外资的技术转让是其产业带动效应的核心,它可以直接或间接地引起特定区域的要素重组和要素生产率的提高。② 外资的引入不仅会带动我国中间产品的生产,提高国产化率,而且将提高国内企业的产品质量和生产工艺,促进新产品的开发。外资还可以激发以采用传统技术和适宜技术为主的国内企业活力,利于培育其国际竞争力。

二、我国地区产业转移的背景因素分析

1. 地区自然、历史和文化差异

中国国土辽阔,各地区经济发展不平衡,特别是沿海发达地区和西部地区之间,经济发展水平的落差较大。同时,由于地理、气候和历史、文化传统背景不同,以及发展的路径依赖形成了各地在资源禀赋上的差异。这是导致产业转移的主要原因之一,也为产业转移提供了基础条件。

2. 地区产业结构差异

我国东部沿海地区的经济自改革开放以来迅猛发展。但同时,东部地区的产业结构、产品结构滞后于经济发展的需要。从产业结构看,东部地区的传统制造业仍在参与国内外分工中占主体地位,如广东、浙江、江苏等省,其主要专业化产业仍然是纺织、服装、皮革制品等传统产业。从产品结构看,虽相当一部分产业

---

① 何立新、张秋:《试论国际产业转移与我国产业升级》,《商丘师范学院学报》2001 年第 5 期。

② 刘恩专:《外资产业带动效应的理论与实证分析》,《现代财经》1998 年第 9 期。

在大的产业分类中属于技术密集产业,如电子工业,但所生产的部分产品仍属于劳动密集型产品;在参与跨国公司全球分工中,所承担的生产环节也主要属于劳动密集产品;即使一些传统优势产业,其产品层次也比较低。再则,东部沿海一些地区劳动力等要素成本上升,土地等资源短缺,市场相对饱和,也已成为制约东部经济发展的不利因素。

中国中部地区三次产业结构布局的主要问题表现为:产业结构发展协调性不够。从三次产业的比例关系看,三次产业结构由2002年的14.2∶49.2∶36.6调整为2003年的14.7∶47.8∶37.5,①第三产业比重有所提高。但整个中部的三次产业的发展还处在较低的水平。中部三次产业的比较劳动生产率低,特别是第一产业与第二、第三产业的比较劳动生产率差距较大。中部资源优势受挫,产业结构调整困难重重。中部地区长期被定位于资源产地,能源、原材料、农产品生产基地,价值存在双向流失,资源优势被动转为劣势。再则,中部地区的产业结构与东、西部的产业结构具有很大的同构性,中央对中部地区定位不明,使中部地区产业结构调整步履艰难。

西部产业则存在以下问题:一是西部农业产业发展滞后,结构调整乏力。如粮食生产率低,商品化程度低;农业资源严重流失;农业生产条件落后等。二是西部工业产业提升缓慢,结构矛盾突出。如传统基础工业比重大,新兴工业发展缓慢,科技含量少,企业技术构成低,相当部分企业的设备陈旧,技术落后,产品老化,新产品开发能力弱;轻重工业发展不够协调,原材料、能源、采掘、冶炼和石化等重化工业所占比重较大,而成品加工、轻纺、食品、电子及家用电器工业所占比重相对较低,给产业和产品结构调整增加了不少困难;不少工业产品品种和品质与市场需求严

①　钟新桥:《中部地区产业结构布局现状与调整战略研究》,《经济问题探索》2005年第2期。

重脱节等。三是西部第三产业比重偏低,经营方式陈旧。如以西部第三产业发展相对较快的成都、重庆、昆明、西安、兰州等大城市来看,第三产业在整体产业结构中平均所占比例也不足35%,而在东部地区的许多大中城市则已占到55%以上,有的甚至达到70%以上。四是西部高新技术产业化进程缓慢,经济贡献不突出。如高新技术企业规模普遍较小,缺乏规模效益;对高新技术项目的投资严重短缺等。

这种地区发展差距,导致各地资源结构和比较优势都有很大的不同,产业发展形成很大的落差。因此,采取产业区域转移的形式,将那些逐渐失去比较优势的劳动密集型的产业,或其他自然资源密集型产业转移到其他地区,对加快产业结构调整是一个明智选择。

3. 追求经营资源的边际效益最大化

产业区域转移的实质是经营资源和技术资源的转移,是经营资源和技术资源从边际生产率相对较低的地区向边际生产率相对较高的地区转移。通过产业转移,不同地区都将获取更大的经济利益。

三、我国地区产业转移对区域经济的作用

尽管当前东部产业向西部转移尚处在起步阶段,但已显示出其生机。无论对区域产业结构调整,还是促进区域经济协调发展,产业转移在此过程中发挥着多方面的重要作用。

1. 资源优势的发挥

东部地区经过长足发展之后,面临着水、电、原材料、燃料运输以及资金等生产要素的价格上涨,投资经营成本节节上升,劳动密集型产业成本的优势正在逐渐消失等问题。而西部地区具有得天独厚的资源和劳动力价格低的优势。产业的生命周期性在客观上要求东部地区将这些失去优势的产业转移到中西部地区。在此过程中,东部地区的资金、技术管理经验得以流向中西

部地区,中西部的资源优势也得以充分发挥。这样,一方面可以防止沿海地区工业基地的结构老化,改变其高度化不足的局面;另一方面,中西部也因大规模的产业迁入市场获得更多的资金和发展机会,促进当地经济的发展。

2. 生产要素在产业间、地区间的组合

在产业转移的过程中,各地资本跨越行政区划,进行联合、重组、兼并收购、组建集团公司、参股、控股等产权交易活动,生产要素在产业间及地区间进行优化组合。这对促进跨区域产权结构的调整,搞活存量资产,使现有大量闲置或利用率很低的资产流动起来,提高资源配置效率,使各区域经济优势得到较充分的发挥,促进社会生产力发展和劳动生产率的不断提高,减少重复建设,避免区域产业结构趋同有着重要意义。

3. 区域的分工和协作

产业转移可以使东部与西部地区之间的经济联系与交往更加密切,区域间分工协作观念增强,横向经济联合得以发展。各地区都重视本地区优势的发挥和跨地区协作,以获取分工效益和协作效益,带动区域经济的专业化和集约化过程。产业转移产生的企业间接联系效应有利于打破部门、地区的封锁和垄断,突破生产要素流动的行政性障碍,促进区域经济的协调发展。

第二节　若干概念的界定

为便于下面的分析,先对本文中的相关概念的内涵及其外延作一个界定,下文不再另作具体说明。

1. 区际产业的转移

区际产业转移是指在市场经济条件下,发达区域的产业顺应竞争优势的变化,通过跨区域直接投资,把部分产业的生产转移

到发展中区域进行,从而使产业表现为在空间上移动的现象。根据转移主体的性质、转移的动机等差别,产业转移可分为扩张性产业转移和撤退性产业转移。前者是指产业在其原区域仍属于成长性产业(区域的成长性产业),主要出于占领外部市场、扩大产业规模的动机而进行的空间的主动移动;后者是指区域的衰退性产业主要由于外部竞争与内部调整压力而进行的战略性迁移。一般认为,撤退性产业转移是区域间产业竞争优势消长转换而导致的产业区位重新选择的结果,是产业生命周期过程在空间上的表现形式,即产业演变的空间形态。① 以上两种性质的产业转移有三个共同特点,即:(1)产业转移具有综合性。即产业转移是跨区域直接投资下资本、技术、劳动力及其他生产要素的集体流动,是生产方式的整体转移,具有单个生产要素流动所不具有特征和功能。(2)产业转移具有阶段性。即产业转移是分层次渐进式实施的。从国内外产业转移发生发展的现实看,产业转入与转出同区域产业结构的演进具有很强的一致性。随着转出区域产业结构沿着自然资源密集、普通劳动密集、技能密集、资本密集、技术和知识密集的方向升级,产业转移也从以普遍劳动密集产业为内容,逐步向着以技能密集、资本密集、技术和知识密集为内容的方向演化。(3)产业转移具有梯度性。即区域间经济发展水平的差异构成了不同的发展梯度,这种经济梯度是产业转移的现实基础。一般而言,产业转移往往是由经济梯度较高的发达区域指向梯度较低的欠发达区域。②

2. 国际产业转移

国际产业转移是指产业在国与国之间的移动,它主要是通过资本的国际流动和国际投资实现的。国际产业转移通常是从劳动密集型产业的转移开始,进而到资本、技术密集型产业的转移,

①② 陈刚、陈红儿:《区际产业转移理论探微》,《贵州社会科学》2001年第4期。

具体表现为首先从纺织等劳动密集型开始转移,随后逐渐转向钢铁、石化、冶金等资本密集型产业,然后是电子、通讯等一些较低层次的技术密集型产业的转移,转移的区域是从相对发达的国家转移到次发达国家,再转移到发展中国家和地区的逐层推进。国际产业转移,既是发达国家调整产业结构、实现全球战略的重要手段,也是发展中国家改造和调整产业结构、实现产业升级和技术进步的重要途径。

3. 产业转移的系统优化

系统科学是 20 世纪 40 年代迅速发展起来的一门横跨学科。它从系统的角度研究世界,逐渐成为自然科学和社会科学的重要方法之一。不同地区的产业转移是由众多自然、经济与社会等要素构成的复合系统,其目标是实现各地区资源配置的优化。把地区产业的转移、替代和发展放在系统的框架内考察,有助于促进各地区经济的共同、协调、可持续增长。

目前,我国区域产业转移实际上是条块发展,各地自成体系,区域之间产业联系呈单向性,且比较松散。然而,现代经济的发展要求各地区产业能在市场竞争和企业分散决策的条件下实现良性转移,为此,需要打破行政界限,转变思维方式,关注产业转移中各种因素的相互变动及其整合绩效。本文所提出的地区产业转移的系统优化,即着眼于产业转移所涉及各地区的经济禀赋,以培育各地区产业自主发展能力为重点,逐步确立和发挥各地区的产业优势,最终实现我国区域经济整体优化的政策目标。产业转移的系统优化理论是在参考、吸收已有的产业结构优化论和各种产业转移理论的基础上形成的,同时结合了作者对我国产业转移过程中政策实效的回顾反思。产业转移系统优化的核心,是以建立和健全社会主义市场经济的机制为途径,充分调动政府、企业的积极性,科学地实施产业在各地区的理性转移,实现各地区产业转移的系统功能最优,即实现最大的经济效益、社会效益与环境效益。

产业转移的系统优化是比产业结构优化更大和更广泛的概念。除了产业结构、技术创新、资金援助外,它还包括市场制度、环境保护和社会和谐等方面。本文在论述过程中涉及了以上诸点,或者说是在上述大背景下切入论题的,但囿于篇幅和研究重点,本文的分析思路主要围绕着经济学理论和政策层面而展开。

第三节　产业转移的国内外研究

一、国外有关产业转移理论研究

在 20 世纪 30 年代,日本的赤松要针对本国产业发展较早提出了"雁行发展模式"。他在研究中发现:日本的产业通常经历了进口新产品、进口替代、出口和重新进口四个阶段的周期。某一产业随着进口的不断增加,国内生产和出口的形成,其图形就如三只大雁展翅翱翔。人们常以此表述后进国家工业化、重工业化和高加工度发展过程,并称之为"雁行产业发展形态"。在一国范围内,"雁行产业发展形态"先是在低附加值的消费品产业中出现,然后才在生产资料产业中出现,继而在整个制造业的结构调整中都会出现雁行变化格局。①

日本的小岛清在赤松理论的基础上,于 20 世纪 70 年代提出了"边际产业扩张论",即本国应积极将已经处于或即将处于比较劣势的产业依次进行对外投资转移,规避产业劣势,这一理论成为日本 20 世纪 70 年代积极向亚洲新兴工业国家进行产业转移,实现本国产业升级和经济发展的主要理论依据。

美国经济学家雷蒙德·费农(1965)则从产品生命周期理论

---

① 胡俊文:《"雁行模式"理论与日本产业结构优化升级》,《亚太经济》2003 年第 4 期。

出发,提出美国之所以向国外转移产业,是由于企业为顺应产品周期性的变化,把处于标准化阶段产品的生产和技术对外转移,以规避某些产业的比较劣势。

当代研究跨国公司的著名专家 J·H·邓宁(1988)从微观层面上研究企业跨国经营的动机和行为,他的国际生产折衷理论和在此基础上发展起来的国际生产综合理论,被称为邓宁体系。折衷理论涵盖了各种跨国经营活动,即货物贸易、无形资产的转让、对外直接投资。邓宁的折衷理论的核心是所谓"三优势模式",即所有权优势、区位优势和内部化优势,三优势是决定企业对外投资、向哪个国家或地区投资的主要因素,是解释企业对外直接投资和跨国经营的主要原因。

"中心—外围"理论是由阿根廷经济学家劳尔·普雷维什(1949)提出的一种理论模式,他从依附角度分析了中心—发达资本主义国家和外围—发展中国家之间的经济关系。"中心—外围"理论模式是将资本主义世界划分成两个部分:一个是生产结构同质性和多样性的"中心";一个是生产结构异质性和专业化的"外围"。概括地说,这一理论主要包含了三个方面的内容:"中心—外围"体系是一个统一的、动态的体系,具有整体性;"中心—外围"之间在生产结构上存在很大的差异性;"中心—外围"之间的关系是不平等的。普雷维什强调的整体性,无论是"中心"还是"外围",它们都是整个资本主义世界经济体系的一部分,而不是两个不同的经济体系。①

刘易斯则提出了劳动密集型产业转移论(1954)。他认为在欠发达国家的工业化早期,存在着两个互相独立又彼此联系的经济部门,一个是市场导向和技术先进的城市现代产业部门,另一个是以庞大落后和自给自足的农业部门为代表的传统经济部门。

---

① 董国辉:《经济全球化与"中心—外围"理论》,《拉丁美洲研究》2003年第2期。

传统经济部门的劳动力大量过剩,一般以隐藏性失业的形式存在着,可以为现代产业部门的扩张提供不断的劳动力供应。由于存在着传统部门溢出的劳动力的有力竞争,每个劳动者都得把自己的工资报酬控制到最低限度。现代产业部门的工人的实际工资只得长期保持一种低水平,难以提高。这样,节约资本的劳动密集型产业就会因成本低而有利可图,从而能得以迅速扩展。随着劳动密集型产业扩大,越来越多的剩余劳动力资源得到充分利用,并迅速转变为资本,欠发达国家工业化早期资本严重短缺的局面就逐渐得到缓解,经济增长进入良性循环。显然,刘易斯未能建立起关于国际产业转移的完整理论,其解释也比较肤浅。但是,他能在 20 世纪 70 年代早期注意到这一现象,说明他具有理论创新的敏锐性。①

梯度转移论建立在客观存在的地区二元结构基础上。它最初来源于美国费农等人首创的工业生产生命循环阶段论。梯度理论认为每个国家与地区都处在一定的经济发展梯度上,世界上每出现一种新行业、新产品、新技术都会随着时间的推移,由处在高梯度上的地区向低梯度上的地区一级级地传递下去。

二、国内产业转移的理论研究

国内对产业转移的研究还处于初始阶段,卢根鑫(1997)从理论的角度分析了国际产业转移问题,该研究并没有实证分析的材料,也并未涉及国内区域产业转移。陈建军(2002)从实证的角度分析了浙江省企业的产业转移,但对我国产业转移的机理和制约因素研究不足。另一方面,一些区域经济方面的研究,虽然提到过"产业区际转移"的概念(张可云,2001),但基本没有展开研究。国内对产业转移的研究,主要集中在技术转移梯度和"反梯度"理

① 卢根鑫:《国际产业转移论》,上海人民出版社 1997 年版,第4~5 页。

论(夏禹龙等,1982;周起业,1990)以及区域分工和区域经济联系(周起业,1989)。① 从产业转移的角度来研究中国东西部地区产业结构调整,这样的研究还没有见到。无论是国外学者的研究视角,还是国内学者对产业转移的多方面研究,对推动和促进产业转移理论的发展都是有重要意义的,而且也给本文的研究带来很大的启发和指导。

第四节 研究方法和研究思路

一、研究方法

本文遵循理论与实证研究相结合的总体思路,围绕东中西部产业转移与结构调整的问题主轴,沿着以下主线和主要环节完成整个研究:立论目的——基本理论与方法论问题——国内外经验借鉴与思考——实证研究等。根据本文研究的核心问题和研究的主线及主要研究环节,作者主要采取了以下研究方法:

第一,理论与实践相结合的基本研究方法。通过理论研究与一般经验总结分析,从而找出正确的理论与方法思路是本文研究的重要基础和特点。本文运用有关产业转移理论,对中国东中西部地区产业转移与结构调整的现实作了分析。

第二,比较研究分析方法。本文采用了对比分析的方法,分析、比较了中国地区的产业结构。比较研究的目的主要不在于揭示不同产业、不同发展阶段的差异,而是从中找到产业发展的一般化规律。

第三,实证分析和规范分析相结合方法。本文采用了以计量

---

① 陈建军:《产业区域转移与东扩西进战略》,中华书局 2002 年版,第12 页。

经济学为基础的实证分析方法检验理论假说,使得实证分析更为严谨。对中国地区产业转移与结构调整进行客观描述的同时,又根据规范分析,对中国地区产业转移与结构调整中存在的问题做出理性判断,以使其提出的政策和措施具有科学性和实用性。

此外,统计图表法也是本文使用较多的方法。

二、研究目标与思路

本文旨在研究和探索:为什么产业转移会产生产业结构的转换,其内在机理是什么?产业转移效应的因素主要有哪些?产业转移对当前中国地区产业结构调整和地区协调发展具有什么样的重要意义?中西部如何利用东部产业转移与产业升级,凭借自己的地理自然资源优势,以获得自己的充分发展?东部如何带动中西部,又如何依托中西部的资源特点调整自己的产业结构?在地区产业转移过程中客观上存在哪些隐患和问题?地区产业转移应采取何种模式来推动产业结构优化?东中西部地区要形成良性循环的产业转移的长效机制,需要有什么样的制度安排?产业转移的对策措施和政府应采取哪些战略?

为了展开相关问题的研究,本文首先对现有产业转移相关理论问题的研究作了回顾和梳理。在产业转移相关理论的结构下,对中国东中西部地区产业转移的现象和产业结构进行研究和探讨,基本思路有以下几个方面:

一是产业转移相关理论。在产业转移相关理论的结构下讨论了产业转移与其他经济现象的联系与区别;继而多层面地剖析产业转移在实际中的认识及其影响作用,并提出了自己的观点——我国地区产业转移的系统优化论。

二是产业结构的转移机制和系统优化。在对产业转移自身有了基本的认识和把握之后,接着讨论产业结构的转移机制和优化模式。

三是地区产业转移与地区产业升级。对中国地区产业结构转换升级进行具体分析和研究。

四是将产业转移的理论应用于实际,对中国地区的加工贸易和纺织工业等作实证研究。

第五节 本 文 结 构

根据上述的研究思路,本文的结构安排共分 10 章。

第一章 导论

本章论述国内外对产业转移这一领域的研究状况,阐述本文的选题意图、研究思路和方法、体系结构及创新之处,概要地说明论题的理论价值和实际意义。

第二章 理论回顾与评述

第一,论述产业转移相关理论基本内容。(1)刘易斯的劳动力部门转移论。刘易斯认为,发达国家由于人口自然增长率的下降,导致非熟练劳动力不足,引起劳动力成本上升,其劳动密集型产业的比较优势逐步丧失,于是发达国家将部分劳动密集型产业转移到发展中国家,并从发展中国家进口劳动密集型产品,同时加快国内产业结构升级,从而引起战后国际经济秩序的调整。(2)产品生命周期理论。该理论揭示如果一个国家在某种新产品上拥有技术上的竞争优势,它将出口这种产品。(3)"中心—外围"理论。该理论从依附角度分析了中心——发达资本主义国家和外围——发展中国家之间的经济关系。(4)梯度转移论。该理论认为每个国家与地区都处在一定的经济发展梯度上,世界上每出现一种新行业、新产品、新技术都会随着时间的推移,由处在高梯度上的地区向低梯度上的地区一级一级地传递下去。(5)"雁行模式"理论。该理论主要用来说明日本的工业成长模式。赤松要先生认为,日本的产业通常经历了进口——当地生产——开拓出口——出口增长四个阶段并呈周期循环。(6)边际产业扩张论。日本经济学家小岛清根据日本对外直接投资的实际,提出对外直接投资应该从投资国已经处于或即将处于比较劣势亦即边际产业依次进行,以回避产业劣势或者说扩张边际产业。(7) 在邓宁理论体系中最关键的就是所谓"三大理论支柱",即企业所有权优势、内部化优势和区位优势。

第二,分析了梯度转移理论和产业集群理论对我国地区的影响

第三,论述了产业转移与其他经济现象的联系与区别,并加以评论。内容包括:产业转移与产业空心论;产业转移与技术转移;产业转移与跨区域直接投资。

第四,阐述了国内学者对产业转移理论的探索,并对我国地区产业转移的过程提出了自己的看法。如对全盘否定产业转移规律的存在等发表了自己的观点。

第三章　产业转移的国外经验

东亚在进入 20 世纪 80 年代以后,经济保持了持续的高速增长。日本、"四小龙"(韩国、新加坡、中国台湾、中国香港)、东盟四国(泰国、马来西亚、印度尼西亚、菲律宾)等国和地区经济的先后腾飞,其中积极得当的产业政策起到了不小的作用。20 世纪 90 年代初以来,日本泡沫经济的破灭、1997 东南亚金融危机的爆发等,使东亚国家和地区的产业发展速度出现了不同程度的下降,产业政策的负面作用也不断显现。本章旨在通过分析 20 世纪 90 年代初以来东亚产业区域转移出现的新特点及其原因,借鉴其经验和教训,对我国产业调整和升级具有一定的指导作用。

从经济角度分析东亚经济持续高速增长,有两点是大多数人所公认的,一是政府的作用,二是出口扩张的贡献。东亚地区的出口扩张是与商品结构的变化分不开的,而出口商品结构的变化又是由于该地区内产业转移和产业升级所致。因此,可以说,东亚经济增长更深层次的原因是由于产业的不断升级。东亚地区的产业升级是由日本和美国等发达国家不断向该地区转移已失

去比较优势的产业来推动的。

世界经济一体化、苏联等社会主义国家的解体以及知识经济时代的到来都直接或间接地影响着东亚地区产业区域转移的关系和模式,一些新的产业区域转移方式不断涌现,东亚各国和地区在产业区域转移中的关系也发生着复杂的变化,表现在产业区域转移呈现多元化趋势,原有的梯队转移关系弱化;产业区域转移方式呈多样化趋势;在以网络经济为特征的新经济大背景下,传统产业区域转移速度加快、规模加大。

东亚地区产业区域转移呈现的新特点反映了东亚国家和地区对自身经济发展状况的认识和其在世界经济中的定位。作为东亚后发展国家的中国,产业调整和升级过程与这些国家和地区有许多相似点,因此可以借鉴他们的经验和教训。

第四章 产业转移理论的现实基础

第一部分回顾与分析了地区产业结构的演变历程及相应的特点,以总结经验教训,在新的形势下取得区域经济发展的突破性进展。

第二部分讨论和分析国际产业转移呈现出的一些新的趋势。发达国家和新兴工业化国家都在以全球化战略为基础和出发点,以信息产业技术发展为先导,加速进行面向 21 世纪的产业结构调整和产业转移,这无疑将对中国地区产业结构的调整和重组产生深远的影响。能否抓住国际产业转移这一时机,并如何认识和合理运用产业转移相关理论来重新制定和调整我国地区的产业政策,已成为实现我国东中西部产业结构转型,促进产业结构高度化、现代化成败的关键。

第三部分分析和讨论我国地区产业转移的背景和产业在地区转移过程中的障碍。

第五章 产业转移的优化模式

本章论述产业结构的转移机制是产业结构重构和优化的根本问题。总结和探讨国内外区域产业转移和结构优化的经验教训,科学地归纳区域产业转移和结构优化的模式,对我国地区的产业转移和结构优化的实践具有一定的指导意义。产业结构的优化是国民经济发展的一个重要问题。不同的产业结构,会产生不同的经济效益。产业结构的形成既与国家的经济政策、历史发展有关,又涉及人力、物力、财力和信息资源等因素。产业结构优化的目标是使这些资源得到充分利用,各部门之间的经济能够均衡地协调发展。

本章还阐述了影响产业结构转移的三大因素:内部因素、环境因素和人为因素。并从区域产业转移和结构优化的角度,理解一个区域内部和外部国民经济不断发展和强化的过程。从这个角度来看,区域产业转移和结构优化有六种模式:整体迁移、商品输出、市场拓展、资本输出、产业关联和人才联合。同时本文研究了产业结构优化模式的实现途径,包括优先发展基础产业和基础设施建设,协调发展主导产业,有计划地发展规模经济,重视发展知识产业,加速第三产业的发展和进行政策扶持。

第六章　产业转移的效应

基于地区产业转移及其效应的客观存在,本文构建了一个产业转移效应的计量模型,并利用该模型对产业转移效应的内部结构及影响因素进行探讨。通过产业转移效应模型和分解的分析,我们了解到产业转移不仅与产业转移的数量、技术水平及关联度等可量化的因素有关,而且与一些不可量化的因素,如转移方式、移入区市场结构等有关。

第七章　地区产业结构

本章从两部分分析了地区产业结构状况。第一部分分析了地区产业结构现状。第二部分通过中西部与东部产业结构的横向比较,寻找差距,求其成因,通过比较分析,提出了中西部与东部地区之间产业转移存在的可能性。

第八章　产业转移的结构转换升级

本章认为产业和产业结构的发展过程是有共同规律的,但并不排除不同条件下的产业和产业结构的形成和发展表现出自己的特点。通过对东中西部产业结构转换升级的一般规律和它们所能表现出来的特殊性研究,可以看到东部传统产业西移的迫切要求:一是中西部丰富的自然资源,推动东部传统产业的西移;二是土地、劳动力、技术、设备等生产要素的组合决定着产业结构的转移和升级;三是市场经济发展的内在规律决定着东部地区资源的合理配置。同时,提出东部地区产业西移不仅要与中西部现有经济相互协调,而且必须把区域市场化和区域开放结合起来,既要推进区域市场化进程,又要扩大区域开放,在发展区域市场的基础上,形成和健全全国统一市场产业结构转换升级的过程,必须立足于中西部地区现实生产力水平和产业结构现状,同时要正确认识和充分利用外部因素的推动作用,坚持走具有地方特色的道路。中西部地区接纳东部地区的产业一定要适合当地的实际,确保产业引进后能顺利投产,投产后不会对中西部地区的环境造成污染,破坏生态平衡;同时,接纳转移产业,必须要符合中西部地区产业结构优化调整的方向,有利于实现产业升级和产业结构的高级化,而且要考虑产业本身的规模合理问题,以及产业布局疏密程度的合理问题,避免中西部地区出现盲目建设和重复建设问题。

第九章 地区产业转移的实证分析

本章以我国地区纺织工业、加工贸易产业的地区转移为案例进行分析。探讨了在产业转移过程中的一些深层次的原因。如我国纺织工业主要分布于沿海地区。随着沿海地区经济发展,沿海地区生产要素的价格,特别是劳动力价格的上涨,使得沿海地区纺织工业的传统优势在逐渐丧失,纺织工业呈现出向中西部地区转移的趋势。再如,本章阐述了地区加工贸易产业能否顺利转移取决的多种因素,如运输成本等。

第十章 结论与政策建议

归纳前九章的理论研究与分析,本章提出了如下七个方面的观点：一是东中西部地区的产业转移与结构调整,有利于建立开放、统一的大市场。二是东中西部地区的产业转移,有利于优化区域经济结构,促进区域经济持续健康发展。三是东西部地区的产业转移与结构调整,有利于促进整个国民经济的发展。四是东部地区的产业转移,要与中西部地区现有经济相互协调融合,才会对中西部经济的发展产生促进作用。五是东西部地区的产业转移,是迎接全球经济挑战的重要策略。六是东中西部地区的产业转移与结构调整有利于中西部地区吸纳东部的技术。七是东中西部地区的产业转移与结构调整为东中西部的经济发展带来了机遇。

针对在产业转移过程中我国地区出现的问题和矛盾,本文提出了产业转移系统优化论的观点,包括产业转移的可持续发展、产业转移的联动。如可持续发展产业转移系统创新的思路要按生态平衡规律去选择和建构,即在追求经济增长的同时,事先要最大限度地考虑保护地球各项资源和人类的生存环境,实现经济增长、人的全面发展和社会进步三者综合、协调共进。

同时,本文提出产业转移中东部地区应主动开辟新的经济发展空间,如联合开发资源等,而中西部地区接纳转移产业和自身的发展时应考虑:一是大力发展基础产业,为区际产业转移提供优越条件;二是中西部地区应从自身利益考虑产业转移;三是中西部地区应加强自身的横向联合;四是中西部地区产业引入的比较优势战略;五是中西部地区应加大深层次开放力度。

在本章的第四节认为,在我国,区域产业转移在很大程度上有赖于政府的区域发展政策和管理。所以,产业转移中政府的力量不可缺少,为此,提出了一些相关的设想和建议。如中央政府的宏观政策应当有利于我国地区的产业转移、大力促进东中西部地区产业的联合,引导产业合理转移等。同时,不同的地方政府也应该相应地采取不同的政策和措施,促进地区间产业的合理、有效转移,以此带动中西部经济的发展。

第六节 创新点与不足之处

本文的创新点可以概括为以下几个方面：

1. 产业转移理论研究的新视角

本文不仅描述与分析了我国东中西部地区产业结构关系的各种表现和影响，而且尝试运用产业转移理论来探讨中国地区产业迁移问题，并分阶段理清了我国地区产业转移中合作的发生与发展线索，同时还对国内外有关产业转移的理论的研究历史与现状作了较系统的总结，指出了产业转移过程中的不足。这些研究不仅促进地区之间的产业结构有序调整，而且为地区之间的经济协调发展机制的形成提供了一个新的研究思路。如日本在推行"雁行模式"的过程中将其固化、制度化或静态化，这可能导致亚洲其他国家经济发展、产业升级对日本的依赖性，从而出现依附性的发展。面对日本推行的雁行模式，不应该完全被动，应正视我国地区产业的现实，正视在亚太地区正存在的产业转移的"雁行"现实，而不应错过这种传递可能给我国带来的积极影响；另一方面，我们还必须审时度势，充分认识到雁行模式对我国地区产业升级可能带来的制约。雁行模式强调产业转移的梯级性或次序性，我们既要利用它的梯级性可能给我国产业升级带来的机遇，又要充分利用我们的优势，利用世界经济多极化的形式，打破其将产业转移制度化、静态化的企图。

2. 针对产业转移的现实问题，提出了自己的观点

各种有关产业转移理论，无论是梯度理论，还是雁行模式理论，在理论上都具有较大的局限性，而且，把其政策主张运用到经济建设实际中也具有较大的片面性。同时，各种有关产业转移相关理论均较少涉及可持续发展、产业转移的联动和优势互补发展及后发优势等。本文跳出了这些传统的理论框架，通过对中国地

区产业发展的研究分析,提出了自己的一系列产业转移的发展观——产业转移的系统优化论。目前,我国地区产业转移实际上是各地自成体系,区域之间产业联系呈单向性,且比较松散。为此,本文针对这些问题提出了地区产业转移的系统优化,即着眼于产业转移所涉及各地区的经济禀赋,以培育各地区产业自主发展能力为重点,逐步确立和发挥各地区的产业优势,最终实现我国区域经济整体优化的政策目标。例如,所谓区域产业转移的可持续发展,并不意味着为了地区的产业转移,用不科学的行为,以环境去换取经济的短期增长,而是指在产业转移中兼顾生态平衡,保护环境,求得经济持续发展而采取的一系列相应措施,包括制定特殊布局政策和加强对污染产业转移管理等;所谓产业转移的优势战略是指通过产业的空间转移,充分发挥自身地区的比较优势,扬长避短,趋利避害,合理调整生产力布局,力求产业转移与自身的优势(资源、劳动力等)的开发联动;所谓地区产业转移的后发优势,指出产业转移并不完全按照经济发达地区向落后地区转移模式,经济落后的地区要想达到先进水平,可利用后发优势,采取跨越战略,从本地区的实际出发,用最先进的技术来解决本地区经济发展的各种具体任务,以科技水平的提高促进社会生产力的发展,并带动整个地区经济结构的变化,来赶超先进地区。其次,对一些传统概念,如区际产业转移、国际产业转移、产业结构优化等作了明确的界定。最后,针对我国地区产业转移过程中存在的问题提出了一些设想与措施。

3. 注重研究产业转移和产业结构调整之间内在的联系和互动的关系

从我国的历史看,经济技术发展传递过程有一定的规律性,形成一个经济技术发展水平由东向中西依次递减的现状,而经济技术发展由先进地区向落后地区的转移,这一现象被认为是梯度推移。本文力求在理论和实际的结合点上把握地区产业转移,注重产业转移和产业结构调整之间的关联和互动。在理论上提出并回答了如何解释和把握中国地区间的产业转移问题,克服地区间梯度转移过程的弊端,同时在实际上提出并回答了如何从地区经济内在联系和互动的层面来推进产业转移。

4. 理论与实际的结合

对于产业转移,我们应该要有一个公正而客观的态度,要用辩证的态度去看待它,看问题既要有全面的观点,又要抓主要矛盾和矛盾的主要方面,既不能因一时出现的问题而否定产业转移的功绩,也不能因产业转移的功绩而掩盖存在的问题。例如,我国经济发展呈现出的由东向西的梯度推移问题,不管梯度推移论有什么缺陷,可经济技术发展中梯度推移的存在却是一个不可否认的事实;由于目前西部地区在投资环境与法律政策环境上存在一些问题和不足,使产业转移在实践中的作用受到影响。

本文的不足之处首先是对地区产业转移的优化分析还不能完全模型化。本文只是借用他人的产业转移效应的计量模型对地区产业转移效应进行分析,而对地区产业转移优化过程还不能用数学语言来表达。其次,本文对地区产业转移优化条件的研究还有待进一步完善。由于地区产业转移的实现条件因地区环境不同而具有很大差异,因此,要在不同的地区总结出具有普遍适应性的产业转移的优化条件是需要通过对地区产业转移实施效果进行大量实证分析的基础上才能完成的,本文显然在这方面的工作还非常欠缺,这有待在今后的学习和研究中进一步的探索。

第二章　理论回顾与评述

　　经济发展和科技进步的实际,呼唤着理论的指导,又不断推动着经济及管理理论的发展。在日益丰富的经济、管理理论丛林中,形成了许多应用性很强的理论观点,产业转移相关理论则是其中之一。但是,这些产业转移的相关理论的局限也是随处可见。本章拟简要论述国内外产业转移相关理论,产业转移与其他经济现象的联系与区别,并加以评论。在本章最后一节,对中国地区产业转移的问题,目前我国理论界的看法很不一致,本章拟就一些基本问题提出一些探讨性看法。

第一节　国际学术界有关
产业转移的理论

一、刘易斯的劳动力部门转移论

　　1954 年 5 月号的《曼彻斯特学报》刊登了美国经济学家威廉·阿瑟·刘易斯的成名之作——《劳动力无限供给下的经济发展》,该文提出了著名的二元经济结构理论,在发展经济学领域产生了深刻而持久的影响。

　　刘易斯的经济发展模型主要研究传统的仅能维持生存的经济结构变动。构成刘易斯模型的理论起点是他对发展中国家二元经济结构的认定。刘易斯认为,在欠发达国家的工业化早期,存在着两个互相独立又彼此联系的经济部门,一个是市场导向和技术先进的城市现代产业部门,另一个是以庞大落后和自给自足的农业部门为代表的传统经济部门。传统经济部门的劳动力大量过剩,一般以隐藏性失业的形式存在着,可以为现代产业部门的扩张提供不断的劳动力供应。由于存在着传统部门溢出的劳动力的有力竞争,每个劳动者都得把自己的工资报酬控制到最低限度。现代产业部门的工人的实际工资只得长期保持一种低水平,难以提高。这样,节约资本的劳动密集型产业就会因成本低而有利可图,从而能得以迅速扩展。随着劳动密集型产业扩大,越来越多的剩余劳动力资源得到充分利用,并迅速转变为资本,欠发达国家工业化早期资本严重短缺的局面就逐渐得到缓解,经济增长进入良性循环。一旦传统经济部门中的全部过剩劳动力资源被城市产业部门吸纳完毕,劳动力无限供给的条件便告结束,城市产业部门工人的实际工资就会快速上升,投资者就会把眼光转向开发资本密集型产业和技术,工业化过程从此便进入了一个新的阶段。现代部门的工资水平从长期徘徊不前到快速上升的转折时点,习惯上被称为"刘易斯转折点"。

刘易斯模型关注两个过程:一个是农业部门劳动力的向外转移,另一个是现代部门的产量增长和就业增长。它们转移或扩张的速度取决于在现代工业部门中投资的多少和资本积累的高低。刘易斯认为,工业部门的工资水平必须进入至少比农业部门工资高30%左右,才能诱使农村剩余劳动力离开农业部门进入工业部门。用图2-1来说明刘易斯模型。在图2-1中,横坐标代表工业部门的劳动数量,纵坐标代表工人的实际工资,它等于劳动的边际产量。OA为传统农业部门平均的仅能维持基本生存的工资水平。OW则是现代工业部门的实际工资。按照这一工资,从农村转入城市的劳动供给具有完全弹性,因而是一条水平线(WS)。在这一工资水平下,工业部门可以雇佣无限数量的劳动力而无需提高工业部门的工资。从这个意义上说,劳动力供给是"无限的"。在经济发展的初期阶段,经济中的资本供给为 K_1,同时劳动的需求曲线是由劳动的递减边际产品决定的,在图中是负斜率的曲线 $D_1(K_1)$。刘易斯假定现代工业部门的资本家是追求最大利润的,因此,资本家雇佣工人的人数不断增加,直到工人的边际产品与工人的工资相等时为止,也就是资本家雇佣工人的人数是劳动的供给曲线 WS 与劳动的需求曲线 $D_1(K_1)$ 的交点所决定的劳动数量(L_1)。劳动的雇佣数量是 OL_1,工人所得到的工资总额相当于 $OWFL_1$(工人的工资 OW 乘以雇佣的工人人数 OL_1),现代部门的总产出相当于 OD_1FL_1,资本家的利润相当于 WD_1F 的部分。[①]

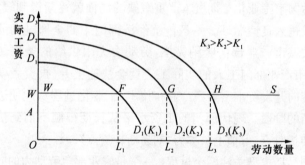

图 2-1   刘易斯两部门剩余劳动理论模型

刘易斯假定,现代工业部门的资本家会把全部利润进一步投资,即资本的数量从 K_1 增加到 K_2,因此雇佣工人的人数增加到 OL_2,工人的工资总额增加到 $OWGL_2$,总产量达到 OD_2GL_2,资本家的利润达到 WD_2G。以后,资本的数量又达到 K_3,雇佣工人人数增加、工业部门产量增加、利润增加。如此反复循环不已,直到农村剩余劳动力全部吸收到工业部门为止。此后,由于劳动—土地比率下降,农村劳动力的边际产品不再为零,只有以大于粮食生产的成本才能把劳动力从农村吸引出来。这个时候,劳动的供

---

① 谭崇台:《发展经济学概论》,武汉大学出版社 2001 年版,第 82 页。

给曲线就会因为现代工业部门的工资和就业继续上升而成为具有正斜率的一条斜线,不再是一条水平线了。当经济活动从传统农业部门向现代工业部门的转移达到平衡时,经济的结构性转换就完成了。①

刘易斯模型不仅提供了一个描述欠发达国家工业化早期劳动力转移与经济增长关系的模型,而且给欠发达国家的工业化、现代化过程指示了一条清晰的可供利用的条件,即劳动力无限供给的条件,来抑制城市现代化产业部门实际工资水平的上升,来限制资金密集型产业和技术的扩展,来最大限度地利用丰富的劳动力资源,减少公开失业和隐蔽性失业,才能最快地步入工业化和现代化。刘易斯认为,发达国家由于人口自然增长率的下降,导致非熟练劳动力不足,引起劳动力成本上升,其劳动密集型产业的比较优势逐步丧失,于是发达国家将部分劳动密集型产业转移到发展中国家,并从发展中国家进口劳动密集型产品,同时加快国内产业结构升级,从而引起战后国际经济秩序的调整。由于历史的限制,刘易斯没有建立起关于产业转移的完整理论,他对于劳动密集型产业发展转移的解释也较为简单。

二、中心—外围论

"中心—外围"理论是由阿根廷经济学家劳尔·普雷维什(1949)提出的一种理论模式,②他从依附角度分析了中心—发达资本主义国家和外围—发展中国家之间的经济关系。"中心—外围"理论模式是将资本主义世界划分成两个部分:一个是生产结构同质性和多样性的"中心";一个是生产结构异质性和专业化的

---

① 谭崇台:《发展经济学概论》,武汉大学出版社 2001 年版,第 82 页。

② Raul Prebisch, "The Economic Development of Latin America and its Principal Problems", *Economic Bulletin for Latin America* Vol. 7, February 1962, p. 1.

"外围"。概括地说,这一理论主要包含了三个方面的内容:"中心—外围"体系是一个统一的、动态的体系,具有整体性;"中心—外围"之间在生产结构上存在很大的差异性;"中心—外围"之间的关系是不平等的。普雷维什强调的整体性,无论是"中心"还是"外围",它们都是整个资本主义世界经济体系的一部分,而不是两个不同的经济体系。普雷维什认为:现存的世界经济体系是资产阶级工业革命以后,伴随着资本主义生产技术和生产关系在整个世界的传播而形成的,维持这一体系运转的是在 19 世纪获得了很大的重要性的国家分工。根据这种国际分工,首先技术进步的国家就成了世界经济体系的"中心",而处于落后地位的国家则沦落为这一体系的"外围"。"中心"和"外围"的形成具有一定的历史必然性,是技术进步及其成果在资本主义世界经济体系中发生和传播的不平衡性导致的必然结果。

对于"中心—外围"体系的差异性,普雷维什的侧重点在于强调两者在经济结构上的巨大差异。他认为,技术进步首先发生在"中心",并且迅速而均衡地传播到它的整个经济体系,因而"中心"的经济结构具有同质性和多样性。"外围"国家和地区的经济结构是专业化的,绝大部分的生产资源被用来不断地扩大初级产品的生产部门,而对工业制成品和服务的需求大多依靠进口来满足。另一方面,"外围"部分的经济结构还是异质性的,即生产技术落后,劳动生产率极低的经济部门(如生产型农业)与使用现代化生产技术,具有较高劳动生产率的部门同时存在。

"中心—外围"体系的"不平等性",普雷维什认为,从资本主义"中心—外围"体系的起源、运转和发展趋势上看,"中心"与"外围"之间的关系是不对称的,是不平等的。

从起源上说,根据普雷维什的观点,在资本主义世界经济体系的"中心—外围"关系形成以前,"中心"和"外围"当时都处在基本相同的发展水平上。随着资本主义生产方式在西欧,特别是在英国的逐步确立,这种状况开始发生变化,尤其在这些国家开始向世界其他地区扩张以后,这种变化越来越大。在这种体系形成的过程中,英国作为"中心"首先享受到技术进步的好处。而广大的"外围"地区则被迫参与以英国为"中心"的国际分工,承担着初级产品生产和出口的任务。

初级产品贸易条件的长期恶化趋势加深了"中心"与"外围"之间的不平等。由于技术进步及其传播机制的作用,"中心"与"外围"之间形成了不平等的国际分工,"中心"国家以生产和出口工业品为主,而"外围"国家则以生产和出口初级产品为主。然而,初级产品的贸易条件与工业品相比存在长期恶化的趋势,这又进一步加深了"中心"与"外围"之间的不平等。普雷维什认为,一是技术进步首先发生在"中心",工业部门容易吸收新技术,因而会提高工业生产率,使工业的要素收入增加,并使制成品价格较高。而初级产品部门技术落后,劳动生产率低,投入要素的边际收益递减,从而使初级产品的价格较低。二是贸易周期运动,在贸易周期的上升阶段,制成品和初级产品的价格都会上涨,但在贸易周期的下降阶段,由于制成品市场具有垄断性质,初级产品价格下跌的程度要比制成品严重得多。三是在贸易周期的上升阶段,由于企业家之间的竞争和工会的压力,中心国家中的工人工资会上涨,使制成品的价格相对上升;而"外围"国家由于初级产品部门工人缺乏工会组织,没有谈判工资的能力,再加上存在大量剩余劳动力的竞争,而使初级产品价格则相对下降。四是由于初级产品的需求不像制成品那样能够自动地扩大,而它们的需求收入弹性又比较低,因此它们的价格不仅呈现周期性的下降,而且还出现结构性的下降。

世界经济体系的"动力中心"从英国向美国的转移,进一步加深了"中心"与"外围"之间的不平等。普雷维什认为,在"中心—外围"体系形成初期,英国所奉行的政策使外围国家和地区能够在"中心—外围"体系下获得一定发展的可能性,不对其进口的外围国家的初级产品设置关税或非关税壁垒。然而,在世界经济体系的"劳动力中心"转移到美国以后,外围国家和地区就处在了一个更加不利的地位上。原因主要是美国的进口系数非常低。美国的低进口系数意味着从外围国家进口数量相对较少,使外围国家的初级产品出口部门失去了发展的动力。同时美国低进口系数进一步压低了初级产品的需求收入弹性,使初级产品的贸易条件更趋恶化。

普雷维什认为,由于原材料和初级产品的需求弹性低而工业制成品的需求弹性高,导致发展中国家贸易条件的不断恶化和巨额贸易逆差,发展中国家被迫实行进口替代战略,试图通过国内工业化替代大量进口工业品;为加速工业化进程,虽然跨国公司转让的技术在发展中国家的工业生产中起到了主导作用,但是他们同时攫取了巨额利润,阻碍了发展中国家的资本积累。普雷维什关于"中心"和"外围"之间经济关系的分析,部分地反映了发达资本主义国家和发展中国家之间产业转移的现实,同时也较早地注意到产业转移是区域间经济关系发展变化的必然产物,但对于产业转移能够加快欠发达区域经济发展的积极影响认识不足。

三、产品生命周期论

20 世纪 60 年代初,美国经济学家费农在总结国际贸易对于处于高度发达的工业先行国的美国工业结构转换影响的基础上,通过剖析产品的国际循环,提出了国际产品生命周期理论,又称产品循环论。费农认为,美国之所以向国外转移产业,是由于企业为了顺应产品周期的变化,以规避某些产品生产上的比较劣势。根据费农理论,一种新开发的产品将经历几个发展过程。①

新产品阶段:在这一阶段生产者基于对这个市场的熟悉和对当时的需求了解,推出一种新产品,而新产品尚未进行标准化生

---

① 卢根鑫:《国际产业转移论》,上海人民出版社 1997 年版,第 8 页。

产,生产者正在努力改善产品的性能以最大限度地满足消费者的口味。新产品的生产往往来源于国内,因为生产者对国内市场熟悉并对需求条件了解,而且生产新产品的国家往往人均国民收入和单位劳动成本较高,例如美国等发达国家。

成熟的产品阶段是产品及其生产技术逐渐成熟的阶段。随着新产品的国内市场不断扩大和生产者对这个市场的特性越来越熟悉,产品的设计也会趋于标准化。标准化生产能使生产者通过集约生产而获得规模效益。产品的需求最终将扩展到那些同国内市场的需求结构相近的国外市场,例如美国开发的产品更可能在西欧和日本找到市场。在这个阶段,生产者开始体会到在决定生产布局上生产成本的重要作用。如果生产者估计到这种产品在国外生产比在国内成本要低,则生产者会调整生产的国际布局,这个产品的生产就可以在外国生产并向第三国出口,甚至可以流回到这个产品的发起国。

标准化阶段是产品及其生产技术的定型化阶段。随着产品达到高度标准化阶段,生产成本将成为生产布局的主要因素。在这种情况下,欠发达国家就可能成为最理想的生产国,尤其是劳动密集程度较高的产品,因为它们的劳动成本比较低。如果发生了这样的生产布局调整,那么,欠发达国家的出口的发展将会进一步向国外转移。

产品生命周期理论揭示了:如果一个国家在某种新产品上拥有技术上的竞争优势,它将出口这种产品。由于作为技术发展基础的最重要因素之一是人才资本(一国的技术和知识人才的密度),因而高技术产品出口国将是那些人才资本相对密集的国家。当某种产品的生产技术传播到另一个国家的时候,技术开发国在这种技术上的人才密度就会丧失优势,从而失去它在这种产品上的比较优势。一旦技术引进国获得了产品生产的必要技术,则贸易模式就主要由相对生产成本来决定了,而相对生产成本又主要取决于资本与劳动力的相对存量。

产品及其生产技术的生命周期变动,导致产品生产地点的变动,从而决定了该产品出口国和进口国位置的变化。费农的产品生命周期理论将产品及其生产技术的周期和各国的比较优势变化结合起来,从一种动态的角度说明了发达国家从出口、对外直接投资到进口的发展过程,其所建立的产品生产区位的转移模式对于产业转移研究具有很大的启发意义。

四、梯度转移论

梯度作为表现地区间经济发展水平差别的方式,在区域经济学中被广泛采用。梯度转移论是建立在客观存在的地区二元结构基础上的。它最初来源于美国费农等人首创的工业生产生命循环阶段论。梯度理论认为每个国家与地区都处在一定的经济发展梯度上,世界上每出现一种新行业、新产品、新技术都会随着时间的推移,由处在高梯度上的地区向低梯度上的地区传递下去。[①] 区域经济学者把生命循环论引用到区域经济学中,创造了区域经济梯度转移论,并得出以下结论:区域经济的盛衰主要取决于它的产业结构的优劣,而产业结构的优劣又取决于地区经济部门,特别是其主导专业化部门在工业生命循环中所处的阶段。如果一个地区的主导专业部门都是由那些处在成熟阶段后期或衰老阶段的衰退部门所组成,这种地区属于低梯度地区。创新活动包括新兴产业部门、新产品、新技术、新的生产管理与组织方法等大都发源于高梯度地区,随着时间的推移,生命循环阶段的变化,按顺序由高梯度地区逐步向低梯度地区转移。

根据梯度转移理论,产业发展在客观上存在的区域性梯度差异,使得产业转移成为可能。产业转移实质是高新技术扩散和产业结构升级的过程。尽管理论界对梯度发展具有不同的认识,但

---

① 张秀山、张可云:《区域经济发展的极化理论》,商务印书馆 2003 年版,第 201 页。

从现在已达到的经济技术水平看,我国区域经济发展中存在着技术梯度是明显的事实。通过区际产业转移,存在技术经济水平梯度差异的两个地区按互补性原则,将一个地区内失去比较优势的产业转往具有比较优势的地区,这样,既可摆脱包袱,充分利用沉淀资金,获得比较利益,又可为本地区发展其他优势产业提供有效空间,推动产业升级。其最终结果是使各区域的产业类型和水平与自身的资源禀赋、要素价格和经济发展总体水平相适应。梯度理论表明区域间经济发展水平的梯度差异是产业转移发生发展的客观基础。

五、雁行模式论

雁行模式最早是由日本经济学家赤松要在 20 世纪 30 年代提出的,50 年代中期基本成型,70 年代最终定型。30 年代赤松要对日本棉纺工业发展史进行研究时,发现明治维新以后由于日本近代经济的发展,国内需求增加,棉线、棉织品的进口也随之扩大。不久,国内产量猛增,逐步取代了进口。棉线和棉纺织品生产分别于 1890 年和 19 世纪 80 年代中期前后超过了进口。这是实现进口替代的转折点。随着国内产量的不断增加,出口便开始扩大。他于是在 1943 年提出有关后起工业国的典型产业发展模式理论——雁行形态产业发展论。①

图 2-2 为"雁行形态发展的四阶段分类",图中的三部分都以时间为横坐标。在最上面的 A 部分,显示出产业的发展首先从进口开始,最初和国内需求一起呈上升趋势,随后不久便开始进行国内生产,途中将超过进口,这即所谓的进口替代。当进口结束后,出口便会增长。在一段时间之后,出口会逐渐减少,新一轮进口则再次出现。B 部分显示的随着时间的推移该产业进口的变

---

① 杨斌等:《国际产业转移理论与中国的产业战略选择》,《计划与市场》2002 年第 4 期。

化。C 部分则是该产业国内生产和国内需求的比值,小于 1 的比值被称为自给率。①

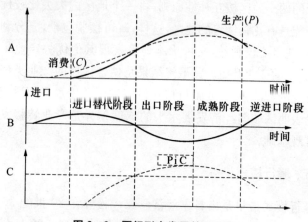

图 2-2　雁行形态发展的四阶段

雁行模式理论主要用来说明日本的工业成长模式。赤松要认为,日本的产业通常经历了进口——当地生产——开拓出口——出口增长四个阶段并呈周期循环。某一产业随着进口的不断增加,国内生产和出口的形成,其图形就如三只大雁展翅翱翔。在一国范围内,"雁行产业发展形态"先是在低附加值的消费品产业中出现,然后才在生产资料产业中出现,继而在整个制造业的结构调整中都会出现雁形变化格局。②(见图 2-3)

日本学者山泽逸平将赤松要的雁行产业发展形态理论进行了扩展,提出了引进——进口替代——出口成长——成熟——逆进口五个阶段。从而更加详尽地展示出后进国家如何通过进口先进国家产品和引进技术,建立自己的工厂进行生产以满足国内

　　①　杨斌等:《国际产业转移理论与中国的产业战略选择》,《计划与市场》2002 年第 4 期。
　　②　胡俊文:《"雁行模式"理论与日本产业结构优化升级》,《亚太经济》2003 年第 4 期。

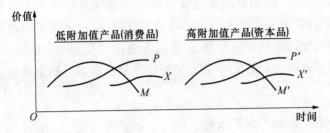

图2-3　雁形模式

需求,不仅可供出口,而且后来居上取代"领头雁"地位并最终实现经济起飞。① (见图2-4)

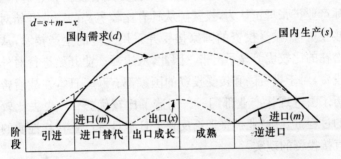

图2-4　山泽逸平的五阶段模式

资料来源:[日]山泽逸平:《日本的经济发展与国际劳动分工》。

　　赤松要本人及山泽逸平等日本学者不仅对雁行模式加以了拓展,而且被引申来解释以东亚为中心的亚洲国家国际分工和结构变化的过程,以及表述东亚国家和地区在相互依存、相互波及中依次起飞的历史过程。从辩证的角度看任何事物都存在两面性,我们不能仅就其一面全盘否定或肯定它。雁行模式反映了产业转移对发展中国家产业结构升级的巨大推动作用。但是,问题的症结在于:日本在推行"雁行模式"的过程中却将其固化、制度

---

　　① 胡俊文:《"雁行模式"理论与日本产业结构优化升级》,《亚太经济》2003年第4期。

化或静态化,试图以此来确保日本经济在亚太经济中的主导地位,进而提高其在亚太地区的政治发言权,这种企图不但会使该地区其他国家的经济发展、产业的升级换代受到一定的阻滞,从而遭到这些国家的反对,而且最终也将使日本自己的发展也受到掣肘。

六、边际产业扩张论

日本经济学家小岛清(1977)根据日本对外直接投资的实际提出,对外直接投资应该从投资国已经处于或即将处于比较劣势亦即边际产业依次进行,以回避产业劣势或者说扩张边际产业。边际产业扩张理论认为,投资国从具有比较劣势的产业开始对外直接投资,而接受投资的国家接受并采用先进的生产技术,从而使潜在的比较优势显示出来。因此,从边际产业开始进行对外直接投资,对于投资国和接受投资的国家都有利。日本在战后曾经经历了引进现代产业部门——创造了比较优势——失去比较优势的过程,边际产业扩张理论反映了日本具有产业转移性质的对外直接投资的现实。

小岛清用图2-5阐述他的理论。图中 $I-I$ 线是日本的商品成本线,假定其中由 a 至 z 都是用100日元生产出来的日本商品的成本顺序线。$II-II$ 虚线是对方国家商品成本由低到高的顺序线。两线相交于 m 点,这一点表示按外汇率计算的两国 m 商品的成本比率相等。左边的 a、b、c 产业是日本的边际产业,应该从这些产业开始进行对外直接投资。投资的结果,对方国家的成本可望降至 a^*、b^*、c^*。这样,日本就能从对方国家增加进口,亦即实现数量更多、利益更大的贸易。这种投资称为导向顺贸易的、日本式的对外直接投资。若与上述顺序相反,从 z'、y'、x' 等日本最具比较优势的产业开始,逆着比较优势进行对外直接投资,那就是导向逆贸易的、美国式的对外直接投资。投资的结果,其成本虽然低于 z'、y'、x',但是仍高于本国的 z、y、x。这样,只是用国外的生产替代本国的出口,非但没节约成本,反而造成生产资源的浪费。①

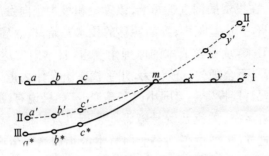

图 2-5　小岛清边际产业扩张论

小岛清的"边际产业扩张论"主要内容包括:

第一,在对外直接投资的特点上,边际产业扩张论认为,对外直接投资不仅是货币资本的流动,也是资本、技术、经营管理知识的综合体由投资国的特定产业部门的特定企业向东道国的同一产业部门的特定企业(子公司、合办企业)的转移,是投资国先进生产函数向东道国的转移和普及。

第二,在投资主体上,该理论认为对外直接投资应该从本国的边际产业(或边际企业、边际性生产部门。这里的"边际"包括边际以下)开始依次进行。所谓"边际产业"(也称为"比较劣势产业")是指在本国内已经或即将丧失比较优势,而在东道国具有显在或潜在比较优势的产业或领域。由于同大企业相比,中小企业更易趋于比较劣势,成为"边际性企业",因此中小企业更要进行对外直接投资。

第三,在投资方式上,该理论主张应从与对方国家(即东道国)技术差距最小的产业或领域依次进行投资,不以技术优势为武器,不搞拥有全部股份的"飞地"式子公司,而采取与东

---

① 卢根鑫:《国际产业转移论》,上海人民出版社 1997 年版,第 8 页。

道国合办形式,或采用像产品分享方式那样的非股权安排方式。

第四,在投资的国别选择上,该理论积极主张向发展中国家工业的投资,并从差距小、容易转移的技术开始,按次序地进行。在小岛清看来,从比较成本的原理角度看,日本向发达国家(美国)的投资是不合理的。他认为,几乎找不出有什么正当理由来解释日本要直接投资于美国小汽车等产业,如果说有,那也仅限于可以节省运费、关税及贸易障碍性费用以及其他交易费用等等。与其这样,不如由美国企业向日本的小型汽车生产进行投资,日本企业向美国的大型汽车生产进行投资,即实行所谓"协议性的产业内部交互投资"。

第五,在投资的目的和作用上,该理论认为对外目的在于振兴并促进东道国的比较优势产业,特别是要适应发展中国家的需要,依次移植新工业、转让新技术,从而分阶段地促进其经济的发展。

第六,在投资与贸易的关系上,日本式的对外直接投资所带来的不是取代贸易(替代关系),而是互补贸易、创造和扩大贸易。因为这种投资将投资国的技术、管理等优势移植到东道国,使东道国生产效果得到改善,生产成本降低,创造出盈利更多的贸易机会。对比投资发生之前,投资国可以以更多的低成本从东道国进口产品,且扩大进口规模,给东道国留下更多的利益。

小岛清的边际产业扩张论,是在当时的国际对外直接投资理论无法解释和指导日本的对外投资活动的背景下提出的。实践证明,它对日本的对外直接投资的确起到了积极的促进作用。甚至在今天的日本对一些发展中国家的投资中,很少出口高技术,可能就是受到小岛理论中的"从技术差距最小的产业依次进行移植"的影响。

随着经济理论的发展和国际经济的实证检验,"小岛理论"的缺陷和对实现经济现象的无力解释使之未能取得进一步的发展。

就理论而言,略去其假设前提、理论逻辑等方面存在的问题不论,单是其理论推导的直接结果——发达国家不断将传统、落后甚至过时的技术、产业转移到发展中国家,而本国则保留技术最先进的高级产业,这样发达国家的领先地位遥不可及,发展中国家"拾人牙慧"显然有悖于发展中国家力图通过产业结构升级追赶发达国家的初衷。另外,小岛阐述的"边际产业移植标准",在国际经济应用中虽然意味着发展中国家贸易利益的流失和经济发展差距的难以弥合而必然遭到反对,但将其用于一国国内产业结构调整,却可借这一比较优势提升一国产业结构和总体的经济实力,赶超发达国家。

七、国际生产折衷论

英国经济学家约翰·邓宁的国际生产折衷理论是在融合前人及同时代其他学者国际生产理论的有关思想的基础上综合形成的一个独特的理论体系,它全面分析解释了国际生产的决定因素、国际生产所采取的形式、国际生产的开展程度等方面的内容。在邓宁理论体系中最关键的就是所谓"三大理论支柱",即企业所有权优势、内部化优势和区位优势。[①]

1. 所有权优势[②]

邓宁认为,企业之所以能够进行国际生产,其基础在于具有所有权优势。他把决定一国企业相对于其他国家企业所具有的所有权优势划分为三类。第一,借鉴贝因所做的关于新的竞争者进入市场障碍的研究后指出,这种企业优势来源于某些新竞争者市场进入的困难及原料获取的困难;或者是由于新设立的企业往往较小,以致达不到规模经济所要求达到的足够规模,从而难以与原来企业展开积极有效的竞争;或者是原来企业具有某些无形

---

①②　阎建东:《邓宁国际生产折衷理论述评》,南开经济研究1994年第1期。

资产,如专利、商标、管理技能,等等。第二,在某一特定地区,大企业的分公司在许多方面的竞争力优于一个独立的公司。这是由于分公司能够通过母公司的总体联系网络获益或增强竞争力。而一个独立的公司或是一个刚开发新产品进入一个新生产领域的公司一般说来要承担全部生产开发经营费用,且初始阶段经验欠缺,所以竞争能力往往较弱。第三,企业跨国经营所涉及国家越多,各个国家经济环境相差越大,那么该公司通过利用不同的要素资源禀赋及市场情况所获取的收益就越大,也就具有更强的企业所有权特定优势。

2. 内部优势①

内部优势的含义是企业能将独占的无形资产或其他中间产品在内部交易并运用,克服外部市场失灵的障碍,使交易成本趋于最小,并获得内部化的其他利益。邓宁指出:"一个国家产品的国际竞争力不仅取决于其各种资源的占有——某些情况下这是必须的——同时也取决于企业通过内部化来利用这些优势的愿望和能力。"企业通过它自己内部控制的程序或渠道来分配其资源而替代市场机制的作用,使其生产经营活动保持稳定并从中获取收益。

要理解邓宁的所谓内部化优势,首先需阐明两个概念:一是市场不完全,即某些产品的特性使得它们不能完全合理地通过市场交易来实现其价值,这些产品不仅包括中间品,如半成品、零部件等,同时更重要的是指信息、技术、管理知识等。如技术等知识产品具有唯一性以及它的效益只能在投入生产过程以后才能断定,从而造成卖方和买方对该产品价值判断的不一致,难以通过市场来正常交易。二是交易成本,是指生产者和使用者在交换产品时并不是无成本的,而是存在一定的交易障碍,需付出一定的代价。由于存在交易成本而导致市场不完全进而促使企业实行内部化。

---

① 阎建东:《邓宁国际生产折衷理论述评》,南开经济研究·1994年第1期。

3. 区位优势

区位优势有两层含义:一是指东道国不可移动的要素禀赋优势,如某些自然资源、地理位置等;另一层是指东道国政府的政策法规灵活、优惠、合理而形成的优势。邓宁引入区位因素包括三个方面:第一,有些资源只能被选址于特定位置的企业所使用,具有一定的排他性。第二,从生产国到销售国所耗运输成本。第三,无法避免或是不可转移的成本,如税收、政府对股利汇出的限制,等等。区位因素不仅制约着跨国公司对外直接的选址及其国际生产布局,而且影响企业所有权优势。

邓宁的折衷理论既可用于发达国家,也可用于发展中国家和地区,它满足了多方面的需要,从而博得"通论"的雅称。但应当指出,邓宁理论体系尚存在一些不足。由于该理论中包含因素很多,特别是不能说明众多解释因素中哪种因素对投资决定最具影响作用,一切均需视具体情况而定,这就失去了一种严密的理论体系所应有的概括性地解释说明具体现象的能力。

第二节 国内地区产业转移的 相关理论

一、国内梯度转移理论

梯度转移理论自20世纪70年代末80年代初被引入我国后,成为一种应用最为广泛、影响最为深远的理论。梯度转移理论在我国表述为:无论是在世界范围,还是在一国范围内,经济技术的发展是不平衡的,客观上已形成一种经济技术梯度。有梯度就有空间推移。生产力的空间推移,要从梯度的实际情况出发,首先让有条件的高梯度地区,引进掌握先进技术,然后逐步依次向处于二级梯度、三级梯度的地区推移。随着经济的发展,推移的速度加快,也就可以逐步缩小地区间的差距。实现经济分布的相对均衡。①

　　根据这一理论,还将我国划分为东部、中部、西部三大经济地带,并提出在开发次序上应循东—中—西的顺序进行开发建设,即由高梯度向低梯度转移。该理论在我国"七五"计划的地区发展战略中得到了突出体现。梯度战略的政策目标虽含有地区间经济的平衡、协调、发展,但其直接指向却是经济效率和发挥各地优势,强调集中资金与资源实行重点发展,在地区间形成产业结构转换的接续关系,使产业空间分布同地区经济发展联系起来。在郭凤典主编的《区域经济与实践》一书中,作者认为,在实践中,梯度转移理论的运用忽视了以下几个问题:

　　(1)梯度转移理论运用区域经济的发展,是按什么标志将地域进行梯度分类排序的。现行沿用的是将地区按沿海地区与内陆地区或按东、中、西部三大地带划分成东部发达地区、中部欠发达地区和西部落后地区,以此来指导区域经济的发展,这种过于简单的划分并不科学。因为,所谓的发达、欠发达或落后都是相对概念。东部沿海地区的省份也有许多地区的经济发展水平和现代化程度比较低,如鲁西地区、粤北地区。

　　(2)按照梯度转移理论的划分,从发展的角度来看,忽视了地区之间经济和文化交流的双向性。按照梯度转移理论划分的三个地区的经济资源具有很大的互补性,而梯度转移理论的发展只能解决东部沿海地区和与之相邻的中部地区的经济和文化交流问题,然后才是中部地区和西部地区的经济和文化交流问题。显然,这样的发展会导致严重的资源配置扭曲。从总体上看,不利于经济发展速度的提高和现代化进程的加快。

　　(3)梯度理论忽略了同一地区之内的经济互补性。在东部、

---

　　①　胡宇辰:《产业集群的相关理论分析》,经济管理出版社 2005 年版,第 22 页。

中部、西部的同样一个地区内,中心城市、小城市和其他地区的经济发展水平和现代化程度有很大的差异。由于先进地区和落后地区存在广泛的互补性,两者的互动关系将长期存在,这是经济发展的重要动力,必须加以利用。按照梯度转移理论,地区内部的发展问题就不可能得到很好的解决。

(4)从长期看,如果西部落后地区等到东部发达地区带动中部欠发达地区发展后再得到推动力,那么,必然延误西部落后地区和中部欠发达地区的发展,中国的地区差距将在很长时期内进一步扩大,这对整个中国的经济发展和现代化进程将产生严重的不利影响。

(5)从理论上来看,梯度转移理论忽略了地区之间经济发展和现代化进程中的互动性。梯度转移理论只注重发达地区对欠发达地区和落后地区的推动作用,忽略了后者对前者在人才、自然资源等方面的支撑作用。①

把技术梯度的差异当成区域发展的顺序,是机械地把现象看成了本质。实质上,经济技术的区域梯度差异,是技术与产业分布与成长的差异。因此,寻求后发展地区的发展模式,必须以全新的思维破解区域梯度转移理论,实现跨越式发展。

二、国内产业集群理论

我国学者在借鉴西方学者对产业群概念研究的基础上,提出了自己对产业集群概念的定义。归纳起来,主要有以下几种观点:

1. 产业集群是一种新的产业组织形式

如复旦大学仇保兴博士认为,小企业集群指的是由众多自主独立以相互关联的小企业依据专业划分和协作的关系并在某一

---

① 厉以宁:《区域发展新思路》,经济日报出版社2000年版,第258、259页。

地理空间高度聚集而建立起来的产业组织,这种组织的结构介于纯市场和纯科层组织之间。芮明杰认为中小企业集群是指通过信息共享和人员的相互作用形成的中小企业之间的结合,是一种新生的企业和产业组织制度。

2. 产业集群是在一定区域内形成的企业网络

慕继丰、吴思华、赖士葆等从企业网络的角度考察了产业集群现象。慕继丰认为企业网络是指一批具有相互联系的企业和机构在某些地理区域的集中。吴思华将中小企业集群定义为一群独立自主又彼此信赖的成员组合,成员之间具有专业分工、资源互补现象,彼此间维持着长期的非特定合约关系。赖士葆认为中小企业集群是两个或两个以上独立但又相互关联的个体企业间所建立的长期关系,这种关系不一定以契约来维持,而可通过承诺与信任来进行。

3. 产业集群是相同产业在某一地区的成长现象

符正平、徐康宁、曾忠禄等都强调产业集群的产业特征,认为产业集群指同一产业的企业以及该产业的相关产业和支持产业的企业在地理位置上的集中和成长现象。

4. 产业集群是具有共同的产业文化和价值的企业在一定地域空间内的集聚

王缉慈等强调产业群内企业共同的社会文化背景及价值观念,认为只有具备了这些条件,群内企业才具有区域的"根植性",才可以形成稳定的产业群。从这个思路出发,王缉慈将产业群定义为一组在地理上靠近的相互联系的公司和关联机构,它们同处一个特定的领域,由于具有共性和互补性联系在一起,具有专业化特征。

5. 产业集群是具有高度创新能力的社会生产系统

柳卸林和段小华在综合众多学者研究成果的基础上,将产业集群的内涵概括为:(1)相互作用、相互依存的企业集团构成的生产或社会系统。(2)集群内的企业有着非常活跃的创新交换过程,知识转移和分享非常频繁,是一个知识和分享的密集区。

(3)集群通常有很强的科技基础,提倡创新和创业文化。

综合上述观点,可以认为,产业集群和企业集群是两个不同的概念:一是集群本质上是一种产业组织,属于经济学的研究范畴。而企业集群应该研究企业组织,属于管理学的范畴;二是产业集群,除了企业外,还存在大量的组织机构;三是企业是个体概念,而产业是整体概念;四是产业集群是一种机制,是空间的聚集和产业的关联,而企业集群是一种空间表现形式。

从我国的地区产业发展来看,尽管我国部分地区产业集群的迅速成长有力地推动了地方经济的发展。但由于我国仍处于体制转轨的过程之中,传统制度的影响、文化观念的滞后、经济基础的薄弱、政策设计的偏差,都为产业集群的进一步成长造成了很大的障碍。

第一,群内没有形成有效的企业集聚机制。群内没有形成相互关联、相互依存的专业化分工协作的产业体系(仇保兴,2000);群内企业之间业务关联性和技术关联不大,缺乏明确的产业分工和产业特色,产业结构趋同严重;群内企业和大学及科研院所的互动机制不健全,企业科研能力弱,缺乏发展后劲,而大学和科研院所的科研活动严重脱离实际,已有的研究成果也难以转化为现实的生产力(顾朝林,1999)。由于追求利益最大化是资本的天性,一旦原有的优惠条件和生产环境发生改变,区内企业往往会发生迁移,形成所谓的松脚型企业,从而给地方经济带来严重的负面影响(王缉慈,2001)。

第二,产业群内没有形成基于共同地域文化背景之上的人文关系网络。人文关系网络是影响企业集群发展的重要因素,是以血缘、亲缘、同学、朋友关系为纽带相联结而成的非正式交流网络,这种关系网络隐含的核心精神是集群内企业间的信任和承诺(李新春,1999)。人文关系网络的形成对于降低交易成本、减少信用风险、促进专业分工等都有积极作用,并且,由于这种关系网络是建立在当地特有的传统文化基础之上的,其他地区难以模仿,从而进一步加强了当地产业群的根植性(王缉慈,2001)。人文关系网络系统的缺乏阻碍企业之间信息交流与相互学习,进而制约了群内企业创新能力的提高和高新技术企业的发展。

第三,产业群普遍面临着优化升级的困境。一是国内企业经营者和劳动力素质较低,科研能力弱(何云,2002)。二是外资企业在我国设立的分厂多采用标准化的技术,而把核心产品的开发、设计和生产放在母国,从而使外资企业的技术和管理知识的扩散极为有限(杨建梅、冯广森,2002)。三是制度上的障碍和组织效率的低下,使得一些大制造商宁愿承担高额的运输成本在海外组织零配件的生产,也不愿与当地的国有企业合作,进一步限制了外资的技术扩散,影响了产业群的优化升级(王缉慈,2001)。

第四,产业群成长的环境不理想。由于缺少完善的市场机制环境,企业之间长期以来各自为战,交易费用高,没有形成分工细化的产业群,中小企业的作用没有得到充分重视,限制了人力资源的利用。长期以来"条块分割"的制度顽症影响了生产要素的自由流动,限制产业群内企业间合作和专业化分工的发展;多数国有企业和民营企业的产权清晰度不高,影响了企业进行技术创新的积极性(石忆邵,2002)。政府对产业群的支持政策存在偏差,重视大企业集团而轻视中小企业集群,重视硬环境建设而忽视软环境的营造,在经济总量上盲目攀比,却不重视生态环境的建设,以至于群内企业税费负担过高、融资环境差、支撑体系弱、环境污染严重,等等,均影响到群落型经济区域的可持续发展。

第三节　产业转移与其他经济现象的联系与区别

一、产业转移与产业空心论

所谓产业空心化,目前尚有争议。一种观点,是指国民经济的服务化或超工业化,因为"随着一个国家整个经济的服务化的发展,国内制造业逐渐丧失国际竞争力,进而物质生产的重要性不断地下降"。换言之,他们认为"产业空心化就是第一、第二产业比重的下降和第三产业比重的上升"。另一种观点,产业空心化特指制造业的空心化,即由于海外直接投资而使国内制造业生产减少或消失,这样才出现产业空心化。还有一种观点是折衷观,认为产业空心化包含以上两层含义。本文倾向第二种观点。因为第一和第三种观点实际上把产业空心化的内涵范围扩大化了,按照这两种看法,产业空心化不再是资本主义先进国家的特有经济现象,而似乎成为任何一个现代化国家的共同难题。这是有悖于历史事实的。

日本经济企画厅在 1994 年度的《经济白皮书》中从三个方面阐述了产业空心化:第一,国产品竞争力下降,进口品大量涌入排挤国产品,在一定程度上国内生产由进口替代。第二,出口不如海外生产合算,生产基地移往海外或增加海外生产,在一定程度上出口生产由海外生产替代。第三,由于国内生产由进口和海外生产所替代,国内制造业生产规模缩小,国内生产资源配置由制造业向非制造业转移,制造业生产被非制造业所替代。从这种角度看,产业空心化与产业转移在研究对象上具有很大的一致性,都是对由于发达区域对发展中区域的直接投资导致部分产业逐步衰退的现象的研究。但是产业空心化往往只考虑制造业的转移对发达区域的影响,基本不分析对发展中区域的影响;同时产业空心化主要研究发达国家对发展中国家和地区的直接投资,不涉及一个国家内部的跨区域投资。产业转移把发达区域与发展中区域联系在一起,研究的角度和范围更为广泛,同时也更具有普遍性,因而有利于对产业转移(也包括产业空心化)的发生发展作更深入的研究。

二、产业转移与技术转移

技术转移通常是指作为生产要素的技术通过无偿或有偿的

各种途径从一个地区流向另一个地区的过程,技术转移只分析作为单个生产要素的技术的转移,研究技术转移的特点与规律,而产业转移则分析某个产业整体的转移(包括资金、技术、劳动力等生产要素的集体转移),在转移的动因、形式、规律等方面,与技术转移显然具有不同特征。但产业转移与技术转移之间又存在着密切的联系,一般而言,产业转移必定包括技术的转移,但是技术转移还存在其他的途径。技术转移与其他生产要素的流动不同的是,技术是一种潜在的生产力,在适当的条件下就可以转化为现实的生产力,因此技术转移常引起产业空间分布的变化,进而实现产业转移。

三、产业转移与跨区域直接投资

跨区域直接投资反映生产要素的跨区域流动和重新配置。跨区域直接投资指企业跨区域界限到其他区域去投资设厂,进行生产和销售。企业投入的可以是资金和实物(如机器设备)等有形资产,也可以是专利、商标、管理经验等无形资产。产业转移在数量上表现为不同区域之间产业比重的此涨彼伏,在运行上表现为发达区域企业对发展中区域的投资行为。产业转移发生发展的主要形式是跨区域直接投资,但产业转移性质的直接投资只是企业众多跨区域直接投资行为中的一种,即使是发达区域企业对发展中区域的直接投资也不一定都是产业转移性质的直接投资。从产业转移发生发展的动因看,发达区域的产业往往随着区域经济的发展变化,其原有的比较优势逐步丧失,企业为了顺应区域比较优势的这种变化,通过跨区域直接投资,把部分产业转移到发展中区域,因此产业转移性质的直接投资往往是成本导向型的,但事实上发达区域企业对发展中区域的直接投资还存在着市场导向等其他类型。

第四节　我国地区产业转移
理论与实践

一、国内学者对产业转移的理论探索

1. 产业转移的过程往往表现出综合、复杂的特征

首先,产业转移是综合的生产的转移,具有单个生产要素(如资本、技术、劳动力等)流动所不具有的特征和功能。产业转移是直接投资下的资本、技术、劳动力及其他生产要素的集体流动。其次,产业转移包含许多层次的生产转移:因为,不仅整个产业生产可以发生转移,而且同一产业内部的不同层次、不同方式、不同规模、不同阶段的生产都可以发生转移,并且在转移的时间、方式等方面具有各自的特性;再有,许多生产技术和生产工艺相似的产业以及要素密集度相近的产业在发生转移时具有相同或相近的特征。

2. 区域产业结构演进的阶段性导致了发生转移的阶段性

根据国内外产业转移发生发展的情况来看,产业转移与区域产业结构的演进具有很强的一致性。20 世纪 60 年代,伴随着发达国家产业结构的调整,纺织、食品等劳动密集型产业开始向外转移;70 年代发达国家的产业结构向技术密集型转化,钢铁、造船、化工等资本密集型产业也开始向外转移;80 年代以来发达国家进一步加强了对高新技术产业的研究和开发,汽车、家电等产业的一些生产部门又开始向外转移。产业转移是一个随着区域经济发展而不断深入的动态过程。

从不同地区产业比重的变化情况,可以将单个产业的转移过程划分为相对产业转移与绝对产业转移两个过程。相对产业转移是指产业在发达区域中区域都得到发展,但是发展中区域的产

业发展相对更快,从而在产业的空间分布上表现出产业由发达区域向发展中区域转移的趋势。单个产业的转移过程通常都是由相对产业转移阶段发展到绝对产业转移阶段。

3. 产业转移的梯度性

由于存在多种不同经济发展水平的区域,区域间经济发展水平的差异构成了不同的发展梯度,使得区域间存在着错综的产业转移关系。一般来说,产业总是从发达区域移出,移入发展中区域。产业从发展中区域转移到发达区域的现象是很少的,通常只是孤立的生产要素如资本、劳动力等从发展中区域流入发达区域。发达区域不仅可以向次发达区域转移产业,也可以向发展中区域转移产业,而次发达区域也可以向发展中区域转移产业。

二、对我国地区产业转移问题的看法

通过上述的产业转移相关理论的分析,可以看出无论是费农的产品生命周期理论、小岛清的边际产业论,还是邓宁的折衷论,大都是以发达国家跨国企业的利益最大化作为分析点的。发达国家作为工业革命的策源地,技术进步速度快,产业结构转移力强,在世界经济体系中,处于产业结构高度化的领先水平。相对于发展中国家来说,它单个企业的优势基本上代表了其产业的整体优势。因此,这些理论都是以一定的优势作为前提,紧紧围绕如何最大限度地发挥和利用这种优势而展开的。

因此,后发国家要想真正实现"赶超战略",就必须突破这些理论的局限,立足本国的实际条件,采取适当的方式发展"逆梯度"型战略,主动获取世界最新技术,促使国内高技术产业的发展。当然,一个国家只要不是处于产业梯度的最低层,那它总是具有一定的比较优势。

经过二十多年的改革开放,中国经济得到了前所未有的发展。同时中国经济也面临着新的挑战。新旧经济增长方式之间、新旧体制之间出现摩擦,在经济高速发展之后,速度与效益、总量与结构之间的矛盾越来越尖锐,经济转型与产业结构的更新换代已迫在眉睫。由此出现了东部地区一些产业开始向西部地区迁移的趋势,这为西部地区发挥比较优势,加快发展,缩小差距提供了机遇。但是,目前我国理论界对该问题的看法很不一致,主要体现在以下两个方面。

1. 全盘否定产业转移规律的存在

由于目前西部省区在投资与法律政策环境上存在一些问题和不足,使产业转移在实际中的作用受到影响。产业转移是一国经济发展过程中的一种必然现象。从理论上讲,产业在空间上的扩散与转移是不可抗逆的历史过程,由于科学技术所创造的先进生产力不可能无限期被某个国家或企业垄断,经济发展的内在机制促使它作空间上的扩散和转移。费农的"产品生命周期理论"是从发达国家高度产业化过程来阐明产业空间转移的。赤松要的雁行模式则是从发展中国家的角度来阐述产业空间转移的。①日本的小岛清将对外直接投资分为两类:一类是母国正在丧失比较优势的产业,将其资本向东道国开始形成比较优势的产业转移;一类是母国仍具有比较优势的产业,将其资本向东道国尚无比较优势的产业转移。区域经济学家把这些理论引用到区域经济学中,认为一个产业区的建立和发展过程也遵循这个一般秩序,既从年轻期到成熟期,再到衰老期。对不同时期的区域来说,其所处的竞争地位不同,产业布局也不同。

中国是一个发展中国家,工业化已有一定基础,发达地区与落后地区并存,而且两者之间形成了一种产业层次的梯度转移关系。国内理论界曾对"梯度理论"进行了较长期的争论。纯梯度发展与完全反梯度发展都是不全面的,产业梯度转移规律是存在的。

中国东部地区,在过去十几年中,依靠优越的地理位置和国

---

① 注释已在第二章第一节国际学术界有关产业转移理论中提及。

家的政策倾斜,实现了经济的跳跃式增长。在原有政策优势弱化的 20 世纪 90 年代,靠政策优势吸引国外投资的势头正在逐渐减弱,而资源的劣势制约却更加明显。而西部尤其是西部地区,凭借着得天独厚的资源和劳动力价格低的优势,加上西部开发战略,西部的投资增长将快于东部。

随着东部地区的工资、土地等投入的成本增加,一些传统的劳动密集型产业的利润率下降,行业性和地域性的产业转移已崭露头角。一些劳动密集型产业和初级产品加工工业、消耗能源原材料高以及运输量大的产业,开始逐步向西部适宜地区转移。1995 年,国家纺织总会提出,要把沿海地区的 100 万锭至 200 万锭纺纱能力移往中西部。同年,上海把 10 万至 50 万锭的纺纱能力转移到新疆。另外,东部一些乡镇企业也因承受不了高成本低利润,许多企业提出了"西进计划"。东部产业向西部转移是产业阶梯性发展的必然趋势,它符合经济发展的客观规律。

2. 西部地区对东部地区的产业转移只能"拾遗补缺"

产业转移就是东南沿海地区把一些"夕阳产业"和"高污染产业"的设备、零部件淘汰给西部地区,而西部只能"拾遗补缺"。这种观点是片面和狭隘的。区域间的产业转移是在市场规律作用下,各区域之间产业选择与发展的自觉调整,它所包含和涉及的内容非常广泛,不仅是简单的设备转移,而是包括与某一产业有关的资金、技术、设备等各种生产要素的转移。当区域经济发展到一定程度,区域产业结构将会发生由较低层次向较高层次产业的置换。但是一个区域的产业置换既受到其区域的影响,又会波及其他区域,区域产业置换也就形成并推进区域间的产业转移,并在区域的资源与要素配置、产业结构、就业结构、企业组织结构、技术、管理等方面引起一系列波及效应,使区域内部性的总体水平提高。其结果使区域的产业类型和水平与自身的资源禀赋、要素价格和经济发展总体水平相适应,各展所长,从而为各区域的产业发展提供可选择的机会,使国家经济发展的总体水平得到逐步提高。另外,伴随着产业转移,还会产生发展的传播。发展的传播包括经济机会的传播、技术的传播以及生活方式、观念的传播。通过这种传播,一些相对落后的地区可抓住某种契机,以一种或几种生产技术率先取得突破,实现跳跃式发展,经济发展水平赶上甚至超过发达地区。

20世纪70年代石油价格猛涨,原材料等成本持续上升,当时,韩国、新加坡和中国的台湾、香港等地区也不得不向外输出资金和技术,把劳动密集型产业转移到新兴起的东盟国家,以及开始开放的我国东南沿海地区,在与当地廉价劳动力和土地、税收减免等要素的优化组合下,经济飞速发展。沿海地区也正是由于抓住了世界产业结构调整的机会,才创造了今天非凡的业绩。中国与"四小龙"的区别在于,中国国内的区域发展差距较大,而且在劳动力成本低廉、市场潜力较大的特点之外,更有着原材料和能源供给弹性较大的好处。为此,可以得出这样的结论,中国沿海企业中低利的劳动密集型传统企业,将会迁移到内地的中西部省区,拉动这些地区的发展。而苦于原材料价格上涨的中小企业,或许会有小部分转向利用开放经济而使用进口原材料,但是大多数这类企业没有能这样做,而只能依赖国内市场供给,因而它们也有必要向原材料产地靠拢。

目前,东部地区产业的转移,只有与西部地区现有经济相互协调融合,才会对西部经济的发展产生促进作用。否则,产业转移中先进生产要素的密集注入将无法启动西部地区经济的全面发展,不能全面提高西部地区的社会发育程度,现代产业中的高层技术也难以发挥对传统产业技术的扩散、渗透效益和替代改造作用。

第三章 产业转移的
国外经验

    东亚在进入 20 世纪 80 年代以后,地区的经济保持着持续的高速增长。日本、"四小龙"(韩国、新加坡、中国台湾、中国香港)、东盟四国(泰国、马来西亚、印度尼西亚、菲律宾)等国和地区经济的先后腾飞,其中积极得当的产业政策起到了不小的作用。20 世纪 90 年代初以来,日本泡沫经济的破灭、1997 东南亚金融危机的爆发等,使东亚国家和地区的产业发展速度出现了不同程度的下降,产业政策的负面作用也不断显现。本章旨在通过分析 20 世纪 90 年代初以来东亚产业区域转移出现的新特点及其原因,为我国产业调整和升级提供经验和教训。

第一节 东亚产业区域转移的
总体情况

一、东亚产业区域转移的历史进程

    二战后,美国作为亚太地区的发达国家,在第二次世界大战后特殊的历史背景下,与东亚建立了密切的政治经济关系,使包括日本在内的东亚各国(地区)在战后相当长的时期内依赖于美国市场。美国出于冷战需要扶持了以日本为首的亚洲国家,大量地移植其国内的成熟工业,并一直相对地保持其国内市场的开放

状态,吸收从出口导向型国家出口的产品,其产业移植可用图 3 -
1 表示。

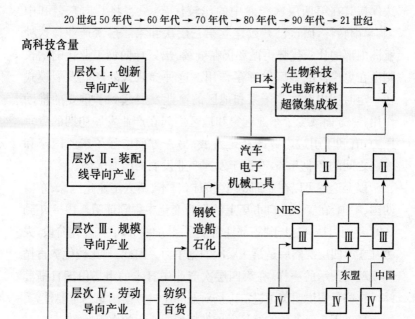

层次Ⅰ:创新导向 R&D 密集型产业。如航空、计算机和制药业。
层次Ⅱ:装配线导向,零部件密集型产业。如汽车,电视机。
层次Ⅲ:重工业和化学工业。例如钢铁、重型机械和基础化工品。
层次Ⅳ:劳动密集型轻工业品。例如:服装、鞋类和各类杂货。

资料来源:顾秉维:《再论雁行模式——动荡后的反思》,《亚太经济》1998 年第
2 期。

　　日本是美国战后贸易政策的第一个也是获益最多的受益者,
日本在首先发展了第四层次产业后,便以第三和第二层次为目标
优化其产业结构,最近已达到了第一层次。日本又通过对外直接
投资和其他形式的技术转让将产业向其他亚洲国家转移——首
先向新兴工业化国家,接着向东盟国家和其他发展中国家(中国
和越南)。在这一过程中,日本不仅成为比较优势转移的接受者,

同时也扮演了亚洲其他国家发展机遇的提供者,正如美国对日本所起的作用。20世纪80年代以来,新兴工业化国家和地区也无法保持其在第四层次产业中的比较优势,只得将其向东盟和中国、越南转移,而自己开始建立第三层次和第二层次产业。这种亚洲内部的比较优势再循环仍在继续,出口导向型工业化的增长刺激在更广泛的地区发挥了作用。这种梯队式的产业发展模式在一定时期内对这些国家和地区的产业发展起到了重要的推动作用,一方面减少了东亚国家和地区之间在产业发展初期的竞争压力,有利于引进产业的稳定发展;另一方面增强了东亚国家和地区之间的产业互补,有助于发挥产业发展的区域优势。

以上论述可以在亚洲10经济体(日本、新兴工业化国家、东盟四国、中国)在美国进口市场上的份额变化中得到证明。1978年到1992年间,日本已处于"零部件密集型、装配线导向"产业化阶段,失去其在第四层次然后是第三层次的竞争力。因此,与比较优势再循环模型所预示的一样,在第四层次产业中日本的市场份额日渐萎缩。这些事实说明美国进口市场对亚洲出口导向国家的重要性,美国市场对于东亚各国的经济发展发挥着向心力的作用。

然而,随着东亚经济的发展,对美贸易顺差不断累积,形成了美国对外贸易的巨额赤字。在这一背景下,美国已不再容忍日本和紧跟其后的亚洲NIES①的经济扩张,因而在1985年9月通过西方五国财长会议,迫使日元大幅度升值;进而在1989年1月1日开始取消对亚洲NIES的一般特惠关税制度,迫使其汇率上升。结果,从1986年以来日本与亚洲NIES对美出口增长放慢,对美贸易比重下降。在美国倡导的贸易秩序下,通过发展出口导向型经济来刺激经济增长。日本和四小龙采用这种模式获得了巨大的成功,而东盟在经历了十余年的辉煌后终于遇上了危机。一方

---

① 新兴工业化经济群(Newly Industrializing Economics)的英文缩写,亚洲NIES是指韩国、中国台湾省、中国香港特区和新加坡。

面,产业后发优势的效用逐渐降低,大部分国家和地区并未改变产业发展中产业后行发展区域的地位,自主创新跟不上产业先行发展国家,因此只有消极等待可模仿的高新技术的植入。另一方面,原有的雁行梯队模式内部的各种矛盾开始外显,在全球经济一体化和经济自由化的大潮流影响下,东亚国家和地区面对的不再是东亚和亚洲市场,而是整个国际市场,而梯队模式强调区域利益,因而束缚了东亚国家和地区产业的全球化发展,阻碍了这些国家和地区的产业与世界经济保持同步发展。

日本、中国香港特区等东亚国家和地区已经意识到了原有产业政策和产业发展模式的不足,不少学者看到了产业发展的制度变迁所能产生的巨大的潜在利润,一些新的发展模式和政策建议已经推出。这些措施推动了东亚国家和地区产业发展的结构性调整,有利于这些国家和地区产业的长久持续发展和升级。

二、东亚产业区域转移的新特点及原因分析

世界经济一体化、苏联等社会主义国家的解体以及知识经济时代的到来都直接或间接地影响着东亚地区产业区域转移的关系和模式,一些新的产业区域转移方式不断涌现,东亚各国和地区在产业区域转移中的关系也发生着复杂的变化。

1. 产业区域转移呈现多元化趋势,原有的梯队转移关系弱化

从20世纪50年代以来,东亚地区产业区域转移一直处于一个以日本为雁头,以东亚"四小龙"为雁身,以东盟四国为雁尾,以其他后行发展国家为延伸的雁队中。产业区域转移一般以日本为起点,经过东亚"四小龙"中转,最后落户东盟四国和中国等东亚后行发展国家和地区。20世纪90年代初以来,这种传统的呈现明显梯队关系的产业区域转移模式发生了一些变化。

一方面,由于日本和亚洲"四小龙"的经济赶超在一定程度上已经实现,产业政策开始从政府干预为主转为市场机制调整为主。政府在产业结构高级化中要做的事是为产业结构调整和产业结构升

级创造良好的外部竞争条件和环境,给企业创造自由、公平竞争的市场,通过制定教育和科技政策支持基础科学技术研究和企业技术创新等,而不再是直接制定严格的产业结构调整或升级规划。因此,产业的区域转移更多地决定于市场,而不是政府的产业政策。

另一方面,原有的产业梯队转移关系已开始阻碍东亚先行发展国家和地区的经济发展。处于梯队顶端的日本长期受益于其对"四小龙"和东盟四国等国家和地区的产业区域转移,对这些国家和地区保持着长期贸易顺差,导致这些国家和地区的国家项目赤字不断膨胀。如果日本积极转移科技成果使梯队的产业结构不断升级,是可以克服梯队的内在缺陷,增强梯队的应变能力的。但实际上日本并没有这样做,而是更多地从自身狭隘的利益出发,在技术转让方面持谨慎保守的态度,这就导致处于梯队中、下端的东亚国家和地区产业结构升级受阻,并加深了其经济增长的对外依附性。当然这些国家和地区可以用资本项目的盈余来弥补对外收支的严重失衡,但这只能在短期内掩盖潜在的危机,不能从根本上解决问题。因为资本项目的盈余主要来自境外高速流动的短期资本,这时一国经济正处于高风险状态。一旦该国货币成为国际游资的攻击目标,危机的爆发将是在所难免的,泰国就是一个典型。因此,包括日本在内的东亚先行发展国家和地区都已经意识到继续维持产业区域转移的梯队关系会对东亚地区贸易和金融的稳定和繁荣造成十分不利的影响,会对东亚地区的产业结构升级产生很大的束缚和限制。

由于以上两点原因,20世纪90年代初以来原有的产业梯队转移关系不断弱化,产业区域转移呈现多元化特征。以中等技术水平的产业(如汽车业)转移为例,输出国不再只有日本,韩国和中国台湾的汽车业也逐渐向东亚各国转移;作为输入国的东盟四国和中国等后行发展国家不仅从日本和"四小龙"引进产业,还直接从美国、欧盟引进先进产业。以高新技术产业(如电信业)的转移为例,韩国和中国台湾等国家和地区也不再只依赖日本,而是直接从技术研发走在最前面的美国引进本国或本地区所需的技术和设备。

2. 产业区域转移方式呈多样化趋势

第一,产业互换。产业互换是产业内分工的一种形式,具体是指两国某一产业存在一定的产业重合度,有各自的优势,但产业发展的水平和层次存在一定差异。两国先分别对国内从事该产业生产和经营的企业进行整合,离析出不适合在本国发展的部分;然后两国通过充分的信息沟通,从不适合对方发展的那部分中转入自己需要的产业,从不适合自己发展的那部分中转出对方需要的产业,从而实现"削弱扶强"的目的。以橡胶业为例,马来西亚有丰富的橡胶资源,而日本、韩国有较为先进的橡胶深加工技术,通过政府间、企业间的协议,日本、韩国逐渐减少橡胶的种植投入,同时从马来西亚引进橡胶专业人才、增强橡胶产业的研发能力;马来西亚则逐渐减少对投入大、周期长的技术研究和开发的投入,增加对橡胶种植的投入,并从日本、韩国等国和地区引进科学的种植技术和经验。

第二,OEM。OEM 是英文 Original Equipment Manufacturing 的缩写,直译为原厂设备制造。从产品供应者来说,是按照对方要求生产对方品牌并由对方负责销售的交易形态;从产品购买者来说,是外包生产并以己方产品形式提供给市场的行为。OEM 将供应方的制造优势与购买者的销售网络、品牌优势等结合起来构成了产品的整体竞争优势,给产品供求双方都带来了实际利益。日本企业在 OEM 方面目前处于世界前列,到目前为止可以说已经形成了以日本企业为中心的 OEM 交易格局。日本与欧美企业 OEM 交易的对象主要是技术密集型、高附加值的产品,而且产品的流动是双向的、交互的;日本与亚洲"四小龙"之间 OEM 的交易对象主要以中等技术含量、标准化生产产品为主;日本与东盟四国以及东亚后发展国家和地区之间 OEM 的交易对象则是一些劳动密集型、标准化生产的产品,且产品流动是单方面流向日本的。这些新的产业区域转移方式在一定程度上加快了区域内经济一体化的进程。但现存的各种方式仍然存在一定的缺陷,因此不断探索产业区域转移的新方式,对充分发挥各国的比较优势、实现区域内产业的整体升级有十分重要的意义。

3. 在以网络经济为特征的新经济大背景下,传统产业区域转移速度加快、规模加大

美国《硅谷时报》社长、美国优酷(YOUCOOL. COM)网站总裁执行长黄致远认为:"新经济"是指所有的经济活动都在数字化与网络相连的世界中运作。① 网络经济就是新经济的核心。东亚先行发展国家和地区经过几十年的快速发展,基本建立了新经济发展所要求的经济基础。东亚的网络经济成长势头强劲,新加坡、日本和韩国处于亚洲领先地位,其中新加坡的网络化程度在全球排名第二。但从总体上看,大多数东亚国家和地区的网络建设还处于起步阶段,硬件配备还很不完善。与西方发达国家相比,东亚地区的电脑普及率较低,即使在较为发达的日本、韩国,其电脑利用率分别为 17% 和 26%,而美国的电脑利用率高达44.8%。东亚网络交易及服务的规模与欧美相比也非常小,东亚网络交易额(不含日本)仅占美国的 4% 左右。② 此外,东亚保守的传统经商思想也阻碍了东亚新经济的发展势头。为了适应新经济时代,东亚先行国家和地区必须集中本国和本地区的人力、物力和财力优先发展网络经济,包括扶持信息产业、普及网络以及建立物流保障体系等。因此,日本、韩国、新加坡和中国台湾等经济实力强的东亚国家和地区加快了向东亚后发展国家和地区转移占用大量劳动力和资源的传统产业。日本、韩国、中国台湾对中国大陆投资的快速增长就是很好的例子。20 世纪 90 年代初以来,日本的汽车业、电子机械产业、食品业以及服务业大批向中

---

① 谢琼:《当今西方国家的几种"新经济"观点》,《世界经济》2000 年第 8 期。
② 何炜:《东亚网络经济探析》,《世界经济》2000 年第 6 期。

国大陆转移；中国台湾的车辆、电工器材、家用电器、玩具、制鞋以及成熟技术的计算机硬件等纷纷到大陆"寻根"，根据台湾"经济部投审会"的资料，到 1991 年 4 月，占我国台湾自行车企业数的 60％以上的业者在大陆设立了生产点或整厂迁来大陆，有近 300 家制鞋厂商在大陆设点，40 家台资手提包厂在福建、江苏和两广设厂，从事纺织、电子、水产养殖、机械、建材和房地产等台资企业和两岸合资企业遍布于闽、粤、苏等东南沿海省份，以宏基、华硕等品牌为代表的台湾计算机硬件近几年在大陆计算机市场也已占有不小的市场份额；① 韩国的跨国公司 20 世纪 90 年代初已开始瞄准中国大陆，截至 1996 年 9 月，三星、LG、鲜京等财团在中国大陆投资半导体、电子、化学、石油化工等产业的总金额已超过 100 亿美元。② 日本、韩国和我国台湾向中国大陆大批转移传统产业不仅为本国和本地区新经济的发展腾出了空间，还获得巨额的国际收支顺差，为新经济发展壮实了资金基础。

第二节　对东亚产业区域
转移模式的评论

一、东亚区域产业转移模式对经济增长的贡献

从经济角度分析东亚经济持续高速增长，有两点是大多数人所公认的，一是政府的作用，二是出口扩张的贡献。东亚地区的出口扩张是与商品结构的变化分不开的，而出口商品结构的

---

① 李宏硕：《当代台湾经济研究论丛》，山西经济出版社 1993 年版，第 133 页。

② 石柱鲜、吕有晨：《论企业对外直接投资对韩国产业结构的影响》，《世界经济》2000 年第 1 期。

变化又是由于该地区内产业转移和产业升级所致。因此,可以说,东亚经济增长更深层次的原因是由于产业的不断升级。东亚地区的产业升级是由日本和美国等发达国家不断向该地区转移已失去比较优势的产业来推动。这种产业转移和升级模式以劳动密集型——资本密集型——技术密集型产业为序进行转移和升级,被称雁型模式。东亚、东南亚地区的梯形产业转移和升级从 20 世纪 60 年代开始有三次大的浪潮,由此可以划分为相对清晰的三个阶段。第一阶段以 60 年代日本等国向亚洲"四小龙"转移以纺织产业等为代表的劳动密集型产业为标志;第二阶段以 70 年代的亚洲"四小龙"倡导发展资本密集型产业,并向泰国、马来西亚、印度尼西亚等国转移劳动密集型产业为标志;第三阶段以 80 年代后期的日本向东盟和亚洲"四小龙"转移电子装配产业,以及亚洲"四小龙"发展以电子为代表的相对技术密集型产业为标志。

依靠外国资本和技术的流入,东亚各国或地区生产结构发生了较大变化,制造业所占比重有明显增加,产业的升级导致出口商品结构发生变化(见表 3-1),使该地区摆脱了对初级产品出口的严重依赖,有力地扩大了本地区商品的出口,上述各国或地区的出口增长速度都高于世界平均水平和其他发展中国家的平均水平(见表 3-2),产业不断升级、出口不断扩张推动了该地区经济 30 年的持续快速增长。这即被世人誉为"东亚奇迹",这种经济发展模式被称为"东亚模式"。

表 3-1 有关国家(地区)出口商品的结构
(各类出口商品所占百分比) (%)

类 型	初级产品				制 成 品				纺织品和服装 a			
年 份	1965	1970	1985	1993	1965	1870	1985	1993	1065	1970	1985	1993
韩 国	40	24	9	7	60	76	91	93	27	41	23	19
中国香港	13	5	8	7	87	95	92	93	43	44	32	—

续 表

年 份	初级产品				制 成 品				纺织品和服装 a			
	1965	1970	1985	1993	1965	1970	1985	1993	1965	1970	1985	1993
新加坡	65	70	41	20	35	30	58	80	6	6	4	4
中国台湾	59	24	9	7	41	76	91	93	—	29	20	15
泰 国	95	92	65	28	5	8	35	73	—	8	13	15
马来西亚	94	93	73	35	6	7	27	65	0	1	3	6
印度尼西亚	96	98	89	47	4	2	11	53	0	0	2	17

资料来源：世界银行历年《世界发展报告》，中国财政经济出版社。纺织品和服装 a 是制成品的一部分。

表3-2 有关国家(地区)出口增长率比较 （%）

年份	1970—1980	1980—1990	1990—1994
韩国	22.7	13.7	7.4
中国香港	9.9	15.4	15.3
新加坡	—	12.1	16.1
中国台湾	16.5	11.6	5.9
泰国	8.9	14.3	21.6
马来西亚	3.3	11.5	17.8
印度尼西亚	6.5	5.3	21.3
日本	9.2	5.0	0.4
美国	7.0	3.6	5.6
世界平均水平		4.8	5.7
发展中国家平均水平		3.9	7.5

资料来源：世界银行历年《世界发展报告》，中国财政经济出版社。

中国地区产业转移

二、东亚区域产业转移——雁行模式的弊端

雁行模式作为一种区域内的垂直产业分工体系在进入 20 世纪 90 年代中期后,日益暴露出其对区内国家经济的负面影响,及对新的国际经济形势的不适应性。

1. 出口产品结构单一化

东亚各国由于处于雁行模式垂直产业分工体系的第三层,在产业结构上也以第四层次的产业为主,其出口的产品结构也为单一的劳动密集型产品,如纺织、杂货、鞋类、电子元件等。第四层次的产品除了劳动密集,还具有技术含量低,进入壁垒低的特点。只要人工费用低廉,任何国家都可迅速发展这一产业。近年来,中国、印度、越南、巴基斯坦等国劳动密集型产业的迅猛发展也挤占了东南亚各国不少的市场份额。这种单一的出口结构使东亚各国易受市场上某一类产品价格波动的影响,如这两年来泰国与马来西亚出口的不景气很大程度上是由于电子元件市场的暴跌造成的,一旦出口衰退,经常项目赤字扩大,汇率便受到打击,国内其他产业也将受累。这种将一国经济的景气状况全部维系在单一产品命运上的做法,使人很容易联想到非洲与拉美的热带作物经济以及中东国家的石油经济,一荣俱荣,一衰俱衰,是相当脆弱的一种经济结构。

2. 外贸依存度高

在美国的贸易秩序下,东亚各国极力推行基于比较优势循环的出口导向型发展模式,这种发展模式造成了东亚各国过高的外贸依存度,经济发展严重依赖于美国市场,四小龙中新加坡与中国香港进出口额均为其 GDP 的 140% 左右,韩国与中国台湾亦超过 70%,东南亚各国也均超过 40%,在出口市场中,美国市场的份额约占 40%。这种状况使得东亚各国和地区对世界经济危机的反应过于敏感,一旦美国的经济出现衰退,东亚各国和地区便很难幸免。在石油危机后的 1974 年,韩国与中国台湾的增长率

从1973年约10％降为1％,便是明显的例证。自20世纪80年代以来东亚经济整体的高增长,很大程度上得益于美国经济长期的繁荣。这种对外贸易的过度依赖,给处于雁行模式各产业阶梯上的东亚各国经济发展带来了致命的隐患,造成经济结构的脆弱性。

3. 引进外资的片面性

在这种雁行模式中,处于每一层次的国家都制定政策大量吸引外资,以促进具有比较优势的产业加速发展,这种做法确实在一定程度上加速了东亚各国的经济发展,弥补了发展中的资金缺口,但也暴露出了其片面性。如亚洲金融风暴就是东亚各国尤其是东南亚各国在利用外资上的盲目片面性。东南亚各国利用外资的失误,不仅表现在总量失控上,也表现在外资的结构和质量失控上。

近几年,东南亚各国的外债占GDP比重过大削弱了国民经济抵御国际金融风险的能力,短期外债比重大增加了国家财政支出的负担。东南亚各国没能有效地引导外资向基础工业和加工工业方向投资,如泰国近80％的外资投资于房地产和证券市场。这样的外资投资结构无疑会引发国民经济的泡沫成分,虚假繁荣掩盖了经济结构失衡。即使是直接投资,外资投向也集中在第四层次的劳动密集型产业中,大多属日本与四小龙转移出的附加值产业。这些来自日本及四小龙的大规模南下投资使东南亚的第四层次产业畸形膨胀,国内生产总值迅速增长,造成了所谓“东南亚奇迹”。这部分外资的质量欠佳,使东亚各国的产业停滞在低水平上重复。本国工业的低水平重复削弱了产品的出口竞争力,从而使国家的国际竞争力下降。建立在投机泡沫和大规模外资进入基础上的经济增长,一旦投资的领域未能产生预期收益甚至亏损时,外资尤其是投资性质的短期外资就会像它当初蜂拥而来那样,迅速而毫不犹豫地抛弃这个国家和它的货币。

4. 日本的作用定位不清

在雁行模式的产业分工中,日本处于一种雁头的地位。日本向其他国家大量转移了其淘汰产业并将自己的成功模式移植给四小龙和东盟。日本在东亚发展中,扮演了资金、技术与管理经验的提供者的重要角色,雁行模式产业分工可以使日本在相当长的时期内具有比较优势,从而获得较大、较长时期的比较利益,对于日本经济的发展和经济大国地位的巩固,具有极为重要的意义。八九十年代以来,日本力图取代美国,成为东亚地区的"市场提供者",确定了扩大进口的基本方针,期望带动东亚经济增长。但由于日本地域狭小,人口数量有限,景气衰退后,个人消费需求大大降低,个人消费品销售长期不振,况且家用消费品市场也趋于饱和,加上日本国民的消费习惯和储蓄偏好,使日本很难发挥"市场提供者"的作用。而在东亚区域内技术合作方面,日本是提供高技术和先进技术的主要国家。但由于其在出口高技术和先进技术方面顾虑和障碍颇多,因而同东亚国家(地区)对高技术和先进技术的需求形成矛盾。另一方面,日本由于离不开欧美的市场,担心制裁,从而对建立东亚经济集团犹豫不决。日本的作用定位显得模糊不清,严重影响了东亚区域经济合作。

第三节　东亚产业转移经验对我国地区产业调整的借鉴

东亚地区产业区域转移呈现的新特点反映了东亚国家和地区对自身经济发展状况的认识和其在世界经济中的定位。作为东亚后发展国家的中国,产业调整和升级过程与这些国家和地区有许多相似点,因此可以借鉴他们的经验和教训。

第一,产业政策为指导是中国实现产业结构优化的重要保障。虽然在市场经济中,竞争能够促进产业结构的调整,但国际经验和我国的实践表明,在结构变化剧烈的时期,如果没有配套的产业政策来弱化产业结构调整或升级对某些经济部门的冲击,变化的过程就会受阻,经济发展的稳定性就会受到影响。产业政策可以实现资金、人才、信息等要素在短期内大规模的重新配置,为产业结构的调整或升级提供市场无法提供的大环境。九州曾是日本的主要煤炭产区,但从 20 世纪 50 年代初期开始,煤炭的开采条件开始恶化,而且受到廉价进口石油的巨大冲击,政府最终决定在 60 年代初期放弃对这一煤炭工业区的扶持和保护。这一决定导致了大片煤井关闭、10 万多煤炭就业者以及数十万家属的工作和生活失去保障。日本政府马上制定了一系列产业政策,如设立专门的机构并向其提供资金和给予土地转让权,使其主持在九州开发适合现代制造业发展的新工业区;以优惠政策吸引其他地区的企业家前来投资,对这类投资者给予财政、税收和金融等各方面的优惠;对雇佣煤炭工人及其子女的企业给予补助,那些愿意对失业煤炭工人进行培训后再雇佣的企业,政府将负担其培训费用。这些产业政策的收效是显著的,到 20 世纪 70 年代初这块旧工业区上就已建立起 76 个新工业区,大量的新企业和从其他地区迁来的企业进入新工业区,整个工业开发区的利用率高达 85%,原来的煤炭工人及其家属基本找到了工作,没有发生严重的失业问题。

中国已经成为世界贸易组织的一员,面对的不再只是国内的市场和竞争对手,而是全球市场和来自世界各国和地区的竞争者,因此应该主动吸收、消化和运用日本等东亚先行发展国家产业政策制定和执行的理论和经验,适当、及时地运用产业政策帮助中国各省有目的、有步骤地改革自身的产业结构,改善产业布局,保护尚未成熟的主导产业,为实现中国经济发展融入全球经济一体化和产业结构高度化提供正确的指导和有力的保障。

第二,充分利用产业区域转移促进中国产业结构调整和升级。产业区域转移将本地区的夕阳产业或者不适宜继续发展的产业转移到其他地区,为朝阳产业和适宜在本地区继续发展的产业提供了发展空间,从而为本地区产业结构高度化创造了契机。

因此,不能只转移而不调整、不升级,而应该将产业区域转移与产业结构调整、升级紧密结合起来。充分利用产业区域转移对人才、自然资源、资金等要素的重新配置作用,服务于新产业的引进、扶持以及主导产业的巩固。例如日本,在20世纪六七十年代向亚洲"四小龙"、东盟四国转移大量轻工业及一部分重化工业的同时,对从这些产业分流出来的劳动力进行了大规模的再就业培训,并进一步放开人才市场,鼓励劳动力进入新兴产业;设立专门基金,扶持企业高新技术的研究开发,降低企业的研发成本;对原有工业区进行基础设施的重新建设和改造,提高信息化程度等。

第三,最大限度地发挥比较优势作为中国国内产业区域转移和产业结构优化的根本原则。无论是日本学者赤松要提出的"雁行发展理论",还是美国学者费农提出的"产品生命周期理论",其本质都是比较优势的变迁和转移。我们不应盲目地追随国际潮流,别人怎么转移、升级,我们也怎么转移、升级。因为每个地区的比较优势都存在差异,同一个地区的比较优势也会随着各种内外部因素的变化而发生变化。所以,我们在进行国内产业区域转移和产业结构调整、升级时,一定要先通过不同地区的横向比较了解各地区的比较优势,同时还要通过各地区内部的纵向比较了解本地区内大城市、中小城市、乡镇以及农村的比较优势的差异。这将为正确制定各地区的产业政策树立科学、合理的标准,为高效、有力地执行这些政策打下坚实的基础。

第四,重视企业家资源在产业区域转移和产业结构优化中的作用。日本的经验告诉我们,虽然政府的产业政策起了很大的推动作用,但日本的企业家才是推动日本产业结构优化和进行产业区域转移的中坚力量。正是因为有了成千上万企业家的长期奋斗和忘我工作,有了日本企业家百折不挠、踏踏实实的企业家精神,才使日本的产业政策得以发挥积极作用,产业结构得以顺利升级,产业区域转移得以顺利实施。中国尤其是沿海经济发达省份有着悠久的商业文化和浓厚的商业气氛,几千年的从商历史积淀了培育企业家的沃土。浙江、江苏、福建以及山东等省份的企业家资源不仅丰富,而且素质也比较高。有着善于吃苦耐劳、积极开拓进取、敢冒风险、勇于接受挑战精神的中国企业家无论在什么样的经济背景下都将是经济发展的一支生力军。因此,我们必须重视企业家资源的充分利用,进一步完善激励机制,给予企业家发挥其才能的空间,保障企业家资源的流动顺畅,不断培养新型企业家,引导企业家资源从传统产业向高科技产业流动,让他们更好地为中国经济持续、健康的发展服务。

第五,中国从20世纪80年代开始加入了东亚的经济增长之中,与东盟一样成为雁行模式中的第四层次的劳动导向型产业的接受者,并在美国市场上获得了巨大的成功。但时至今日,中国的劳动力成本也逐渐上升,与东盟各国同样面临着市场容量有限、产业结构急需升级换代的现实。中国要认清自己是一个大国的现实,充分利用大国的优势发展经济。中国的经济规模庞大,与四小龙和东盟各国不一样,不可能一直走出口导向型之路,而是要打破国内的地方保护主义,扩大内需,发展规模经济。同时中国应进一步对外开放,促进东亚经济一体化,发挥市场提供者与资金、技术接受者的作用。

第四章　产业转移理论的
现实基础

在经济全球化进程中,发达国家和新兴工业化国家都在以全球化战略为基础和出发点,以信息产业技术发展为先导,加速进行面向 21 世纪的产业结构调整和产业转移,这无疑将对中国产业结构的调整和重组产生深远的影响。能否抓住国际产业转移这一时机,重新制定和调整我国东西部地区的产业政策,已成为实现我国东西部地区产业结构转型,促进产业结构高度化、现代化成败的关键。本章通过对我国地区产业结构的历史回顾、国际产业转移趋势和中国地区产业转移现实的分析,来进一步讨论和分析产业转移理论在实践中的影响。

第一节　我国地区产业结构的
历史发展

一、中国地区产业结构演进历程

中国地区经济发展差距过大,是影响中国经济持续发展和全面进步的一大矛盾。尤其是改革开放以来,东部沿海地区经济高速增长,西部地区却相对处于停滞状态。已形成发达与落后、富裕与贫穷的鲜明对比,而且差距还在日益扩大。这种状况的形成,并不是一蹴而就,一朝形成的,也不是一成不变、单纯的拉大或缩小,而是存在一个历史演变的过程,并且始终处于一种拉大或缩小的动态变化之中。

1. 国民经济恢复时期的差距

新中国成立前,旧中国地区经济结构极不合理。地区经济基础十分薄弱,生产力分布畸形,工业偏集于东部一隅。全国工业总产值 77% 以上集中在占国土面积不到 12% 的东部沿海地带,而占国土面积 68% 的西北、西南和内蒙古广大地区,工业总产值仅占全国的 9%。旧中国四分之三以上的工业集中在东部沿海地区,广人内地,特别是边疆少数民族地区,很少或者根本没有工业。西部地区的九个省区,除陕西、云南、四川,在抗日战争时期,工业得到少量的发展外,其他六省基本上没有工业,当时宁夏的工业产值只有 1 280 万元,青海省只有 1 870 万元,新疆也只有 8 018 万元。与东部地区相比经济发展差距极大,经济发展上有着天壤之别。

新中国成立后,经过国民经济恢复时期的建设,到 1952 年西部地区九省的社会总产值为 137.64 亿元,而当时东部地区七省的社会总产值为 291.92 亿元,两大地区按社会总产值比较,其比值为 1∶2.12(西部地区为 1,各表比值以此推)。

表 4-1　中国东西部地区经济发展规模比较(1952 年)

项　　目	西部地区	东部地区	比　　值
社会总产值	137.64	219.92	1∶2.12
农业产值	77.86	161.35	1∶2.07
工业产值	32.96	87.22	1∶2.64
国民收入	87.27	176.64	1∶2.02

资料来源:根据《全国各省、自治区、直辖市历史统计资料汇编(1949—1989)》整理,中国统计出版社 1990 年版。

依据表列数据分析,西部地区经济发展的总规模约低于东部地区112％,其中工业产值最大约低于东部地区164％。据1952年的统计,我国沿海各省工业的产值约占工业总产值的70％。重工业主要集中在辽宁、黑龙江和河北等省,钢铁工业大约有80％的生产能力分布在沿海,其中主要部分集中在鞍钢。轻工业主要集中在上海、天津两市和江苏、广东等省,例如纺织工业有80％的纱锭和90％的布机分布在沿海,其中主要部分集中在上海、天津、青岛、大连等少数城市。在上述方面东部地区的发展水平明显地高于西部。

2. 1978年前东西部地区经济建设时期的差距

"一五"时期,在注意发展沿海工业的同时,明确提出工业建设重点向内地转移。"一五"计划规定:"为了改变原来地区分布不合理状况,必须建设新的工业基地,而首先利用、改造和扩建原来的工业基地是创造新的工业基地的一种必要的条件。"而在实际运作中,生产布局存在着对沿海地区经济重视不够的偏差。鉴于此,1956年4月,毛泽东经过调查研究,在《论十大关系》中从战略高度精辟分析了沿海和内地相互依从、相互促进、协调发展的关系。在《论十大关系》中指出:"我国全部轻工业和重工业,都有约70％在沿海,只有30％在内地。这是历史上形成的一种不合理的状况。沿海的工业基地必须充分利用,但是,为了平衡工业发展的布局,内地工业必须大力发展。在这两者的关系问题上,我们也没有犯大的错误,只是最近几年,对沿海工业有些估计不足,对它的发展不那么注重了,这要改变一下。"他说:"好好地利用和发展沿海的工业老底子,可以使我们更有力量来发展和支持内地工业。如果采取消极态度,就会妨碍内地工业的问题。如果是真想,不是假想,就必须更多地利用和发展沿海工业,特别是轻工业。""一五"期间的实践证明,毛泽东的论断是完全正确的。沿海工业的发展,在以下几方面有力地支援了内地的工业建设。一是提供设备、物资。"一五"期间,苏联援助我们的重点建设项目中,有 30％至 50％的设备以及生产配套用的产品和材料要由国内供应,这部分设备、材料绝大部分是由沿海地区的工业提供的。例如,鞍钢在 1955 年生产的钢材,供应了全国 2 000 多个生产、基建单位的需要。二是提供积累。仅上海一地,1949 至 1955 年,各部门企业上交国家的利润和税收,就占"一五"计划基本建设投资的 20.9％。具体来说,在"一五"基本建设投资总额中,沿海地区占 36.9％,而西部地区占 18.0％。然而,在"一五"时期特别是"一五"后期,由于受当时国际形势的影响,一段时间内曾把战争形势估计得严重了,因而出现了忽视甚至限制沿海工业发展的倾向,生产力布局的重点在由沿海向内地推进的速度上有些过快。由于当时对"一五"时期的经验教训在理论上总结得很不够,这一问题并未引起高度重视,以致后来在经济建设中进一步强调生产力平衡配置,从而产生更大的失误。

根据"一五"的经验,在党的第八次全国代表大会上,周恩来在《关于发展国民经济的第二个五年计划的建议》的报告中指出:继续加强东北工业基地;充分利用、适当加强华北、华东、中南沿海城市的工业;内地继续加强武钢、包钢等基地建设,同时进行西北、西南和三门峡地区的钢铁、有色冶金工业;加强西藏地质勘探工作,为发展西藏地区经济准备条件。由于大跃进期间盲目冒进,上述政策未得以贯彻执行。

1964 年底,在第三届全国人民代表大会上,提出要在不太长的历史时期内,把我国建设成为一个具有现代农业、现代工业、现代国防和现代科学技术的社会主义强国,赶上和超过世界先进水平。并提出了从"三五"开始分两步走:第一步建立一个独立的、比较完整的工业体系和国民经济体系;第二步全面实现农业、工业、国防和科学技术的现代化,使我国经济走在世界前列。在此战略方针指导下,完全可以把我国经济建设推向一个新的高潮。但后来由于"文化大革命"和对国际形势的错误估计和判断,把国防安全放在第一位,优先发展重工业,加快"三线"建设,逐步改变工业布局。"四五"计划《纲要》(草案)更基于对国际形势和战略危险的估计,突出备战,集中力量建设大三线战备后方。同时各自为战,大力协同,建立各个经济协作区的经济体系。这一政策的实施,使经济建设遭受了严重损失。

一、二、三线是按我国地理区域划分的,沿海地区为一线,中部地区为二线,后方地区为三线。三线分两大片,一是包括云、贵、川三省的全部或大部分及湘西、鄂西地区的西南三线;一是包括陕、甘、宁、青四省区的全部或大部分及豫西、晋西地区的西北三线。这是大三线,中部及沿海地区省区的腹地为小三线。

我国第三和第四两个五年计划的制定以及生产建设,都转向了以备战为中心,以三线建设为重点的轨道。在整个"三五"和"四五"时期,国家累计在三线地区的11个省区的投资为1 173.41亿元,其中"三五"时期482.43亿元,占全国的52.7%,"四五"时期690.98亿元,占全国的41.1%。在"三线"建设时期,国家在西部的投资曾达到占全国35%的最高点。这使西部经济得到了快速发展,形成了一定的工业生产能力。

建国后到改革开放前,我国从政治需要出发,加大了对内地的投资和建设。"一五"时期兼顾了沿海与内地发展的需要,为了充分发挥沿海已有的条件和优势,沿海投资占41.8%。但"一五"时期重点建设的156个项目中,不包括军工项目,中部地区55项,占投资的51.5%,投资重点已经偏向内地。"二五"时期的投资已经明显向内地转移,在内地新建了一批大型项目。"三五"是我国"三线"建设的高潮,沿海地区投资仅占24.9%,沿海一些发达地区如上海、辽宁、天津等省市许多工业企业迁往内地,中西部地区投资迅速上升。"四五"时期"三线"建设继续进行,这一时期已开始纠正内地投资比重太高的现象,沿海地区投资项目开始增加,但内地投资比重仍然很高(见表4-2)。

表4-2 改革开放前东、中、西部地区全
社会固定资产投资的比较

时　　　期	投资总额 (亿元)	占全国的比重(%)		
		东部	中部	西部
"一五"时期(1953—1957年)	611.58	41.8	26.6	21.2
"二五"时期(1958—1962年)	1 307	37.0	30.6	26.8
"三五"时期(1966—1970年)	1 209.09	24.9	28.2	38.5
"西五"时期(1970—1975年)	2 276.37	33.4	28.1	28.4
"五五"时期(1976—1980年)	3 186.22	40.1	28.3	23.8

注:以上投资总额以全民所有制单位的投资额计算。

资料来源:《1950—1985年固定资产投资统计资料》,中国统计出版社1987年版。

但是,由于忽视了区域生产力布局规律,并通过抑制东部沿海地区的发展来追求内地与沿海的"均衡"发展,其结果是均衡与效率的"双牺牲"。因此自20世纪50年代起,经济总量不断向东部地区集中,东中西部地区差异有所扩大(见表4-3)。

表4-3 改革开放前东、西部地区经济格局的变化

年份	地 区	GDP总值 (亿元)	GDP所占份额 (%)	人均GDP (元/人)	以西部人均 GDP为100
1952	东部 西部	273 87	50.2 16.1	116 67	172 100
1978	东部 西部	1 978 559	52.6 16.4	457 251	182 100

资料来源:根据《全国各省、自治区、直辖市历史统计资料汇编(1949—1989)》整理,中国统计出版社1990年版。

由表 4-3 可以看出,1952 年,东、西部 GDP 分别占 50.2% 和 16.1%;1978 年则分别为 52.6% 和 16.4%,东部上升了 2.4 个百分点,西部基本不变,仅上升 0.3 个百分点。

1978 年以前的区域开发战略可概括为强调公平、以建设开发内地为主体的均衡发展战略。据不完全统计,1953 至 1978年的 26 年中,西部地区固定资产投资总额达 1 506.63 亿元,其中,国家投资为 1 282.33 亿元,占 85%。由于国家财政和银行信贷巨额的资金投入,西部地区国民经济的规模和结构都发生了巨大变化,不仅农业的生产条件有了很大改观,更重要的是:西部九省都建立了必要的基础工业和部分加工工业,西北的甘、宁、青、新四省的工业,从无到有发展起来。按照社会总产值计算,1978 年西部九省的总值已达 1 061.8 亿元,较 1952 年增长了 6.7 倍,年均递增 8.17%,其中工业产值达到 516.4 亿元,年均递增 7.77%;工业产值的比重由 1952 年的占本地区的 23.9上升到 52.9%。

1978 年西部地区社会总产值占全国的比例由 1962 年的13.5% 上升到占 15.5%,而东部地区占全国的比例由 1952 年的28.76% 下降到 26.76。这说明,西部地区经济发展在总体规模上与东部地区的差距有一定缩小。为了进一步说明东西部地区经济差距的变化,再从以下几例几组数据作进一步对比分析(见表4-4、表 4-5 和表 4-6)。

通过以下数据分析:

(1) 1978 年西部地区经济总规模与东部地区相比,差距明显地缩小了,西部地区与东部地区相应比值有所增大。

(2) 按人均产值对比,基本上已能较全面地从经济角度来反映两大地区的差距水平。

(3) 在 1952 至 1978 年的 26 年中,西部地区经济发展速度均略高于东部地区。这反映出西部地区与东部地区经济发展水平差距有所缩小。

表 4-4　西部地区与东部地区经济总规模
比较(1952—1978 年)　　　　　单位：亿元

项　　　目	西部地区	东部地区	1978 年的比值	1952 年的比值
社会总产值	1 061.81	2 045.45	1：1.92	1：2.12
农 业 产 值	288.89	484.08	1：1.67	1：2.07
工 业 产 值	561.40	1 078.08	1：2.08	1：2.64
国 民 收 入	494.22	910.41	1：1.81	1：2.02

资料来源：根据《全国各省、自治区、直辖市历史统计资料汇编(1949—1989)》整理,中国统计出版社 1990 年版。

表 4-5　西部地区与东部地区人均产值
比较(1952—1978 年)　　　　　单位：亿元

项　　　目	西部地区	东部地区	1978 年的比值	1952 年的比值
社会总产值	476.81	636.14	1：1.33	1：2.12
农 业 产 值	139.77	150.55	1：1.07	1：2.07
工 业 产 值	252.10	335.28	1：1.33	1：2.64
国 民 收 入	221.94	283.14	1：1.27	1：2.02

资料来源：根据《全国各省、自治区、直辖市历史统计资料汇编(1949—1989)》整理,中国统计出版社 1990 年版。

表 4-6　西部地区与东部地区经济发展速度的比较
(1952—1978 年)(按年递增率%)

项　　　目	西部地区	东部地区	西部比东部增减
社会总产值	8.17	7.77	＋0.40
农 业 产 值	5.17	4.31	＋0.86

项　　目	西部地区	东部地区	西部比东部增减
工业产值	11.52	10.15	＋1.37
国民收入	6.89	6.5	＋0.39

资料来源：根据《全国各省、自治区、直辖市历史统计资料汇编（1949—1989）》整理，中国统计出版社 1990 年版。

　　西部地区经济发展的速度能高于东部地区，首先是国家经济发展的战略布局所决定的。国家在酝酿完成了第一个五年计划之后，便有计划地注意发展中西部地区经济，并且切实地把投资重点转移到内地，有重点地投资扶持西部地区的骨干项目，以此带动西部地区经济的发展。国家对沿海地区的投资比率，从 1953 年的 1.04 下降到 1957 年的 0.75；1958 年后对中西部地区的投资的比重明显增加，而对沿海地区的投资比重下降到 0.38。对东部地区投资减少也就必然使东部地区的经济发展受到一定的影响，而对中西部地区投资的增加也相应地促进了中西部地区的经济发展，成为西部地区与东部地区经济发展差距缩小的一个重要原因。

3. 1978 年以后我国东西部地区经济发展差距

　　1978 年 12 月召开的党的十一届三中全会后，我国进入了社会主义经济建设的历史新时期，国家调整了国民经济建设的战略部署，制定了一系列改革开放的新方针新政策，强有力地推进了我国国民经济的大发展。邓小平在创建有中国特色社会主义理论的过程中，鲜明地提出了"两个大局"的理论思想。他指出："沿海地区要加快对外开放，使这个拥有两亿人口的广大地带较快地先发展起来，从而带动内地更好的发展，这是一个事关大局的问题。内地要顾全这个大局。反过来，发展到一定时候，又要求沿海拿出更多的力量来帮助内地的发展，这也是个大局。那个时候沿海也要服从这个大局。"这一指导思想对后来我国区域经济政策的制定产生了重要影响。《国民经济和社会发展第六个五年计划》中明确指出,要积极利用沿海地区的现有基础,"充分发挥它们的特长","继续积极支持和切实帮助少数民族地区发展生产,繁荣经济"。《国民经济和社会发展第七个五年计划》提出"要加速东部沿海地带的发展,同时把能源、原材料建设的重点放到中部,并积极做好进一步开发西部地带的准备"。进入20世纪80年代,我国生产力布局和地区经济发展以提高经济效益为中心,向沿海地区倾斜。一是"八五"以来,国家投资重点逐步由内地转向沿海地区。"六五"期间,国家把一大批重点建设项目布局在沿海地区,沿海占全国基础建设投资的比重首次超过中西部,达到47.7%,中西部比重降至46.5%,为前几次计划时期的最低点。国家投资主要是用于全民所有制单位的基本建设,1982至1990年,国家预算内投资的91.7%用于全民所有制单位的基本建设。如以内地全民所有制单位的基本建设投资为1,沿海地区的投资,"五五"时期为0.84,"六五"时期上升到1.03,"七五"时期又增加到1.29,其中1988年高达1.36。如以内地全社会固定资产投资为1,沿海地区的投资,1982年为1.12,1985年为1.12,1988年剧增到1.47。二是国家率先在沿海地区开辟经济特区,赋予这些特区的地方政府在财政、税收、金融、信贷、外资、外贸、价格等方面较大的自主权,并给予相应的特殊优惠政策。这些政策极大地刺激了沿海地区经济的高速增长。"七五"计划又明确规定沿海地区的产业要向高、精、尖、新方向发展,中西部内地要大力发展基础原材料产业。十三大报告进一步指出,东、中、西部要"各展所长,并通过相互开放和平等交换,形成合理的区域分工和地区经济结构"。《国民经济和社会发展十年规划和第八个五年计划纲要》指出:要"根据统筹规划、合理分工、优势互补、协调发展、利益兼顾、共同富裕的原则,努力改善地区经济结构和生产力布局"。江泽民在论述社会主义现代化建设中的"十二大关系"时进一步指出:"对于东部地区与中西部地区经济发展中出现的差距扩大问题,必须认真对待,正确处理,从'九五'开始,要更加重视支持中西部地区经济的发展,逐步加大解决地区差距方面的努力。""十五"时期地区发展的总体思路是:坚持地区经济合理布局和协调发展的总方针,按照统筹规划、合理分工、相互支援、共同发展的原则,在继续推进东部沿海地区经济社会现代化进程的同时,加快中西部地区发展的步伐,实施西部大开发战略,加强老工业基地调整改造,使中西部地区的发展成为 21 世纪我国经济和社会现代化的战略重点之一。

从 1952 至 1978 年,我国东西部地区经济总量的差距缓慢扩大,但改革开放后,东部地区 GDP 占全国的比重增长较快,西部地区的比重相应减少,特别是"八五"期间,地区差距扩大的趋势非常明显(见表 4-7)。

表 4-7　主要年份东西部经济总量占全国的比重(%)

年　　份	1952	1978	1980	1985	1990	1995	1998	2000
东部地区	50.8	52.3	52.1	52.8	54.0	58.3	58.1	59.4
西部地区	16.4	16.7	16.6	16.2	16.2	14.1	14.0	13.58

资料来源:根据《全国各省、自治区、直辖市历史统计资料汇编(1949—1989)》整理,中国统计出版社 1990 年版;《中国中西部地区开发年鉴》,改革出版社 1996—2001年;《中国统计年鉴》(1989—2001),中国统计出版社。

西部地区不仅 GDP 比率低,而且人均 GDP 也很少,并且同东部地区的差距也在扩大,尤其是 20 世纪 90 年代出现两极分化的趋势。从人均 GDP 看,1978 年,东部和西部分别为 457 元和251 元,东部与西部的绝对差为 206 元,相对差为 82.1%,到 2000年,人均 GDP 东部和西部分别为 10 768 元和 4 606 元,东部与西部的绝对差分别为 6 162 元,相对差分别为 133.8%,进一步反映了东西地带经济发展差距的扩大(见表 4-8)。

表 4 - 8 1978 年以后的东西部地区人均 GDP 差距变化

年　份	与东部绝对差（元）	与东部相对差（％）
	西　　　部	西　　　部
1978	206	45.1
1980	255.4	44.9
1985	411	41.8
1990	881	44.9
1995	3 897	56.8
1996	4 459	56.5
1997	5 058	57.2
1998	5 491	57.7
1999	5 930	58.7
2000	6 162	57.2

注：绝对差距按当年价计算；相对差距系数＝（大值－小值）/大值×100％。

资料来源：根据《全国各省、自治区、直辖市历史资料汇编》(1949—1989)、《中国统计年鉴》(1991、1996、1998、2000 年)各年中有关资料整理计算。

自 20 世纪 80 年代至今，在投资总量中，有 60％以上是东部地区完成的，西部地区不足 20％。以 1995 年全国社会固定资产投资为例，全国人均投资 1 607 元，西部地区仅为 770 元。从投资的所有制结构来看，国家投资东部是西部的 3.8 倍；集体投资是 9.27 倍；个体经济投资是 3.74 倍；外来投资是 18.9 倍。不仅如此，西部不但接受的资金少，而且还有相当部分资金通过股票、证券、贷款等方式流入到了东部地区。出现了西部地区经济与东部地区经济发展差距的拉大。1998 年是西部投资占全国比重最高的一年，但也只有全国的 14.5％，相当于东部地区的 24.3％。东部地区不仅有国家投资的倾斜，而且其他方面的投资也不少。

进入"五五"时期以后,特别是 1978 年改革开放后,我国经济发展战略开始发生转变,经济发展全方位向沿海倾斜,沿海地区投资比重直线上升,"五五"时期为 40.1%,"七五"为 48.8%,"八五"上升到 59.4%,"九五"更上升到 60.1%(见表 4-9)。从表中可以看出,"九五"后期以来,随着西部大开发战略的实施,西部地区投资的比重有所上升,从 1996 年占 14.4%上升到 2001 年的17.5%,但 2001 年东部地区仍高达 59.0%。

表 4-9 1978 年以后,东西部地区全社会固定资产投资的比较

时　　期	投资总额（亿元）	占全国比重(%)		以东部为 100	
		东　部	西　部	东　部	西　部
"五五"时期（1976—1980 年）	3 186.22	40.1	23.8	100.0	59.4
"六五"时期（1981—1985 年）	7 997.6	46.1	21.3	100.0	46.2
"七五"时期（1986—1990 年）	20 593.5	48.8	13.5	100.0	27.7
"八五"时期（1991—1995 年）	63 808.3	59.4	12.7	100.0	21.4
"九五"时期（1996—2000 年）	138 734	60.1	15.7	100.0	26.1
其中：1996	22 914	58.7	14.4	100.0	24.5
1997	24 941	59.3	14.7	100.0	24.8
1998	28 406	61.4	16.2	100.0	26.4
1999	29 855	61.1	16.3	100.0	26.7
2000	32 619	59.9	16.9	100.0	28.2
2001	36 898	59.0	17.5	100.0	29.7

注："五五"时期的投资总额以全民所有制单位的投资额计算。

资料来源：根据《1950—1985 年固定资产投资统计资料》,中国统计出版社 1987年版;《改革开放 17 年的中国地区经济》,中国统计出版社 1996 年版;《中国统计年鉴》(2002 年)等资料整理计算。

向沿海倾斜的发展政策极大地促进了我国经济的发展。1978 至 2001 年,国内生产总值由 3 624 亿元增加到 95 933 亿元,按可比价格计算,是 1978 年的 7.84 倍,年均增长 9.4％,这不仅高于同期世界年均增长约 3％的速度,而且快于改革开放前 1953 至 1978 年年均 6.1％的速度。特别是 1982 至 1988 年,年均增长 11.4％;1991 至 1997 年,年均增长 11.2％。1978 至 2001 年,我国人均国内生产总值从 379 元增加到 7 518 元,按可比价格计算,年均增长 8.0％。20 世纪 80 年代我国实现了现代化建设的第一步战略目标,1995 年提前实现了原定到 2000 年国民生产总值比 1980 年翻两番的目标,1997 年又提前 3 年实现了人均国民生产总值比 1980 年翻两番的目标。但是,沿海倾斜政策的实施直接导致沿海与内地发展差距的不断扩大(见表 4－10)。

表 4－10　1978 年以后东西部地区经济格局的变化

		1978	1985	1990	1995	1997	2000
GDP 亿元	东部 西部	1 798 559	4 225 1 369	9 239 2 810	33 957 8 226	42 573 10 210	57 740 13 203
GDP(％)	东部 西部	52.6 16.4	57.5 16.7	53.7 16.3	58.3 14.1	58.0 13.9	59.4 13.6
人均 GDP	东部 西部	457 251	983 572	1 960 1 079	6 863 2 966	8 848 3 791	10 768 4 606
以西部人均 GDP 为 100	东部 西部	182 100	172 100	182 100	231 100	233 100	234 100

资料来源:根据《全国各省、自治区、直辖市历史资料汇编》(1949—1989)、《中国统计年鉴》(1991、1996、1998、2001 年)各年中有关数据整理计算。

从表 4－9 可以看出,1978 年,东西部 GDP 分别为 52.6％和 16.4％,到 2000 年,则分别为 59.4％和 13.6％,东部上升了 6.8 个百分点,西部下降了 2.8 个百分点,反映了三大地带经济发展差距的持续扩大。

在我国东西部地区经济发展中,经济发展差距演变经历了以上三个阶段,基本上说明了东西部地区经济发展差距的变化历程。从历史发展看,今后西部地区的经济发展,依然需要国家从政策、资金、财力、物力上给予支持才行,缩小东西部地区经济发展差距需要而且必须由国家在宏观调控上给予支持和相应的政策倾斜,使东西部地区经济发展保持在一个合理的范围内,力图使东西部经济扬长避短、优势互补、相互融合、共同发展,最终实现区域经济的协调发展。

二、地区产业结构演进历程的评价

改革开放前 30 年,内地和西部地区的重点建设重视了区域平衡发展但损失了经济效率;改革开放后 20 年,东部沿海地区的重点发展重视了经济效率但损失了区域平衡,这两个时期都没有实现区域经济协调发展。在建国 50 多年中,我国实际上一直在努力改变这种状况,提高生产力和经济发展水平,促使东部与西部之间实现平衡发展。在此期间,我国在上述两方面都取得了巨大的成绩,同时也得到了深刻的经验和教训。

1. 改革开放前 30 年西部地区经济结构评价

改革开放前 30 年,为了改变生产力和经济布局严重偏集于沿海地区的不合理状况,同时也为国际环境所迫,我国基本上采取了区域经济平衡发展的总体战略,将经济建设和发展的重点放在了内地,"三五"和"四五"计划时期甚至放在内陆边陲的西部地区,进行了"大三线"建设。"均衡配置、均衡发展"原则指导下的经济布局,没有脱出小生产的"窠臼",特别是要求各地区自成体系、自给自足,显然是用小生产的观点指导大工业的发展,这必然会产生一系列的问题。随着经济规模的扩大,区域经济结构的复杂化,越来越制约整个国民经济的有效发展。从多方面衡量,这一时期内地重点建设既有成绩,也存在失误。成绩主要是:

第一,内地和西部重点建设改变了我国解放前经济畸形集中于沿海少数几个大中城市的不合理格局,生产力和经济布局很大程度上趋向于均衡。这30年间以现价计算的国民生产总值年均增长速度,东、西部地区之比为6.81∶7.25,西部地区高于东部地区0.44个百分点。这种速度差的积累,使东西部地区的经济差距呈现缩小的趋势。"一五"计划期间,沿海与内地的工业产值静态不平衡差由1952年的55.82缩小为1957年的48.29,"三五"、"四五"计划期间进一步降为36.04。内地,特别是西部地区经济实力大大加强。国家在内地集中投资,虽然这些大中型企业由于多方面原因对地方经济辐射带动作用不大,但毕竟使内地有了现代化建设的基础,扩大了自身的发展能力,地方经济发展较快,提高了内地特别是西部地区人民生活的水平和质量。

第二,内地的重点建设为全国经济发展作出了巨大贡献,特别是为东部沿海地区开辟了生产原料基地,开拓了国内市场,提供了大量能源、原材料和初级加工品,促进和保证了东部地区加工制造业的发展。同时,东部地区工业品的市场对广大内地的依赖程度越来越大。"六五"计划期间沿海的辽、粤、沪、津、苏等省市的有色金属冶炼厂,85%左右的原料来自内地。沿海12个省市区有10个能源不能自给,仅煤炭在20世纪80年代初净调入就为7 800万吨左右,而这些煤炭也来自内地。

第三,"大三线"建设奠定了西部经济基础,也增强了国防安全。随着生产和经济的发展,我国生产建设的重点必然会逐步西移,因为这符合生产力发展和分布的一般规律,即随着生产力的发展,生产空间不断扩大,越来越大的空间范围逐步纳入到现代经济系统中去。虽然在"三五"和"四五"计划时期就进行了"大三线"建设,时机尚欠成熟,但却为以后西部地区大规模重点开发和建设打下了扎实基础,做了一次很好的准备工作。"大三线"工业地带已经成为我国经济的潜在生长点。

区域经济平衡发展战略也存在着严重的缺陷。第一,这种战略没有把区域经济的平衡发展建立在生产力发展的客观规律上，生产力的平衡配置带有极强的主观性和片面性，是通过抑制东部区域、沿海区域的发展来强化内地区域的发展，所追求的实际上是一种低水平的平衡。第二，这种战略过分强调区域平衡发展而忽视经济发展和区域生产力布局的效率原则，造成极大的经济损失。第三，这种战略在区域生产力布局上违背了规模经济原则，使许多新建企业不仅没有获得规模经济效益，而且产生了外部不经济。第四，这种战略在促进区域自身发展上所发挥的作用也是有限的。

这一时期内地的重点建设，尤其是"大三线"建设的最主要不良后果是经济效益较差。资源配置的经济效率低下，延缓了社会经济发展的进程，没有跟上世界经济发展的步伐，与世界发达国家的经济距离有所扩大。1952 至 1978 年，全国社会总产值、国民收入和工农业总产值的年递增率分别仅为 7.6%、6.5%、7.8%，而 20 世纪 80 年代这三个指标的数值分别是 16.1%、14.6%、16.1%；而且随着生产建设重点逐步向西深入，从中部地区到西部地区，经济发展的速度和效率也在逐步降低。"一五"计划时期全国工业产值年递增率为 18%，"三五"时期降为 11.7%，"四五"时期更降为 9.1%；全民所有制工业的资金利税率，由"一五"时期的 29.4% 下降为"三五"的 18.9% 和"四五"的 18.7%。这一时期内地重点建设经济效率低下的原因，显然是多方面的，有国外方面的也有国内方面的，有硬环境方面的也有软环境方面的。从空间布局来考虑，主要是由于内地以至西部地区重点建设过程中，微观经济单位即企业的布局和定点问题没有处理好，最突出地表现在大小三线建设的企业选址定点方面，一味地"靠山、分散、进洞"，没有在内地综合条件较好的区位安家落户。

从经济发展水平和经济结构上看，自 19 世纪 40 年代中国近代工业在沿海地区发轫以来的近一个半世纪里，沿海地区一直是中国经济的中心地域。至 1949 年，沿海地区工业总产值占全国工业总产值的 71.7％,东北及沿海地区的铁路占全国铁路总里程的 90％以上。广大内地近代工业十分薄弱,经济结构单一,农业占有绝对高的比重。1949 至 1978 年,我国区域经济实行了均衡发展的战略,西部地区逐步形成了以原材料、能源为主的重工业体系。这时经济结构的格局是:西部地区工业中重工业的比重过大,重工业又以能源、原材料为主,制造业以初级产品加工为主;东部工业中轻纺工业所占比重较大,重工业以深度加工的重工业为主。这种格局使附加值高、利税大的深加工产业主要集中在东部地区,而附加值低,利税小的初级产品产业主要集中在西部地区。

总之,改革开放前 30 年,我国在区域发展目标上,是强调地区之间的均衡发展,较少考虑总体经济效益的提高;在地区布局与投资分配上,以内地为重点,有计划地推动生产布局的大规模西移。过分地强调均衡发展,不顾各地区的具体条件和特点,一律要求建立完整的地方工业体系和经济体系,违背了"因地制宜、扬长避短"的原则,必然产生不良影响。我国从"二五"开始,农业方面,在"以粮为纲"的方针指导下,毁林开荒、围湖造田,结果不仅粮食产量没有上去,经济作物得不到发展,而且使生态环境日益恶化,给农业生产带来了灾难性的后果;在工业方面,为了使各地区能自成体系、自给自足,各产业部门应有尽有,行行俱全,完全不顾各地区的绝对利益和相对利益的有效利用。以牺牲效率为代价的"均衡发展",不仅各地区最终不能平衡发展,而且整个国民经济必然是在低效率的状态下运行。

2. 改革开放后 20 年东西部地区经济结构评价

改革开放 20 年来,东部沿海地区开放带动战略取得了巨大的成功,我国东部沿海地区形成经济发展水平较发达、市场开放开发度很高的与国外、境外市场接轨的三大经济圈,即北方,以京、津、唐为龙头的环渤海湾经济圈,中部,以上海为龙头的长江三角洲经济圈和南方以香港、珠江三角洲为龙头的粤、港、澳经济圈。这一战略既加快了沿海地区的发展步伐,又通过沿海地区的示范、扩散效应,促进和带动了内地经济的发展,更重要的是它缩小了与世界先进水平的差距,支撑了我国经济的快速发展,增强了我国的综合国力。

然而这一战略除带来了我国东中西部区域经济的发展差距进一步扩大之外,由于区域产业政策偏误,一定程度上也带来了我国区域经济结构的失衡。国家在实施东部沿海开放优先发展战略时,即给沿海地区特殊优惠政策时,没在相应地制定区域产业差别政策和引导政策。其结果,各地在追求区域经济效益、发展速度的驱动下,均盲目追求建立各自独立完整的工业体系,从基础产业、一般加工业到深度加工业,一方面造成我国各地区区域经济产业结构的严重趋同;另一方面,由于东部沿海地区在人才、科技、资金、管理、市场及营销策略等方面的综合优势,使东部不仅在高新技术产业方面,而且在传统制造业、加工业方面也得以迅速发展,形成了对中西部同类产业巨大竞争优势,使许多中西部地区长期作为支柱的传统产业缺乏明显的竞争力,昔日为国家工业化作出过重要贡献的这些产业的多数企业处于亏损或停产状态,而更为严重的是,中西部区域的技术升级的产业由于面临着第三产业、高新技术产业的崛起,在比较收益驱使下大量的资金被转走而得不到技改资金。在技术、资金、市场的三重压力下,中西部传统产业大多处于技术与规模不经济的境地。例如:东部沿海许多发达省区,在比较成本效益的考虑下,充分利用其资源配置的效率优势、规模优势和技术优势,在 20 世纪 80 年代中后期起至 90 年代,一直大规模地发展能源、交通等基础工业和材料工业,以至于国家长期倡导的西电东送的局面也被改变,西部的一些花费巨资兴建的大型水电站发的电送不出去,而东部如广东则花费巨资兴建大型火电站、核电站,成为全国电力过剩的最大的省区,虽然其电价比西部电价贵一倍还多,但其投资比较收益不错,从而大幅度增加了东部经济总量和实力。

我国施行了沿海地区经济发展战略,经济发展的重点放在了东部沿海地区,沿海经济发展战略的实施,取得了快速的发展和较高的经济效率。不足之处在于东西部经济发展不平衡,损失了区域发展的公平和均衡。一是在突出重点区域优先发展的同时,实际上对不同区域经济的协调发展重视不够,区域经济发展不平衡及其相应的区域经济发展差距不断拉大。二是在实行一系列向东部沿海倾斜的政策措施的过程中,不同程度地存在着倾斜范围过窄,倾斜力度过大和倾斜时限过长,在实现发展战略的效率要求的同时,实际上对公平要求的实现兼顾不够。三是一些必要的区域经济发展政策措施不完善和不完整,因而在区域经济发展方面存在着区域之间的利益摩擦和冲突、区域经济封锁、区域产业结构趋同等现象。

从产业结构看,东部地区工业化和城市化水平高,产业结构的层次较高,农业占 GDP 比例低于 30%,非农业在 GDP 中所占比重达 70% 以上;而西部地区农业在 GDP 中的比重竟达 30% 至 50%,不少省区还是"农业大省、工业弱省、财政穷省"。从农村经济结构看:西部地区农业虽是强项,但农村经济结构单一,以粮猪型为主,多种经济和乡镇企业普遍短缺,使西部大量农村剩余劳动力无出路,农民收入较低;而东部地区则由于乡镇企业的成长壮大,在国家几乎没有什么投入的情况下,加速了农村工业化、非农业化、城市化即城乡一体化的进程,从而大大加速了社会生产力的发展,这是东西部特别是东西部农村间差距拉大的主要原因。从规模结构和所有制结构看:西部地区以"一大二公"为显著特点;东部地区国有化程度低,民营经济不断增高。据1999 年底的统计资料,西部地区国有经济的比重仍高达 65% 左右,而东部已降至 30% 以下,国有大中型企业在西部国有工业经济中所占份额更大,东部地区为 44%,西部地区高达 70%;东部的中小形企业数量仅占全国的 42%,但产值却占全国的66%,占东部地区工业总产值的 66%,而西部的中小型企业数量虽占全国的 16％,但产值仅占全国的 8％,占西部地区工业产值的 55％。由于规模结构和所有制结构上的不同,造成了西部地区企业在自我积累、自我发展、自我约束机制,企业组织结构转换能力、企业市场关系和企业发展活力等方面远不能与东部地区相比,从而造成西部地区长期以来经济发展缓慢,东西部地区间经济发展差距扩大。

国民经济持续快速发展的内在要求是要确保地区之间分工协作关系的平衡。因此,必须从整个国民经济的结构调整,促成全国经济结构的高度化、全国统一市场的形成和经济运行的良性循环,这是实施西部开发战略同东部沿海进一步发展战略有机结合大战略的关键所在。

第二节　国际产业转移的新趋势

一、国际产业转移的背景

1. 经济全球化趋势加深

随着各国贸易和投资规模的不断扩大,经济全球化的步伐也不断加快。经济全球化使大多数国家都逐渐融入同一个世界市场中,逼迫世界各国努力调整产业结构,使本国以最有利的形式参与国际产业分工,使经济资源可以在全球范围内寻找最适合其增值的空间,这就为多种类、多层次、多形式的产业转移提供了条件。

2. 知识经济的出现和发达国家产业结构的升级产生了新一轮国际产业转移的要求

进入 20 世纪 90 年代以来,随着高技术产业的迅速发展,知识经济正开始替代工业经济,大量投入流向高新技术产业和服务业,特别是流向信息和通讯、教育与培训、研究与发展等方面。发达国家知识经济的产生和发展,形成了一批与知识和信息密切相关的新兴产业即知识产业,并成为国民经济的主导产业,推动了发达国家产业结构升级。发达国家就此产生了新一轮产业外移的需求,为了把更多的资源投入到新出现的知识性产业中去,就要求把一些原来的资本和技术密集型产业转移出去。

3. 市场经济制度成为世界经济发展的基本经济制度

大量的发展中国家也都参与到经济开放的过程中来,不断引入国际惯例,推动国际资本的流动,提高产业转移的效率。许多发展中国家不仅取消了限制,还采取积极的促进措施,提供高标准待遇、法律保护与担保,使国际投资环境不断改善。

4. 信息产业的发展,加快了信息的传播和交流

信息化和全球化是紧密相连的,当"以指数增加的信息和通讯网络使各种国际的和跨国的网络及协会的建立成为可能,而这些网络和协会往往导致实质性的组织结构的形成。巨大的信息流产生了数千家环球商业企业及上千个国际组织和政府间组织"。① 现代信息技术减少了生产者与消费者之间进行面对面接触的必要,因而使以前有销路的服务找到了市场。特别是世界互联网的应用和扩展,为世界各地人们的思维和活动提供了一个可以同时交流的平台,彻底改变了传统的交往方式。

二、国际产业转移的新动向

进入 21 世纪,经济全球化的浪潮使资源的配置在全球范围内进行,生产要素的国际间流动、全球范围的产业结构调整和产业转移的不断加快,促进了世界经济的一体化发展,世界经济的发展进入了前所未有的紧密时代。国际产业转移在经济全球化的大背景下出现了新的特点:

① E·拉兹洛:《决定命运的选择:21 世纪的生存抉择》,三联书店1997 年版,第 14 页。

1. 国际产业转移出现产业供给链整体搬迁趋势

由原来的产业企业部分生产环节的搬迁发展到企业的整体转移,除了总装工序转移外,零部件的生产也逐步开始转移,实现就近配套。如国内大众、本田等汽车制造商逐步实现零部件的国产化。

2. 生产外包成为国际产业转移的新兴主流方式

生产外包,即跨国公司将非核心制造环节外包转移给那些具有专业能力的外部供应商,然后通过外购获得这些产品。从产品价值链看,跨国公司所控制的价值增值环节集中于少数具有相对竞争优势的核心业务,而把其他低增值部分和简单的生产加工外包给较不发达国家的供应商。20世纪90年代以来,欧美企业生产外包规模年增长率达到35%。越来越多的跨国公司通过外包将生产基地转移到发展中国家,如可口可乐、松下、西门子、飞利浦等。

3. 产业转移呈现多梯度性

发达国家或地区在转移本国或本地区无竞争优势的劳动密集型产业的同时,开始转移资本和技术双密集的产品生产。如一些世界知名的微电子公司,看中发展中国家的智力资源,把研究开发工作转移到发展中国家。

4. 发展中国家和地区加强了自主选择性

发展中国家和地区不再是被动地接受发达国家或地区转移的产业和产品,而是制定政策和措施,加强了自主选择性。

第三节 我国地区产业转移的现实基础

一、我国地区产业转移的背景

随着我国经济的不断发展,短缺型经济中的供不应求的局面已经转为相对过剩的格局,消费需求结构从较低的层次向较高的层次迈进。而适应人们更高消费需求的产品,如通讯器材、电脑和多媒体产品等,生产能力却不足,很多要依赖进口。中国加入世界贸易组织后,意味着我国国内,尤其是制造业必须面临强大的国际竞争的挑战。面对这种严峻的现实,优势企业应开展技术创新,降低成本,提高国际竞争力,同时也应加强东部产业向中西部地区的转移,通过跨区域的资本运营,实现沿海与内地的优势互补,提高我国产业的整体水平。

此外,经济增长方式转变的客观规律也迫使东部地区把劳动密集型、高能耗、高物耗等比较劣势产业向中西部适当地区转移。中西部地区则可持续利用自己丰富的自然资源和廉价劳动力,与东部地区及跨国公司输出的资本、技术和管理经验形成优势互补,推动自身的产业结构调整。同时改革的深化和体制的进一步转换,为区际产业转移提供了有利的时机,展示了广阔的前景。

(一)东部传统产业的西移

1. 西部丰富的自然资源,推动东部传统产业的西移

一个地区产业结构的选择与当地的自然地理条件和资源状况密切相关。西部地区有着得天独厚的自然资源,如新疆的棉花生产,云南的烟草种植,新疆、广西的糖料生产等在全国农业中均占有重要的地位;西部地区省区都有发展畜牧业的有利条件,全国五大牧区都集中在这里,是我国重要的肉、皮、毛原料基地;西部矿产资源也非常丰富。相比,东部地区由于工业化进程加快、耕地锐减,棉花、糖料等农产品减产,部分矿种有一定的资源优势,但矿产开发利用成本相对较高,石油、煤炭等资源由于长期开采,增长潜力不大,受资源约束的劳动密集型和资源加工型产业面临原材料不足的矛盾。因此,东部地区将劳动密集、资源消耗高、运量大、技术含量低的产品和项目逐渐向西部地区转移符合东部地区经济发展的要求。

2. 土地、劳动力、技术、设备等生产要素的组合决定着产业结构的转移和升级

一是东部地区由于土地、劳动力成本上升,传统产业失去了比较优势,企业经济效益下降,生产者主动要求退出该行业,政府也调整产业政策,限制和淘汰某些传统产业。西部地区正好可以利用自身的土地、劳动力、自然资源优势,发展传统产业,及时占领东部地区让渡出来的市场空间。如广东蔗糖业的西移就是典型的例子。广东 20 世纪 60 年代以前是我国主要的蔗糖生产基地,到 70 年代效益开始下降,80 年代便难以为继了。广东省随着经济的发展,农民种植其他经济作物比种植甘蔗利润更大。蔗农纷纷改种其他经济作物,甘蔗种植面积急剧下降,原料不足,使许多糖厂停产、转产。如今,广西已经代替广东成为我国主要的蔗糖生产基地之一,全国省际间交易的商品糖一半以上来自广西。广西通过发展蔗糖业,增加了农民收入,增强了财政实力,促进了地区经济的发展。二是技术的要求。科学技术进步是经济成长的头等重要因素,也是提高产业素质和结构优化的关键所在。目前,高技术已成为国际竞争的核心和制高点。中国发展高技术产业要以创造高附加值,占有较大市场份额为主要目标。在高技术产业中应把信息技术、生物工程技术、航天技术、先进制造技术、新能源开发技术等作为重点。东部地区经过建国后几十年的发展,传统产业已达到一定的饱和点,急需高技术产业的输入,带动产业结构的调整与升级。只有通过改造和转移传统产业,才能使东部原有的劳动密集型和资源加工型产业向西部地区转移实现东西联合。三是设备的要求。东部地区为了适应产业结构的升级和优化,须将失去本地发展优势,受能源、原材料制约的生产传统产品的企业搬迁到西部地区,进行二次创业。"东锭西移"就属于此种类型。纺织业是典型的劳动密集型产业,我国的纺织工业布局的特点是远离产棉区,河南、河北、山西、新疆等产棉省区纺织业水平皆不如东南沿海。这有历史方面的原因。解放前,我国

民族工业的发展就是从东南沿海起步的,纺织工业是兴起最早的民族工业。解放后,东部沿海其他省市纺织工业迅速崛起,内地纺织工业也有所发展。但沿海自改革开放以来,劳动力成本上升,纺织工业的比较成本提高,经济效益下降。此外,工厂建设成本、土地、电力、燃料价格也相差很大。沿海大城市的纺织厂一般都在黄金地段,与其他产业相比,纺织行业的损失惊人。因此,纺织行业西移是最明智的选择。

3. 市场经济发展的内在规律决定着东部地区资源的合理配置

市场经济要求实现资源的合理配置和生产要素的跨地区流动(特别是东部传统产业西移),以加强竞争,抑制工业品价格的不断上涨;要求以地区的资源、市场、资金、区位等状况为依据,确定和培育符合当地实际的优势产业。因此,各地区产业结构的合理调整和转移,可以理顺上游基础产品和下游加工品的价格,加速全社会资产的优化和重组,实现优势互补。

4. 产业结构的演进规律促进地区产业结构保持由低级阶段向高级阶段的不断演进

随着经济的发展,一国或地区的产业结构保持由低级阶段向高级阶段不断演进的正常趋势。经济发达地区产业结构的优化和升级,相应伴随着传统产业或竞争中逐渐失去比较优势的产品和项目向经济相对落后地区的转移和调整。改革开放以来,在政策因素、历史原因和地缘优势的共同作用下,广东、福建、上海、山东、江苏等沿海地区充分利用美国、日本、韩国等国和我国香港、台湾地区经济转型的契机,发展"三来一补"为主要特征的劳动密集型产业和以家用电器为主要代表的轻型消费品产品的生产,使产业结构明显升级,相继进入工业化发展阶段。

(二)产业转移与中部经济

中部地区在我国三大地带的发展中一直处于"尴尬"的地位。建国以来,我国区域经济发展重点进行过几次大的调整,但每次都是在东西部地区之间进行选择。改革开放前,我国政府区域经济调控的主要目标是改变生产力布局集中于沿海地区的状况,因而发展重点转向内地。虽然中部地区也得到国家投资的倾斜,并奠定了工业化的初步基础,但国家投资的重心却在西部地区,尤其是在"三线建设"时期。20世纪70年代末,服务于对外开放的需要,我国政府把区位优势明显和经济基础较好的东部地区又作为政策支持的重点地区,使东部与中西部地区的差距在原有的基础上进一步拉大,沿海和内地的协调发展重新成为我国政府必须面对的严重问题。基于此,进入21世纪后,我国政府制定了西部大开发战略,国家支持的重点又转向西部地区。综观50多年来我国区域发展重点的变化,一个明显的事实是,在协调三大地带发展中,中部地区一直没有受到应有的重视。在目前竞争优势不及东部地区,政策支持又不及西部地区的背景条件下,中部地区作为一个整体如何发展,不能不成为我国区域经济发展中面临的一个重要问题。中部地区的发展,一方面依赖于各省在长期的发展中所积累的现代化基础,特别是在激烈的竞争环境中所形成的优势产业;另一方面应充分考虑东西部地区发展给本区带来的挑战和机遇。

中部地区经济发展的优势:(1)中部地区具有独特的区位优势,既可以利用东部的技术和资金优势,发展高加工工业,又可以依托西部地区拓展商品市场,同时也可以充当东、西部进行物资和技术交流的桥梁和纽带。(2)中部地区具有不可替代的资源环境优势和基础产业优势。中部地区是我国重要的农副产品的生产和输出基地,也是我国重要的原材料和主要初级产品生产和输出基地,还是我国环境容量最大、净化能力最强、开发前景最好的地区。在基础产业方面,中部地区形成了门类比较齐全、具有比较突出优势的基础产业体系。(3)中部地区具有丰富的人才资源和良好的科技教育基础,具有高等院校、科研院所、高新技术产业、科技型企业为内容的科技支撑体系。

中部地区经济发展的劣势：（1）资源优势受挫，产业结构调整困难重重。中部地区长期被定位于资源产地，能源、原材料、农产品生产基地，价值存在双向流失，资源优势被动转为劣势。产业结构调整方面，中部地区的产业结构与东、西部的产业结构具有很大的同构性，中央对中部地区定位不明，使中部地区产业结构调整步履维艰。（2）中央政策"东倾"、"西斜"，导致中部相当一部分人才和资金因政策和环境的影响向东部与西部流动，造成中部地区人才和资本的流失。（3）东部地区迅速发展与非国有经济的发展有着密切的联系，同时，东部非国有经济的快速发展也是东、中部地区差距拉大的一个原因。中部地区因受政策和环境的影响，中部地区非国有经济发展缓慢，比重低，很难给中部经济发展提供动力。

影响中部地区经济发展的国际、国内环境。当前国内环境的特征主要表现在：经济出现衰退趋势，通货紧缩以及由于体制转换、产业结构调整和通货紧缩等导致的整个社会失业率的上升。国际环境对中部地区的影响主要表现在：人民币面临升值的压力，而东南亚、东亚等国在渡过金融危机之后，各国的货币币值虽有所回升，但与危机前相比，还是有较大的贬值，加之他们与中国出口商品结构相似，对我国出口构成竞争力。同时，国际市场原材料、农产品价格长期下跌，可使我国特别是东部地区更有效地利用国际资源，但也必将拉大东部与中部经济发展的差距。

（三）产业转移与西部经济

单一产业的形成和发展是社会生产力发展的结果和实体现象形态，是国民经济发展的推动力量和物质表现形式，它们一般经历形成、成长、成熟和衰退等四个发展阶段。在历史上，各种产业随着社会生产力的不断发展，渐次形成第一、二、三次产业，并分别在经济增长中起主导作用，成为国民经济的主体。产业结构随社会生产力的发展而不断由低级向高级演变。它们作为经济过程中的阶段性一般是不可逾越的。但是，某一产业的发展和成熟,以及各个阶段间的衔接时间则可以缩短,而不同产业或产业综合体在经济发展中随着对经济增长作用的变化其地位也在发生变化,战略产业转化为主导产业、主导产业转化为支柱产业、支柱产业再转化为辅助产业,作为产业动态过程的表现形式,具有很大的灵活性,发展时间不仅可以缩短,而且主导产业或支柱产业也可以跨越。在选择和确定产业建设的战略方面,没有固定的模式。

这种认识为西部进行产业结构的转换与升级奠定了理论基础,而西部地区大开发的推进以及发达地区产业结构调整和产业转移、资金转移又为西部地区建立优化的产业结构提供了现实条件。因为,西部地区不仅可以从中吸引到大量的资金、技术和先进管理经验,解决经济发展中资金、技术和生产要素缺乏的问题,而且有利于培育产业发展的基础,扩大产业的规模,优化产业的结构,提高劳动生产率,加速经济的增长,从而帮助西部培育和促进产业发展,形成经济起飞的基础。可以说东部发达地区的产业结构调整和产业转移,给西部地区腾出了一个由低级结构逐步进入高级结构的产业空间。而西部大开发不断在广度和深度上的拓展,则增强了西部地区吸纳资金、技术和先进管理经验的能力,也就为西部地区培育和促进产业发展,调整产业结构并最终实现优化奠定了内在物质基础。

二、地区产业转移的障碍

1. 东部产业转移的主要障碍

(1)地方保护主义限制,东部政府可能不愿向西部转移产业。由于东部向西部转移产业会削弱东部地区相应产业的竞争力,降低其就业率。

(2)东部产业转移过程中可能遇到技术困难。东部地区在进入经济发展的第三阶段后,本应该主动让出一部分轻工产品市场,但由于东部地区相信主导产业转移中会遇到技术创新的困难,所以东部地区为自身的利益,非但不肯收缩轻工业,反而企图占领更多的西部轻工市场,从而使得全国范围内的产业战略大转移和产业结构的转换与升级陷入停顿,不仅东部难以向第三阶段发展,而且西部地区也因本地区轻工业发展缓慢而始终无法从第三阶段的初期过渡到成熟期,甚至还在很大程度上继续依赖第一阶段的主导产业——农牧业来维持现有收入水平,并为此付出沉重的生态代价。

(3)由于东部产业结构还未进入一个大的调整和升级的时期,因此东部给西部实现追赶目标所创造的市场机会和条件不多。另外,东部出于竞争等方面因素的考虑,即使向西部让渡一部分技术,也往往是相对过时的技术,甚至是本地资源环境不愿容纳的技术。

2. 中西部承接东部产业转移的主要障碍

(1)东部对中西部区域的拦截。沿海发达地区也存在相对欠发达的区域。为了促进区域发展,广东、浙江、福建等发达省份也出台一系列强有力的政策,包括改善基础设施、完善产业配套、优化投资环境、税收和土地优惠等措施鼓励本省资金向这些地方转移。尽管效果并没有预期的好,但客观上造成产业转移资金的部分拦截。

(2)产业配套条件不足。任何产业都不能脱离其他产业而孤立地存在和发展,只有那些能为发达地区转出产业提供良好协作配套条件的地区,才最有可能成为承接发达地区产业转移的基地。欠发达地区的基本特征之一是工业化水平低,产业结构低级化,产品竞争力弱,工业化进程一般仍处于工业化初级阶段向中级阶段的初中期转化过程中。在这样的生产力水平下,很多产业部门还未得到有效发展,产业配套严重不足,从而限制了部分产业的转移。而有些企业转移过来后,由于中间产品外购成本过高也难于集群植根。

(3)市场经济制度不健全。市场经济制度不健全、市场化水平低是欠发达地区的另一基本特征,也是阻碍产业转移的另一主要因素。一是市场经济制度不健全。如公有经济比重过高,非公有经济发展的体制性障碍还比较严重;市场经济配套改革落后,要素市场尤其是金融市场、资本市场发育滞后;还存在比较严重的地区封锁和条块分割现象;信用体系还很不健全;对外开放水平较低;政府直接干预市场、企业的现象也时有发生。二是思想观念落后。竞争观念、开放观念、效率观念、信用观念等市场经济观念还比较薄弱,自然经济观念和小农意识还比较浓。当然,欠发达地区承接发达地区产业转移的障碍因素还有很多,如伴随产业转移造成各种生产要素价格的上升;欠发达地区间在招商引资上的恶性竞争;中西部基础设施相对落后,等等。

三、产业转移相关理论在我国地区的现实基础

1. 刘易斯的二元经济模型

刘易斯对发展中国家经济发展的二元经济模型,认为农业部门劳动力的转移和工业部门对劳动力的吸收没有任何阻力,这实际上是与事实不符合的。由于多种因素的共同作用,这种二元模型并不适用于我国西部经济发展。首先,以重工业为主的产业结构对农业剩余劳动力的吸纳能力极低。其次,劳动力市场发展缓慢,至今尚未建立起通过市场配置劳动力资源的调节机制,劳动力无法根据市场需求而合理得到配置。再次,以城乡隔离为特征的户籍管理制度作为一种等级制度,把农民固定在土地上,使之难以脱离对土地的依附而在城乡间自由流动。最后,我国农村人口基数大,城市基础设施比较落后,生存空间有限,难以容纳大量农业剩余人口。所有这一切,阻碍了我国西部工业化进程,使我们难以采用刘易斯模式来进行西部开发。

西部这种特定的社会经济条件,要求采取三元结构的经济发展模式。三元经济结构是指由农业经济部门、农村工业经济部门和城市工业经济部门共同组成的相互作用、相互依存的经济体

系。由于我国农村剩余劳动力向城市工业部门转移受阻,必然导致其内生性地产生自己的工业——农村工业,这一点已为实践证实。改革开放后,东部沿海地区以乡镇企业为主体的农村工业迅速发展起来,吸纳了大量农业剩余劳动力,促进了当地经济迅速发展起来,产生了良好的经济效益和社会效益,推进了东部沿海地区工业化进程。由此可见,西部地区通过发展农村工业构建三元经济结构不仅有其必要性,而且有其可行性,有东部经验可以借鉴。

在所要构建的三元经济体系中,以乡镇企业为主体的农村工业经济处于主体地位。当前西部乡镇企业在数量、规模、质量和水平等方面与东部相比都还微不足道,必须大力发展。东部企业特别是乡镇企业与民营企业大多以劳动密集型产业起家,至今,劳动生产率已有很大提高,劳动力成本也大幅上升,其产品在国内外市场上的比较优势下降,唯有进行产品结构调整,向西部地区转移劳动密集型产品的生产,才能摆脱困境,保持持续发展势头。通过积极参与西部大开发,使东部乡镇企业通过梯度转移,加强与西部合作。发展农村工业要防止布局过于分散和无序,避免低水平重复建设和资源浪费。同时,要充分发挥西部人口资源丰富的优势,大力发展劳动密集型产业,将人口优势转化为经济优势。

西部经济以大力发展农村工业为主,并不意味可以忽视城市工业。我国西部城市工业虽有一定程度的发展,但数量很少,仍有很大投资空间,而且,与工业化水平相比,城市化水平滞后。今后,城市工业的发展方向是,以原有优势资源工业为依托,大力发展高新技术产业和信息产业,积极提升产业水平,优化产业结构;大力发展第三产业,不断完善城市基础设施建设,改革不合理户籍制度和用工制度,为继续吸纳农业剩余劳动力、加速西部的工业化和城市化奠定基础;充分发挥城市在信息、技术、资金、管理、人才等方面的优势,扩大其对周围地区的辐射效应,带动农村工业部门和农业经济部门发展。但要防止城市规模太大,城市有一定的合理边界,过大会产生负面效应。

农业经济应在城市工业部门和农村工业部门提供的信息、技术和设备等帮助下,积极加速生产的机械化和现代化,实现规模经济,向深度和广度发展;继续开发宜农宜林荒地,努力改良品种,大力提高农产品质量,提高农业效益,同时发展畜禽产业,搞好农业内部产业结构调整与重组优化,大力发展高产、优质、特色农业。要根据农村工业部门和城市工业部门及城乡居民等经济主体的需求,提供适销对路的农副产品。

2. 小岛理论

东部产业结构的高度化演进过程本身就意味"边际产业"的变迁和产生。随着经济理论的发展和国际经济的实证检验,"小岛理论"的缺陷和对现实经济现象的无力解释使之未能取得进一步的发展。但是"小岛理论"所包含的某些观点如:引入相对技术差距小的产业有利于已具备一定生产基地、积累了若干经验的东道国吸收来自外国的相对先进技术等,即使在当代在一定程度上依然成立。另外,小岛阐述的"边际产业移植标准",在国际经济应用中虽然意味着发展中国家贸易利益的流失和经济发展差距的难以弥合而必然遭到反对,但将其用于一国国内产业结构调整,却可借这一比较优势提升一国产业结构和总体的经济实力,赶超发达国家。同时辅以合理规范的转移支付制度,还可将难以协调的国际利益分配问题内化于一国。基于此点,在我国进行西部开发之际,我们循着"边际产业转移植"这一思想,可望对我国东部产业战略西移、提高总体经济实力做有益的探索。

东部的"边际产业"既是其自身产业演进的结果,又是通过对东、西产业及东部与国外产业对比得出的概念。由于小岛清是站在日本的立场提出这一理论的,而其理论的实质是适应其本国产业结构调整的需要,将劣势的产业移出以实现过时技术的最后增值。因此东部产业结构的升级不能也按照"边际产业"的标准从国外进行移植,否则我国在产业水平和技术上势必永远落后下去,在对外经济交往中不可避免地处于不利地位。

东部应依据当前国际经济交往中发达国家之间的产业内贸易居于主导地位的现状,积极调整产业发展战略,致力于发展能在未来发达国家间产业内贸易中占有一席之地的高新技术产业。

3. 产品生命周期理论

产品生命周期理论是关系技术在决定世界贸易格局方面的重要性的理论。产品生命周期理论揭示了:如果一个国家在某种新产品上拥有技术上的竞争优势,它将出口这种产品。东部地区的产品升级换代关键是其生产技术水平的提高。我国的具体国情是劳动力资源丰富、资本稀缺和技术落后,大力发展劳动密集型产业是我们的比较优势所在,而高新技术则是我国的弱项。从整体上讲,中国在高新技术方面不及发达国家,这不阻碍在某些局部领域(如高能物理,航天技术等)居于世界领先地位。将高科技领域完全拱手让于发达国家也是一种无所作为的思想,东部地区产业结构调整要不断提升其技术水平。科技含量的提高历来有两条途径,即发展高新技术产业和用高新技术对传统产业进行改造。我国的财政收入、经济增长和劳动力就业主要还是依靠传统产业,用高新技术改造传统产业,应成为东部地区产业结构调整的重点。

4. 雁行模式

抓住"雁行模式"运行所带来的良好机遇迅速实现我国地区产业的升级换代,因势利导,制定出恰当的对策,趋其利、避其害。我国反对日本将雁行模式的产业转移制度化、静态化,因为这可能导致亚洲其他国家经济发展、产业升级对日本的依赖性,从而出现依附性的发展。面对日本推行的雁行模式,我们应该积极行动。我们应正视我国地区产业的现实,正视在亚太地区存在的产业转移的"雁行"现实,而不应错过这种传递可能给我国地区带来的积极影响;另一方面,我们还必须审时度势,充分认识到"雁行模式"对我国地区产业升级可能带来的制约。"雁行模式"强调产业转移的梯级性或次序性,我们既要利用它的梯级性可能给我国产业升级带来的机遇,又要充分利用我们的优势,利用世界经济多极化的形式,打破其将产业转移制度化、静态化的企图。

5. 梯度理论

梯度理论的主要观点有两个:一是客观上存在经济与技术发展的区域梯度差异;二是客观上存在产业与技术由高梯度地区向低梯度地区扩散与转移的趋势。在中国,一些学者提出的"梯度理论"主张让一些有条件的地区首先掌握世界先进技术,然后逐步向"中间技术地带"、"传统技术地带"转移。因此,将投资重点放在较快的东部地带,然后随着经济发展,将先进的技术依梯度逐步向"中间技术"的中部地带和"传统技术"的西部地带转移。"梯度理论"提出后,引起了广泛的争论,一些学者提出了"反梯度理论",[①]认为现代科学技术有三个基本走向,即向贸易发达区域、智力资源比较发达且技术水平较高的区域或自然资源比较丰富的区域转移。我国西部地区拥有丰富的自然资源,可以从国际国内引入大量资金、技术或人才,使自身的经济技术超越发展,而不必或主要接受国内第一、第二梯度的转移技术。双方争论的焦点最后集中到经济重心区是西部地区还是东部地区以及中央政府所应采取的投资政策上。

需要指出:国内梯度理论的提出者误解了该理论的本义。梯度理论的基本内容是:经济与技术发展的区域梯度差是客观存在的,是产品生命周期在空间上的表现形式;产业发展有个过程,产业发展阶段即创新阶段→扩展阶段→成熟阶段→衰老阶段,处在创新阶段的产业一般出现在高梯度发达地区,而产业发展衰老阶段后,一般会有向低梯度落后地区转移的趋势。实质上,梯度理

---

① 陈秀山:《中国区域经济问题研究》,商务印书馆 2005 年版,第 5 页。

论本身是科学的，只不过是由于国内一些学者片面理解这一理论而引发了争论。

　　应该说，不同的发展时期经济建设重心应有所变化。产业梯度转移规律是客观存在的。在产业转移的同时，也产生了发展的传播。发展的传播包括经济机会传播、技术传播以及生活方式和观念等的传播。西部的产业调整应分阶段、渐进地推进。如果我们不顾现实约束条件的规定，硬要靠"政策优势"导向或炒成区域性"跳跃式发展"，终究可能因缺乏雄厚产业和较高的人力资本支撑而掉下来，重蹈环北部湾开发失利的覆辙。产业梯度转移是跳跃发展的先决条件之一。西部地区不可能在无传统产业发展的基础上突然起飞。另外，发展机会总是以某种方式传播的，一些方向比另一些方向传播得快些，在遇到诸如政治障碍、经济体制弊端、错误认识等阻力时，发展机会传播会中断，此时各种类型的区域都会出现问题，不仅西部地区会丧失发展机遇，东部地区也会因此而陷入膨胀的困境。

第五章　地区产业转移的
优化模式

　　区域产业转移和结构优化是目前我国各地政府应对日趋激烈的国际竞争和贯彻执行党中央"东扩西进"决策的一种基本战略。因此,科学地归纳区域产业转移和结构优化的模式,对我国地区的产业转移和结构优化的实践具有一定的指导意义。

第一节　产业转移的内在机理

一、产业转移的动力机制

　　产业的空间转移是在发达地区和欠发达地区之间进行的。从动态看,随着经济的发展,发达地区和欠发达地区各自的需求结构、要素禀赋比率、要素价格都发生了相应的变化,不同产业的要素配置结构不同,这些不同共同构成了产业空间转移的推动因素。然而,产业的空间转移还存在阻力,主要包括发达地区和欠发达地区之间存在的管理水平和管理经验方面的差别,区内其他产业协作配套的差别,同质要素使用效率的差别。只有在推力大于阻力时,产业才能从发达地区向欠发达地区转移。

　　产业转移动力:产业利益差。不同区域间有了产业级差,才有了生产要素在区域间的自由流动,因为在开放式区域经济系统中,产业转移存在选择,产业向哪个区域转移,取决于产业转移相互比较中的利益导向,而这个利益导向来自于产业转移带来的利益差。正如经济学"理性人"假说指出的,企业作为产业转移的主体,在产业转移过程中追求自身利益的最大化。而不同的经济体系,由于资源禀赋、市场规模、技术水平等不同,产业成长的利益格局会不一致。产业利益差正是通过产业转移来实现更多的利益。这种利益差,主要是比较利益,因为这种不同区域的同一产业间的利益差,实际上只有通过"比较"才能获得。

产业转移基础:产业级差。从各国经济发展的普遍经验来看,产业的演变经历技术水平从低到高的历程,具体到产业来说,工业革命以来,各国经济发展中的主导产业一般经历纺织工业→钢铁工业→汽车工业→电子工业→生物工程工业,产业演进则相应经历劳动密集型产业→资本密集型产业→技术密集型产业→知识密集型产业。全球经济发展的不平衡性,导致各国与地区之间经济技术水平存在差异,发达国家和地区与发展中国家和地区的主导产业不同,存在明显的产业级差。正如水从高处向低处流动,产业转移的发生也是因为两地存在产业级差。从20世纪的全球产业大转移来看,像美、日发达国家对亚洲新兴工业化国家的产业转移,都是在存在着明显产业级差的国家间进行的。

产业转移条件:生产要素流动和产业竞争。不同区域间存在产业成长差,只是表明各地产业成长水平不同,但产业级差的存在,并不一定会发生产业转移。因为产业转移总是遵循产业转移的阻力最小方向移动。产业转移的主要形式是企业对外投资,通过投资实现资本、技术、劳动力等生产要素的跨地区流动,生产要素的重新组合形成新的生产能力和产业规模,最终导致产业转移。因此,生产要素的能否流动,流动的自由度,决定着产业转移的阻力大小。假定两地间发生产业转移,表明产业移入地和移出地之间的生产要素是可以流动的,即便是生产要素是从移出地向移入地的单向流动。没有流动,则不会发生产业转移。生产要素能否流动取决于经济制度。世界经济的融合,主要形式表现为跨国之间的投资。20世纪以来,为促进本国经济发展,各国相继加大对外开放,减少生产要素在国际间流动的障碍。产业竞争是产业转移的另一个条件。就某一产业而言,产业所在区域因技术、政策、自然资源等因素形成垄断,则产业不会发生转移,产业会通过垄断来实现高额利润。相反,产业在不同区域间形成竞争,这竞争可来自产业转移的移入地,也可来自其他区域,只要产业间的竞争存在,有的学者称之为重合产业的存在,产业转移才存在可能。总之,区域间生产要素流动和产业竞争的存在是产业转移的必要条件,但非充分条件。

产业转移诱因:成本压力和市场拉力。产业利益差是产业转移动力,产业利益差的产生来自于两方面的诱导因素,一方面是成本压力,另一方面是市场拉力。一是成本压力。产业转移区域间由于经济发展水平不同,产业成长相异,这种差异决定了区域间要素价格的差异,即产业经营的成本不同,这是推动产业转移的最主要的诱因。具体来说,作为经济发展水平较好的产业移出区,随着其产业集聚,必然出现土地、劳动力等生产要素成本,基础设施如水、电使用成本和环境保护政策成本等产业经营成本的上升。当产业在区域间存在较强的竞争时,这种成本的上升会使区域一些产业或产品的竞争优势逐渐丧失,这种产业逐步走向衰退,面临巨大的调整压力。相反,产业移入地由于经济发展水平较低,生活指数较低,产业经营成本就相对较低,由于成本差异形成竞争优势,出现潜在的产业利益差。二是市场拉力。市场需求是产业形成、发展的最根本的动力,追求市场扩张是扩张性产业转移的最主要的诱因。扩张性产业转移往往是区域间存在贸易壁垒,通过产业贸易难以实现市场扩张,只有通过直接投资才能绕开壁垒,从而形成产业转移。

二、产业转移的规律与特征

产业转移一般呈现梯度推进规律。从产业层次上,表现为首先从纺织等劳动密集型产业开始转移,随后逐渐转向钢铁、石化、冶金等资本密集型产业,然后是电子、通讯等一些较低层次的技术密集型产业;从转移的区域看,往往是从发达国家或地区转移到次发达国家或地区,再由次发达国家或地区转移到欠发达国家或地区。产业的转移主要集中在第二产业,第三产业也有部分产业部门向外拓展,如交通运输、贸易服务、金融保险等为生产活动服务的领域。第一产业由于自身的特性,转移存在巨大的障碍。根据产业转移的一般规律,呈现综合性、阶段性、梯度性三个特点。综合性是指产业转移是资本、技术、劳动力及其他生产要素的整体转移,具有单个生产要素流动所不具有的特征和功能。阶段性是指产业转移是按照产业演进的基本路径,按照劳动力、资本、技术、知识的密集程度依次转移。梯度性是指区域经济水平的差异构成了不同的发展梯度,这种经济发展水平的梯度是产业发展的现实基础。

三、产业转移的实现机制

1. 市场机制作用下的产业转移

缪尔达尔和赫希曼在区域理论中提到的扩散效应和淋下效应,[①]就是发达地区把已经丧失发展优势的产业向欠发达地区转移。但严格讲,缪尔达尔和赫希曼提到的扩散效应和淋下效应,又不能算作市场机制作用下的产业转移。因为,真正意义上的市场机制作用下的产业转移,是欠发达地区通过不断克服自身经济发展的劣势,把潜在优势转化为现实优势和竞争优势,从而使欠发达地区在同质产业的发展上,由比较优势转化为绝对优势。

---

① 陈秀山、张可云:《区域经济发展的极化理论》,商务印书馆2003年版,第201页。

2. 政府调控的产业转移

政府调控下的产业空间转移是指国家从经济社会发展的整体战略目标出发,通过产业政策,以及其他政策措施,引导产业发生区域转移,从而实现全国整体经济空间布局的合理化。与市场机制作用下的产业转移相比,政府调控下的产业转移,除了考虑经济因素外,还要考虑非经济因素,如国家的政治稳定等。政府调控下的产业转移和市场机制作用下的产业转移是通过不同的机制实现同一个目标。市场机制下的产业转移,是通过微观经济组织的竞争而实现的,而微观经济组织是一种以利益为导向的单位,产业能否转移? 转移到哪些地区? 从市场经济的角度,关键在于这种产业产品在什么地方生产成本最低。而微观经济组织的趋利行为并不能导致全国宏观经济利益的最大化。政府调控正是通过政策和其他措施引导产业转移,为微观经济组织趋利行为创造更为有利的经济社会环境。

3. 发达地区企业跨地区投资与产业的地区转移

在产业的地区转移中,发达地区企业进入欠发达地区有着发展经济的各种优势,如资源丰富、劳动力价格便宜、土地价格相对低廉、市场潜力较大等。由于欠发达地区缺乏地区资金,使这种优势迟迟不能转化为经济优势。由于欠发达地区缺乏有效组织利用生产要素的企业,相对于发达地区较差的经济效益,使得金融机构在为欠发达地区提供资金支持中将面临更大的风险。发达地区企业进入欠发达地区投资的产业,均为欠发达地区具有比较优势的产业,而这些产业过去的发展重点一直集中在发达地区。因此,发达地区企业在欠发达地区投资的过程,事实上就是发达地区丧失优势的产业向欠发达地区不断转移的过程。发达地区企业在欠发达地区投资,不仅实现了产业的转移,而且在产业转移过程中为欠发达地区提供了技术、管理经验和企业家的创新意识。

第二节　影响产业结构优化的因素

一、产业结构优化模型

产业结构的优化过程主要是产业结构的高度化过程和产业结构的合理化过程。合理化是高度化的基础。高度化是合理化进一步发展的目的。在一个相当时期内,产业结构高度化是相对稳定的,产业结构合理化是经常的工作。产业结构高度化是产业结构从低度水准向高度水准发展,它至少包括三方面内容:(1)在整个产业结构中,由第一次产业占优势比重逐级向第二次、第三次产业占优势比重演进;(2)产业结构中由劳动密集型产业占优势比重逐级向资金密集型、技术知识密集型产业占优势比重演进;(3)产业结构由制造初级产品的产业占优势比重逐级向制造中间产品、最终产品的产业占优势比重演进。这种产业结构高度化是以新技术的发明和应用作为基础,它更多地渗透技术因素。实现产业结构高度化,取决于产业结构转换能力,其关键在于创新。[1]

产业结构合理化是提高产业之间有机联系的聚合质量。衡量产业结构是否合理的关键在于判断产业之间是否具有因其内在的相互作用而产生的一种不同于各产业能力之和的整体能力,若产业之间的关联作用越协调,结构的整体能力也越高。[2](见图5-1)

产业结构的优化是国民经济发展的一个重要问题。不同的产业结构,会产生不同的经济效益。在产业结构优化的全

---

[1][2]　周振华:《产业结构优化论》,上海人民出版社1992年版,第26～27页。

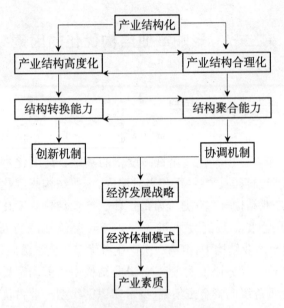

图 5-1 产业结构调节总体模型

资料来源:周振华:《产业结构优化论》,上海人民出版社 1992 年版,第 27 页。

过程中,只有把合理化和高度化有机结合,才能实现产业结构优化。

产业结构是指国民经济中各产业部门之间的相互关系。产业结构的形成既与国家的经济政策、历史发展有关,又涉及人力、物力、财力和信息资源等因素。产业结构优化的目标是使这些资源得到充分利用,各部门之间能够不均衡地协调发展。具体是按照系统的思想,运用系统工程的方法,确定系统目标;在系统优化目标明确之后,充分发挥资源尤其是信息资源、人力资源的能动性,将各部门资源的能量最大限度地发挥出来。创造出"1+1=3"的超常规的发展。在常规条件时,"1+1=?",但当条件改变时就可能出现"1+1<2"或"1+1>2",如何控制条件使"1+1=>2",甚至"1+1=3",这是我们所希望达到的目标,也是所需要探讨的问题。产业投入的人力、物力、财力、技术,对同样的输入 X,在不同的变换模式 F 下,将获得不同的输出 Y,即将取得不同的经济成果或效果。数学模型的表达如下①:

$$Y = F_1(X) \tag{1}$$
$$X = (X_1, X_2, \cdots X_n)^T$$
$$Y = (Y_1, Y_2, \cdots Y_n)^T$$

当 t 为某一值时,Y 可能为零,当 t 为另一值时,Y 可能为 3(即 $1|1>2$)。核心问题是控制 t 使 Y 始终大于 $?$。而 t 则是不同的组织管理模式或不同的激励、强化政策。这一般是在系统工程思想的指导下完成的,即在现有的约束条件下,使人力 L、物力 O 及信息 I 发挥最大的效用 R,其优化模式为(2)式。式中 $<\cdot>$ 表示各资源的并合作用,$R_1(L)$、$R_2(O)$、$R_n(I)$ 分别表示 L、O、I 的组合作用函数。②

$$\text{Max } R = <R_1(L) \cdot R_2(L) \cdot R_3(O)> \tag{2}$$
$$\text{s. t.} \quad V = \{L、O、I \text{ 所处的约束条件集合}\}$$

二、影响产业结构转移的因素

产业结构转移是一种有规律的现象,认识产业结构的转移机制,是产业结构重构和优化的根本。影响产业结构转移主要有三大因素。

1. 内部因素

内部因素对产业结构转变起决定性作用,是产业结构转变的根本动力。而决定产业结构转移的两个重要因素是科学技术进步和国民经济发展水平,两者是内部因素的主体。同时,科学技术进步和国民经济发展水平又是紧密联系的,科学技术推动国民

---

①② 苏贵影:《产业结构的优化模式刍议》,《陕西科技》1995 年第2 期。

经济发展,国民经济发展反过来促进科学技术的进步,推动产业结构转移。一是从经济发展史看,任何一次产业的重大变革都离不开科学技术的重大发明和创造。一般而言,技术进步在先,产业结构转移在后,但产业结构对科技进步也具有反作用,高效益的产业促进科学技术更快转化为现实生产力,低效益的产业起阻碍作用。二是从经济增长过程看,人均国民生产总值不断提高,消费将向更高层次方向转移,消费需求变化将随收入的增加而由低级、低质向高级、高质方向发展,从而导致消费品结构的不断变化;一个国家国民经济的发展,可导致其在国际以及区域分工及竞争中取得较高的比较利益地位,发展有竞争力的产业,改变进口商品结构,国内或区域内产业结构也相应变化。

2. 环境因素

自然环境和外部环境是环境因素的两大部分。自然资源、地理条件影响一个国家或地区经济发展和产业结构。从外部环境看,世界经济是一个有机整体,由于国际分工的不断深化,各国经济发展与外部经济环境的依存关系越来越密切,国际分工的变化通过世界供给状况以及结构变化来影响一个国家及地区经济结构的改变,而一个国家或地区在国际分工中的地位取决于该国或地区的生产力水平,产品竞争力强,在国际分工中处于支配地位,从产品的生命周期和技术变化来看,产品处于技术创新即生命成长期,其比较利益在发达国家;产品进入成熟期后,技术已经标准化并得到普遍推广,产品在发达国家开始萎缩、衰退,产业就逐渐转移到比较先进的发展中国家。

3. 人为因素

人为因素有产业政策、社会需求、社会供给和社会分配。

在人为因素中,首先,产业政策是主要的,正确的产业政策将引导产业结构向科学、合理的方向转移,反之亦然。其次,利用市场的导向性,合理的社会需求的引导,可以影响到产业结构的调整。再次,社会供给的调整和社会分配结构的变化,都将影响产业结构及转移的速度。

第三节　地区产业转移的优化模式

一、地区产业转移的优化形式

区域产业转移和结构优化,可以理解为一个区域内部和外部国民经济不断发展和强化的过程。从这个角度来看,区域产业转移和结构优化有六种模式。

1. 整体迁移

造成整体迁移的重要原因:一是一种具有更大增值能力的新兴行业造成了行业的成长替代。因为,任何一个地方在发展之初,资金、技术、管理、劳动力供应等因素总是相当稀缺的,然而,经济的发展应当选择一些在本地具有优势的资源开发性项目。随着这些项目的成功,经济发展也就渡过了原始积累阶段。在这种情况下,选择更高层次、具有更大的增值能力的行业也就具备了基本条件,把现有产业迁移(淘汰)出去为新兴产业让出成长空间,成了地方经济进一步发展的必由之路。二是企业的边际成本大于边际收益时,一个企业在一个地方创建之初,各种投入要素需求量较低,价格刚性处于比较低的水平,企业的规模收益正处于边际递增状态,这时企业的平均成本是较低的,而企业发展的潜力也是比较大的。但企业发展到一定程度后,尤其是企业所在的行业达到规模优势之后,由于各种投入要素的需求量大于供给能力,甚至已经产生瓶颈现象,并且各种要素的价格刚性也已维持在一个较高的水平上,由此造成了企业生存与发展环境的逆转。当企业的原地经营的机会成本超出实际收益,继续发展优势不复存在,企业须向一个成本相对较低的地方迁移。还有,企业经营环境没有变化,但另一地方更具有有利的经营环境,能够进一步降低产品成本,企业也可向新的地方迁移。

2. 商品输出

一个具有较强的综合经济实力和市场竞争能力的国家,往往存在大量的贸易顺差,而贸易顺差的来源就是产品或劳务在国外市场上的大量销售,由此说明这个国家的产业结构已经是优化的。(美国例外,作为世界上经济最为发达的国家,却存在着巨额外贸逆差。这与美元的国际地位有非常直接的关系)。[1] 以这种原理来分析研究我国的区域经济,可得出的结论是:如果一个地区的产业结构已经优化,那它就具有较强的经济实力和竞争能力,这一地区就会形成大规模的外向商品流。事实上,企业的成长,首先是在当地站稳脚跟,使其产品在当地的零售商店中都看得到,占有相当比例的市场份额,如 60% 至 70%;接着是对邻近市场的渗透,且在邻近市场中重复在本地市场中的竞争过程,最终在邻近市场中也达到一定的市场占有率;最后是以邻近市场为基地,再对邻近市场的邻近市场进行渗透。当这一市场渗透过程重复到一定次数时,这个企业的产品也就覆盖了比较大的市场,形成了较大规模的商品输出。若一个地区这种优势企业形成一个较大的群体而产生规模效应,那么这个地区的产业结构就实现了优化。

3. 市场拓展

在更多的情况下,市场拓展不是单个企业的微观行为,而是基于某种性质而组合的一类企业的共同行为。20 世纪 80 年代之前,我国经济最大的特点是全面的物品短缺。在这种情况下,企业的竞争能力更多的是通过生产环节而体现出来,但是在经济发展到全面过剩之后,在企业经营过程中具有最重要地位的环节就不再是生产过程,而是流通过程。为此,规模庞大、发育完善的市场就成了单个企业发展壮大进而提升和优化一个地区产业结构的重要因素。市

---

① 张汉林、王红霞等:《论美国贸易逆差》,《太平洋学报》1998 年第4 期。

场的这种作用主要是通过有形的物化市场的联结而实现的。如中国的义乌小商品城,其庞大的市场容量(年成交额最高曾经达到200亿元)不仅对义乌及其周边地区,甚至对全国的产业结构优化都起到了巨大的推进作用。目前,义乌的一些工业产品在全国所占到的份额已经足以达到垄断地位。当然,无形市场对产业结构优化的巨大作用也不可忽视,如浙江温州市的皮鞋行业,在20世纪90年代初,由于温州皮鞋的假冒伪劣猖獗,全国的零售商店都把温州皮鞋撤下柜台,市场的这种否定性评价对温州的整个制鞋产业带来了毁灭性的打击。但是这个事件之后,温州市有关部门和企业认真总结教训,经过几年的卧薪尝胆,终于诞生了以长城鞋业公司("康奈"皮鞋)为代表的精品企业。

4. 资本输出

一般而言,资本输出就是经济发展强势区域把工厂由自己的属地迁移到原本的商品输入地,在商品输入地直接生产商品并就地销售。资本输出一般都是由经济较发达地区流向经济欠发达地区,因此,从生产的投入要素,劳动力和原材料,其成本都可能比原地降低,由此形成资本所有者更大的利润回报。这种生产地变更带来的益处一是从输出地看,由于生产地与销售地合一,市场进入的障碍消除,资本输出以一种迂回方式实现了商品输出的最终目的;二是从输入地看,由于资本输入是利用他人的资金来创办自己的企业,原来可能并不存在经济学意义的劳动力和原材料现在都能够作为生产要素而投入生产过程中,在劳动力和原材料的使用过程中,输入地的经济发展也就启动。

资本输出有扩张和变异两种形式。产业扩展包含三种方式:一是原有产品在另一个地区组织生产,如美国的麦当劳等。二是整体迁移,一些在当地继续经营的边际成本超过了边际收益的企业,其在当地继续发展的优势不复存在,于是企业就向一个成本相对较低的地方整体迁移。三是当地的经营环境并没有发生变化,但另一个地方形成了这个企业更为有利的经营环境,能进一步降低成本,这时企业也会向新的地方迁移。

资本输出的产业变异是指当一个企业经过一定时间的成功发展之后,企业将促使它多元化经营。而实现多元化经营的最佳途径就是资本输出,因为多元化经营通常都以在较短的时间内取得某种垄断性优势作为目标,因此大规模的资本投入往往是一个最为基本的战略措施。

5. 产业关联

产业关联方式的运行机制是基于某种内在联系的渗透式扩张。这种渗透式的扩张机制可分为四种。第一种是纵向渗透,是按照产品之间的前后向联系而展开的产业渗透;第二种是横向渗透,是按照产品之间的关联性而展开的产业渗透模式;第三种是内向渗透,是一家生产某种"大型"产品的企业转而生产原来由其配套厂商生产的产品;第四种是外向渗透,与内向渗透刚好相反,外向渗透是由内而外的产业渗透。

6. 人才联合

产业结构优化的一种最为重要的途径和最高层面是人才的培育和联合。一般说来,人力资本的积累可分为两大部分,一是微观主体部分,主要是指在企业活动中人力资本的积累,如培训和专业进修。二是宏观的政府机构,如政府增加教育的投入等。当然,在当今世界,人力资本的积累已经不再需要完全遵循这种效率非常低的自然积累过程,借助于一定数量的资本投入就可以在短时间内集聚起某项事业所需的各种人才,由此通过大量资本投入而达成的人力资本的瞬间集聚也日益成为产业转移和结构优化的一种潮流。

二、实现产业结构优化模式的途径

要实现产业转移的结构优化模式,可以从以下几个方面进行考虑:

1. 优先发展基础产业和基础设施建设

基础产业虽不能直接促进其他部门的技术进步,但它能支持经济增长,促进资源合理配置;基础产业越发达,其经济运行越顺畅,人民的生活越便利。基础产业是我国民经济中突出的薄弱环节,是当前和未来相当长时期制约我国经济发展的瓶颈。根据我国实际,优先发展基础产业和基础设施建设是最为主要和迫切的。

2. 协调发展主导产业

主导产业是指技术处于领先地位的产业,它对国民经济具有明显的促进作用,一般指电子、石油化学、汽车业及建筑业。它具有需求弹性高、生产率上升快、市场前景广阔、生存发展能力强等特点。因此国家不必采用过强的倾斜政策来保护和扶持主导产业,应当体现重视发展高组装加工类产业,改善主导产业部门和企业外部环境上,同时辅之以适度的财政支持。主导产业也应积极地进行技术改造,采取多种融资手段,利用负债经营,建立健全的管理手段,增强竞争力。

3. 有计划地发展规模经济

规模经济是由性质各异,但相互之间具有紧密联系的产业或行业的集合,可表现为一定的区域产业结构,它的构成和完善将促进产业结构合理化。

4. 重视发展知识产业

市场的竞争实质是人才的竞争,所以应发展知识产业,提高全民族的素质,加速科技转化为现实生产力,加速对我国落后设施的改、扩建进程,发展知识密集型的新兴高科技产业。

5. 加速第三产业的发展

在基础产业、主导产业发展的过程中,应当配套发展第三产业,加工组装类产业,因为这类产业投入少,见效快。

6. 进行政策扶持

深化经济改革,制定有利于产业升级换代的进口管理政策,建立健全的企业现代化管理制度;建立和完善有利于产业发展的政策性投融资制度;制定有利于产业发展的税收制度。

第六章 产业转移的效应

产业转移对转移区域双方经济的发展都有重要作用。对东部地区而言,它是东部产业结构调整升级的重要途径,也是东部产业竞争优势转换升级的有效方式。对西部而言,产业转移是西部经济发展的良好契机,也是西部产业结构升级转换的可行方略。基于东西部产业转移及其效应的客观存在,本章引用了一个产业转移效应的计量模型,并利用该模型对产业转移效应的内部结构及影响因素作初步探讨。

第一节 产业转移的效应分析

一、产业转移效应的计量模型[①]

以 C-D 生产函数(Cobb Douglas Production Function),重新解释变量的含义并加入一些变量,可以构造产业转移效应模型。

已知 C-D 生产函数为 $Y = AK^\alpha L^\beta$。其中,K 为区域资本投入;L 为区域劳动力投入;A 为区域生产技术系数。生产技术系数 A 主要与区域劳动力素质、区域投入资本的技术、区域生产的

---

① 陈刚、张解放:《区际产业转移的效应分析及相应政策建议》,《华东经济管理》2001 年第 2 期。

组织方式和规模效应等因素有关。而劳动力素质、生产组织方式和规模效应等对区域增长的作用都直接或间接地与区域投入资本的技术水平相关，故可抽象认为：区域生产技术系数 A 主要体现在区域资本的技术水平(记为 T)上，即是区域资本技术水平 T 的函数，即有 $A=A(T)$。于是，区域生产函数可表示为：$Y=A(T)K^{\alpha}L^{\beta}$

这样，可设产业移入前移入区的生产函数为：$Y_0=A(T_0)K_0^{\alpha}L_0^{\beta}$，其中 K_0 表示产业移入前移入区的资本投入；L_0 表示产业移入前移入区的劳动力投入；$A(T_0)$ 表示产业移入前移入区的生产技术系数；T_0 表示产业移入前移入区的资本平均技术水平。

又设，产业移入导致的移入区生产函数变动为：$Y_1=A_{in}(T_1)K_1^{\alpha}L_1^{\beta}$。$A_{in}(T_1)$ 表示产业移入区的生产技术系数；T_1 表示产业移入后移入区的资本平均技术水平；K_1 表示产业移入后移入区的资本投入。在理论上假定 K_1 大于或等于 K_0 时，通常产业移入有可能造成移入区原有部分产业被挤出的同时，扩大另一部分产业的生产规模。L_1 表示产业移入后移入区的劳动投入，假定 L_1 大于或等于 L_0 时，一般 L_1 会随着产业移入而导致的资本规模的扩大而增加，因而可认为 L_1 是产业转移数量 N 的函数，即 $L_1=L(N)$。

另外产业转移会带来移入区相应的额外支出为产业转移成本 C，如产业移入导致的额外费用、政策优惠支出、对环境造成的压力以及对当地相关产业可能造成的冲击等。通常该成本与产业转移数量(N)、转移区和移入区间的平均利润率差异(P_d-P_f)以及产业转移引起的移入区资本平均技术水平的变化幅度(T_1-T_0)相关。在理论上，可认为：转移成本随转移数量增加而增加；随两区域间平均利润率差异增大而增加；也随移入区资本技术水平变化幅度增加而增加。为此，产业转移成本 C 可表示为：$C=C(N,P_d-P_f,T_1-T_0)$。

为简化效应函数，即假设移入产业平均技术水平为 t，与移入区经济间存在一定的技术梯度即有 $t>T_0$，则有关系式 $T_1=T_0+(t-T_0)/K_1$。这里，通常可认为 $K_1<K0+N$，即移入产业基于较高水平，并具有相对较强的竞争力，从而会对移入区相应产业产生某种程度的"挤出效应"，导致移入区原有部分资本投入的暂时闲置。显然，资本"挤出效应"的大小与产业转移的数量直接相关，故可以近似地认为，K_1 是产业转移数量（N）的函数，即 $K_1=K(N)$，说明 T_1-T_0 仍是 N 和 t 的函数。这样，产业转移的效应函数可表达为：

$$U = A_{in}(t,\ N)K^\alpha(N)L^\beta(N) - A(T_0)K_0^\alpha L_0^\beta$$
$$- C(N,\ P_d - P_t,\ t) \qquad ①$$

由于 $A(T_0)K^\alpha(N)L^\beta$ 由产业依入前移入区的状况决定，属外生变量，故影响 U 变化的内生变量只有 N，t 和 P_d-P_t。所以产业转移效应可简化为：$U=U(N,\ t,\ P_d-P_t)$

此式表明，产业转移效应取决于产业转移的数量、转移产业的平均技术水平（即转移产业的技术层次）以及转出区与转入区之间的平均利润率差异。

为探究产业转移效应 U 与转移数量 N 之间的关系，将上式两边对产业转移数量 N 求导，有

$$dU/dN = K^\alpha(N)L^\beta(N) \cdot dA_{in}(N,\ t)/dN +$$
$$\alpha A_{in}(N,\ t)K^{n-1}(N)L^\beta(N) \cdot dK(N)/$$
$$dN + \beta A(N,\ t)K^\alpha(N)L^{\beta-1}(N) \cdot dL(N)/dN -$$
$$dC(N,\ P_d - P\smallint)/dN$$

一般产业转移成本 C 会随着产业转移数量 N 的增大而以较快速度上升。另外，随着外来产业的不断进入，移入区相应产业的市场结构将发生变化，相应资源的可允分刊用程度得以大幅提高，从而使得区域产业的增加逐步受到限制。这样，两因素的综合作用将产业转移效应 U 随着产业转移数量 N 增加而以递减的

速度增大,从而产业转移的数量将不能无限增大,而是有一定的限制,即存在一个产业转移的最佳规模 N,当 $N=N$ 时,$U \to \mathrm{Max}$。也就是说,有效的产业转移数量 N 应满足:

(1) $\mathrm{d}^2U/\mathrm{d}N^2 \leqslant 0$;

(2) $\mathrm{d}U/\mathrm{d}N \geqslant 0$,且存在一最佳的产业转移数量 N^*,当 $N=N^*$ 时,产业转移的效应 U 达到最大,记为 U^*。

即 N^* 应满足条件 $\mathrm{d}U/\mathrm{d}N_{N=N^*} = 0$。

类似将产业转移效应函数对转移产业的平均技术水平 t 求导:

$$\mathrm{d}U/\mathrm{d}t = K^{\alpha}(N)L^{\beta}(N) \cdot \mathrm{d}A_{\mathrm{in}}(N,\ t)/\mathrm{d}t - \\ \mathrm{d}C(N,\ P_d - P_f, t)/\mathrm{d}t$$

通常,移入区会对移入产业有所选择。这种选择涉及诸多因素,其中最重要的是移入产业的平均技术水平 t。一般,被接受移入的产业其平均技术水平 t 应大于移入区原有的生产技术水平 K_0,即应有 $t > K_0$。当然,t 也不是越高越好。原因,一是移入产业技术水平过高将可能造成移入产业与移入区原有经济之间的技术断层,从而使移入产业作为增长极对移入区经济本应具有推动作用难以有效发挥,结果反而减弱产业转移效应;二是移入产业技术水平过高,将有可能导致产业转移成本快速上升,从而可能使产业转移的边际效应小于零。因此,转移产业的技术水平 t 应满足两个条件,

即 (1) $t > T_0$;

(2) $\mathrm{d}U/\mathrm{d}t \geqslant 0$。

综合上述,有效的产业转移应满足如下条件:

$$U = A_{\mathrm{in}}(t,\ N)K^{\alpha}(N)L^{\beta}(N) - A(T_0)K_0^{\alpha}L_0^{\beta} - \\ C(N,\ P_d - P_f,\ t) \geqslant 0 \\ (\mathrm{d}U/\mathrm{d}N \geqslant 0,\ \mathrm{d}^2U/\mathrm{d}U^2 \leqslant 0,\ t > T_0\ \mathrm{d}U/\mathrm{d}t \geqslant 0)$$

二、产业转移的效应分解[1]

产业转移效应总体上有三个来源,产业优化效应、就业的扩大效应和产业发展效应。为便于了解产业转移效应的来源,须对其内部结构进行分析。为此,将①式作如下变形以分解转移效应:

$$U = A_{in}(t, N)K_1^\alpha(N)L_1^\beta(N) - A(T_0)K_0^\alpha L_0^\beta - C(N, P_d - P_t)$$
$$= d(AK^\alpha L^\beta) - C(N, P_d - P_f, t)$$
$$= (Y_1 - Y_0) - C(N, P_d - P_f, t)$$
$$= dY - C(N, P_d - P_f, t)$$
$$= K^\alpha L^\beta dA + \beta \cdot AK^\alpha L^{\beta-1}dL + \alpha \cdot Ak^{\alpha-1}L^\beta dK - C(N, P_d - P_f, t)$$
$$= [K^\alpha L^\beta dA - C(N, P_d - P_f, t)/3]_1 + [\beta \cdot AK^\alpha L^{\beta-1}dL - C(N, P_d - P_f, t)/3]_2 + [\alpha \cdot AK^{\alpha-1}L^\beta dK - C(N, P_d - P_f, t)/3]_3$$
$$= U_1 + U_2 + U_3$$

由上式可知,产业转移效应 U 可分解为三个部分:

(1)假定产业转移不引起移入区资本投入与劳动力投入增加,而只导致移入区生产技术水平系数 A 变动所带来的效应 U_1。理论上,这部分效应是由于较高技术水平的移入产业替代了移入区原有等量产业,从而引起移入区产业层次提升所引致的,这部分效应为产业"优化效应"。

(2)假定产业转移不引起移入区资本投入 K 与生产技术水平系数 A 变动,而只引起移入区劳动力投入 L 增加所带来的效应 U_2。理论上,这部分效应是由于高质量产业的进入引起移入区就

① 陈刚、张解放:《区际产业转移的效应分析及相应政策建议》,《华东经济管理》2001 年第 2 期。

业扩大,从而进一步引起产出增加所引致的。因此,这部分效应可称为就业"扩大效应"。

(3) 假定产业转移不引起移入区劳动投入 L 与生产技术水平系数 A 变动,而只导致移入区资本投入 K 增加。此时所产生的效应 U_3 是由于高质量产业进入带动了移入区关联产业发展,从而拉动区域产出增长所致。这部分效应可称为产业"发展效应"。

三、产业转移效应的主要因素

通过产业转移效应模型和分解的分析,我们了解到产业转移不仅与产业转移的数量、技术水平及关联度等可量化的因素有关,而且与一些不可量化的因素,如转移方式、移入区市场结构等有关。影响产业转移的主要因素有以下几点:

1. 关联产业的对接能力

按照技术先进程度,产业转移可分为"先进产业"转移、"适宜产业"转移和"传统产业"转移三类。不同类别的转移,其效应将有所差别。"适宜产业"是指技术上能适应移入区经济环境条件,易于实现产业当地化,又有相对先进性的产业。这种产业与移入区关联产业的对接能力比较强,能发挥的增长带动作用比较大,从而转移的效应也比较大。

2. 产业关联度

移入产业关联度越大,对移入区相关产业的前后及旁侧波及作用就越强,产业转移效应也越显著。产业关联度是指产业之间存在的广泛、复杂而密切的技术经济联系。产业关联度是刻画这种联系的定量指标。关联度的大小,因不同产业在产业链中位置的不同而有所差别。

3. 转移实现方式

不同的转移实现方式,其效应将有所不同。从微观角度分析,产业转移主要有三种实现方式,即外商独资经营、内外合资经

营及内外合作经营。如内外合资方式实现的转移,多属适宜产
业,较适合于移入经济发展条件。同时,这种转移方式容易使移
入产业与移入区相关产业形成对接。

4. 市场结构

一个介于完全垄断与完全竞争之间的市场结构,将有利于产
业转移效应的发挥。因为,在一个非完全竞争的市场结构里,产
业转出区向移入区转移技术的新旧程度及速度,从根本上取决于
移入区市场竞争的压力,即其他区域同类移入产业的先进程度及
移入区同类产业的技术吸收、改进和革新能力。

5. 产业模仿、创新能力

区内产业模仿、创新能力强弱,对产业转移效应的影响。一
是它将影响区内产业的竞争力,从而影响移入区市场结构;二是
它将影响区内产业与移入产业间开展协作的能力、空间及程度,
从而影响内外产业间的关联规模。

第二节　产业转移的地区效应

一、产业转移的东部经济效应

1. 产业升级效应

东部沿海地区轻纺工业、劳动密集型工业具有绝对优势,高
耗能、高耗原材料、污染重的重工业有较大比重,技术密集型、知
识密集型工业虽有很大发展,但比重较低。由于东部沿海地区能
源、原材料缺乏,大量靠西部地区长途运输和从国外进口,随着能
源、原材料价格和运输费用的上涨,产品成本不断上升。第一、二
产业内部各行业之间的比例关系不协调。若东部地区维持现状,
能源、原材料供应将有更大的缺口,运输和污染负担将更加沉重,
技术上的优势将逐步丧失,社会综合效益也将明显下降,已占领

的市场也有可能被迫退出。因此,必须实施产业结构升级换代战略,将高耗能、高耗原材料、低附加价值的工业转移到能源、原材料富集,土地、劳动力成本低廉的地区,淘汰高污染工业。通过产业转移来促进东部沿海地区产业结构的升级换代。

2. 产业布局合理化效应

长期以来,我国产业布局的基本格局,在西部地区,重点搞采掘工业、原材料工业建设,而轻工业、加工制造业项目过少。处于长期向加工制造业发达的东部地区提供廉价能源、原材料的地位。虽然这种布局对西部地区的经济发展起了作用,但结果导致了地区产业结构的失衡。同时也造成了原料产地价值流失、地区发展差距加剧的不合理现象。因此地区产业布局必须加以调整,西部地区要用先进技术继续发展能源、原材料工业。同时,东部地区不仅要将初加工和部分深加工工业转移到西部地区,以提高西部地区资源的附加价值和区域综合效益,而且要继续利用自身的地理优势,资金、技术优势,调整产业结构,发展高新技术产业,从而实现我国产业布局的合理化、科学化。

3. 运输效应

能源、原材料大量东运,增加了运输成本,加剧了运力紧张。如新疆的棉花、石油运抵东部加工增值,而后部分深加工产品又运回新疆;贵州的铝锭运到沿海,而外省铝材又运往贵州。这种人为的区际不合理物流,使本来十分紧张的运输变得更加不堪重负。如果将这些能源、原材料加工工业转移一部分到西部地区,不但可以促进东西部地区的经济发展,而且可以大大减轻运输压力。

二、产业转移的中西部经济效应

1. 要素注入效应

通常要素是产业可以获得的、能使其有效生产出对消费者有用产品(服务)的有形或无形的统一体。有形要素包括自然资源、劳动力和资本等,无形要素包括劳动者技能、知识和生产技术等。中西部地区的一个显著特点是有丰富的自然资源和劳动力,而资本、技术和知识等高等要素则短缺。这种状况是中西部地区经济发展缺乏动力的重要原因之一。产业转移过程是综合性的,它在转移时,不仅伴随着大量的资本和技术的转移,也伴随着其他无形要素的进入。产业转移能使中西部地区迅速积累相对稀缺的生产要素,为中西部经济的繁荣创造条件。

2. 技术溢出效应

技术溢出效应是指在产业转移过程中输出的先进技术被输入方消化吸收所导致的技术进步以及技术转移过程所带动的输入方的经济增长。技术溢出效应产生的途径:一是技术溢出效应产生的硬途径,即由于移入产业所包含的技术本身被移入区产业模仿、消化、吸收,导致移入区产业的技术进步;二是软途径,即具有先进技术的移入产业在对移入区相关产业产生前后波及作用的过程,并拉动后者的技术进步。技术转移将促进中西部地区产业技术水平的提高,有利于中西部经济的进一步发展。

3. 产业关联效应

产业关联是指产业之间存在的广泛、复杂和密切的联系,它有后向、前向和旁侧关联。产业关联带动作用实质是移入产业关联效应的发挥过程,包括:一是后向关联效应,即移入产业的发展会对各种要素产生新的投入要求,从而刺激相关投入品产业的发展。二是前后关联效应,即移入产业的活动能通过削减下游产业的投入成本而促进下游产业的发展,或客观上造成产业间结构失衡而使其某些瓶颈问题的解决有利可图,从而为新的工业活动的兴起创造基础,为更大范围的经济活动提供可能。三是旁侧关联效应,即移入产业的发展会引起它周围的一系列变化。总之,产业的关联带动作用是产业转移的重要功能,它将在很大程度上促进中西部整个经济的发展。

4. 产业结构优化效应

产业转移会直接或间接地影响中西部地区产业结构的变动。因为,东部先进产业的移入将使中西部产业结构中采用先进技术的部门在数量上和比例上增加,从而使中西部产业结构体现出高级化的趋势。同时,先进产业的移入,这种新技术的新的生产组织会作为"扩散源",使原有相对处于较低层次各等级的产业升级转型,从而逐步提高整个产业整体的技术集约化程度,促进产业结构向着高级化方向演进。

5. 产业升级效应

中西部产业结构的一个重要特征就是资源、劳动密集而技术层次低的传统产业比重大,先进产业比重小。先进产业的移入,带动资本、技术等稀缺要素的积累,为传统产业比较优势的升级创造了机会,这将有助于新的主导产业或支柱产业的形成,提升中西部在区际分工中的地位。

第七章　地区产业结构

　　我国地区之间的差距由来已久,在改革开放中虽时有缩小,但近年来又出现反弹,且呈现出不断拉大之势。为改变这一局面,必须实现区域经济的协调发展。本章分两部分分析了东、中、西部产业结构状况。第一部分分析了东西部地区产业结构现状。第二部分通过中西部与东部产业结构的横向比较,以寻找差距,求其成因从而进一步说明地区产业结构这种状况能否引起产业转移。

第一节　地区产业结构的现状

　　改革开放以来,我国地区产业结构发生了很大的变化,但产业结构不合理的问题始终没有得到很好的解决,以致成为经济进一步发展的严重障碍。

一、地区产业结构

　　从地区的产业结构看,西部地区的第一产业比重一直比东部和中部地区高,第二产业比重一直比东部和中部地区低,第三产业比重一直比东部地区低,但略高于中部地区。

　　如 2002 年,我国国民经济的产业结构进一步优化。第一产业增加值 14 883 亿元,增长 2.9%;第二产业增加值 52 982 亿元,增长 9.9%;第三产业增加值 34 533 亿元,增长 7.3%;三次产业比重分别为 14.53：51.74：33.72，与 2001 年相比，第一产业比重下降了 0.7 个百分点，第二产业比重上升 0.55 个百分点，第三产业比重提高 0.1 个百分点。

地区在市场需求引导下，产业结构调整步伐明显加快，并表现出如下特征：

（1）中西部第一产业比重继续降低，西部地区下降幅度最大

2002 年，东、中、西部地区第一产业比重同比分别下降了 0.76、0.78 和 0.95 个百分点。第一产业比重下降幅度在 1 个百分点以上的有 11 个省。其中，东部地区的浙江、福建和山东 3 省分别降低 1.44、1.15、1.23 个百分点；西部地区的四川、贵州和青海分别降低 1.12、1.50 和 1.06 个百分点，福建、四川和贵州 4 省连续两年第一产业比重下降在 1 个百分点以上；中部地区的安徽、江西、河南和湖南 4 省（自治区）分别降低了 1.14、1.38、1.08、1.21 个百分点。

2002 年东西部地区第一产业产值均超过 4%。东、中、西部第一产业产值分别增长了 4.17%、4.52% 和 4.36%。与上年同期相比，西部地区增幅提高了 1.4 个百分点，中部地区提高了 0.56 个百分点，东部地区下降了 0.15 个百分点。地区增幅排在前 10 位的地区依次是山西 12%、海南 9.2%、黑龙江 8.1%、辽宁 8.0%、广西 7.0%、吉林 6.3%、天津和宁夏均为 6.1%、甘肃 5.8%、北京和新疆均为 5.0%。农业结构继续调整，优质农产品继续向优势产区集中。各地区农业向特色、高效方向发展，东部沿海地区在调整种植业和养殖业结构，发展优势经济作物和出口创汇农业方面取得较大成绩；中部地区作为粮食主产区的地位更加突出；西部地区加快发展特色农业和效益农业，国家加大了对农业生态环境的投资力度，农民退耕还林还草的积极性较高，农业市场增长加快。

（2）第二产业比重均有提高

中西部地区第二产业比重均有提高，西部上升幅度较大。

2002 年,东、中、西部地区第二产业比重分别上升了 1.5、0.47 和 0.88 个百分点。东、中、西部除北京、辽宁、吉林、湖北、黑龙江、上海、浙江、广西和新疆第二产业比重下降外,其他省的第二产业比重均有不同程度的提高,江西、内蒙古、贵州、福建、陕西和山东 6 个省区上升幅度在 1 个百分点以上,分别为 1.52、1.37、1.21 和 1.01 个百分点。福建连续两年第二产业比重升幅高于 1 个百分点。中西部地区第二产业产值增长速度明显加快,四部地区增速快于中部地区。2002 年,东、中、西部第二产业产值分别增长了 12.68%、11.68%、12.39%,增幅同比提高了 2.34、1.28 和 2.27 个百分点。全国有 26 个省、自治区第二产业产值增速超过 10%,前 10 位中,东西部地区依次是江西 18.3%、内蒙古 16.5%、青海 16.4%、山东 14.8%、天津和四川均为 14.3%、福建 14.2%、江苏和重庆为 13.8%、贵州 13.6%。

中西部工业生产在投资、消费和出口增长加快的驱动下,各项生产指标创多项历史最高水平。2002 年,东、中、西部地区工业增加值分别增长了 15.68%、14.73% 和 12.93%,增幅同比分别提高了 2.87、2.95 和 3.30 个百分点。福建以 20.1% 的速度高居榜首,增速在 15% 以上的有 15 个省和自治区,分别是海南和内蒙古均为 19.1%、浙江 19.0%、吉林 18.6%、天津 17.8%、山东 17.3%、四川 17.2%、山西 16.8%、江西和湖南均为 16.1%、江苏 15.7%、安徽 15.3%、重庆 15.2% 和广东 15.0%;西藏工业增加值增速最低,仅为 5.0%;新疆、云南和北京 3 个省市、自治区增速不足 10%,分别为 8.4%、8.1% 和 8.0%。中部的山西和内蒙古的增速由上年的第 20 位和第 8 位提高到 2002 年的第 9 位和第 2 位。东部的浙江、福建和海南分别由上年同期的第 11、第 13 和第 16 位上升到 2002 年的第 4、第 2 和第 1 位,北京由第 4 位下降到第 30 位。

工业产品销售率,西部地区首次高于东部地区。2002 年,东、中、西部地区工业产品销售率分别达到 97.5%、98.23% 和

98.3％,第一次出现了"西部地区高于中部地区,中部地区高于东部地区"的新态势,西部地区创造了 1997 年以来东、中、西三大地带的最高值。全国各地区工业产品销售率均在 90％以上,有 16 个省(区、市)的工业品产销率高于全国 98.03％的平均水平。销售率高于 99％的依次是湖南 99.8％、青海 99.47％、新疆 99.39％、四川 99.23％和天津 99.08％,西藏的工业品产销率最低为 91.11％。12 月当月东部地区 5 个省份、西部地区 7 个省、自治区创造了高于 100％的产品销售率,宁夏和云南产品销售率高达 113.24％和 112.74％。

(3) 第三产业比重继续上升,东部地区增幅最大

2002 年,东、中、西部地区第三产业比重同比提高了 0.53、0.51 和 0.07 个百分点。东、中、西部除山西、内蒙古、江西、福建、海南、贵州、陕西和宁夏 8 个省区第三产业比重降低(分别下降了 1.05、0.14、0.69、0.22、1.07、0.02、0.55 和 0.14 个百分点)外,其余省(区、市)均有所提高。提升幅度排在前 9 位的东西部地区依次是广西、浙江、湖北、天津、北京、新疆、湖南、辽宁、广东,分别上升了 1.6、1.53、1.1、0.89、0.83、0.7、0.69、0.68 和 0.66 个百分点。其中,浙江省连续两年第三产业比重升幅超过 1 个百分点。

2002 年,东、中、西部地区第三产业产值分别提高了 11.03％、9.82％和 9.49％;与上年同期相比,东部地区增幅提高 0.24 个百分点,中西部地区下降 0.26 和 1.11 个百分点。东、中、西部第三产业产值超过 10％,依次是:广西和浙江均为 12.6％、内蒙古 11.6％、天津和广东均为 11.2％、北京 11.1％、青海 11.0％、江苏 10.6％、湖北 10.5％和安徽 10.4％。浙江和上海提升幅度最大,分别提高了 1.9 和 1.3 个百分点。

从以上数据说明中西部区域的农业经济特色较为突出,工业基础相对薄弱,第三产业发展滞后。由于中西部区域的工业中主要以采掘业、原材料工业为主,长期以来扮演着东部能源、原材料供应基地的角色,而加工工业基础薄弱,产品附加值低,增值能力

弱,致使资源优势难以转化为经济优势。第三产业发展相对滞后,致使中西部的主导产业、支柱产业和高科技产业发展缓慢,区域内的工业化程度偏低。较低的工业化程度难以形成中心城市向周边产业扩散的生产要素传递网络,与周边区域经济联系比较松散,辐射能力差。而东部区域不仅产业结构相对合理,而且工业化程度高,产品的科技含量高,附加值大,这种差异使中西部丧失的大量附加值流向东部区域。

表7-1 2001—2002年东西部地区产业结构变动情况

(单位:%)

对比指标	第一产业			第二产业			第三产业		
	2001年	2002年	增减	2001年	2002年	增减	2001年	2002年	增减
东部地区	11.43	10.67	−0.76	46.93	48.43	1.50	40.37	40.90	0.53
西部地区	20.12	19.17	−0.95	41.55	42.42	0.88	38.33	38.41	0.07
中部地区	18.68	17.90	−0.78	45.95	46.42	0.47	35.37	35.68	0.51
全国水平	15.8	15.4	−0.4	50.1	51.1	1.0	34.1	33.5	−0.6

资料来源:《中国经济年鉴》(2003)。

表7-2 2001—2002年东、中、西部地区
第一产业增加值变化情况

地　区	第一产业(亿元)		占全国比重(%)		同比增长速度(%)	
	2001年	2002年	2001年	2002年	2001年	2002年
东部地区	7 271.31	7 505.83	46.8	46.52	4.32	4.17
西部地区	2 911.66	3 014.44	18.74	18.68	2.96	4.36
中部地区	5 356.69	5 615.46	34.47	34.82	3.96	4.52

资料来源:《中国中西部地区开发年鉴》,中国财政经济出版社2002年版。

表 7 - 3　2001—2002 年东、中、西部地区
第二产业增加值变化情况

地　　区	第二产业(亿元)		占全国比重(%)		同比增长速度(%)	
	2001 年	2002 年	2001 年	2002 年	2001 年	2002 年
东部地区	30 669.37	34 071.38	61.52	61.61	10.41	12.68
西部地区	6 012.26	6 670.76	12.06	12.06	10.12	12.39
中部地区	13 173.17	14 560.73	26.42	26.33	10.40	11.68

资料来源:《中国中西部地区开发年鉴》,中国财政经济出版社 2002 年版。

表 7 - 4　2001—2002 年东、中、西部地区
第三产业增加值变化情况

地　　区	第三产业(亿元)		占全国比重(%)		同比增长速度(%)	
	2001 年	2002 年	2001 年	2002 年	2001 年	2002 年
东部地区	25 682.68	28 769.16	62.08	62.54	10.79	11.03
西部地区	5 547.54	6 038.89	13.41	13.13	10.60	9.49
中部地区	10 140.58	11 193.57	24.51	24.33	10.08	9.82

资料来源:《中国中西部地区开发年鉴》,中国财政经济出版社 2002 年版。

二、地区产业结构的构成状况

1. 霍夫曼系数分析

霍夫曼系数是指轻工业产值与重工业产值的比例。如果各地区的霍夫曼系数很接近,那么说明各地区间的工业轻重结构很相似;相反,如果各地区的霍夫曼系数离差比较大,那么说明地区间在轻重工业方面有所分工。而某个地区霍夫曼系数自身的变化,则可以反映该地区轻重工业结构的变化情况。

改革开放后的 20 年,中国各省市的霍夫曼系数随着工业化

的推进而逐渐下降。从东西部地区看,霍夫曼系数呈西低东高分布。2001 年轻工业比重高于重工业或大体持平(霍夫曼系数大等于 1)的 5 个省市中有 4 个位于东部沿海,而剩下的一个云南省之所以系数较大,是因为其工业对烟草行业过于依赖(2001 年云南的烟草工业总值占了当年该省 GDP 的 1/5)。相反,西部落后地区的霍夫曼系数普遍较低,2001 年西北 5 省系数都低于 0.5,而且除了陕西之外,其余 4 省的系数都是在 0.1 至 0.2 之间。

表 7 - 5   1980—2001 年中国各省、自治区、
直辖市霍夫曼系数变化情况

东部	1980 年	1984 年	1990 年	2001 年	西部	1980 年	1984 年	1990 年	2001 年
北京	0.9	0.8	0.8	0.3	重庆	/	/	/	0.7
天津	1.2	1.3	1.1	0.5	四川	0.8	0.9	0.8	0.7
河北	0.9	1.0	1.0	0.5	贵州	0.5	0.6	0.7	0.5
辽宁	0.5	0.5	0.4	0.2	云南	0.8	1.0	1.1	1.1
上海	1.2	1.3	1.1	0.5	西藏	0.4	0.7	0.6	0.6
江苏	1.3	1.4	1.2	0.7	陕西	1.0	0.8	0.7	0.4
浙江	1.7	1.8	1.9	1.2	甘肃	0.2	0.3	0.4	0.2
山东	1.2	1.2	1.0	0.8	青海	0.6	0.7	0.4	0.1
广东	1.7	2.0	2.2	1.0	宁夏	0.4	0.4	0.4	0.2
广西	1.5	1.5	1.2	0.6	新疆	0.7	0.8	1.0	0.2
海南	/	/	2.4	1.5					
福建	1.6	1.7	1.8	1.0					

资料来源:根据《中国统计年鉴》相关年份资料计算。

2. 相似系数分析

相似系数是联合国工发组织国际工业研究中心提出的度量

方法,可以用于两个区域产业结构的两两比较,也可以以全国的产业结构为标准,各区域与全国的产业结构进行比较。相似系数通常介于 0 和 1 之间,相似系数等于 1,说明两个区域的产业结构完全相同;相似系数等于 0 说明两个区域的产业结构完全不同。从动态来看,如果相似系数趋于上升则产业结构趋于相同,如果相似系数趋于下降,则产业结构趋异。

从 1980 年开始到 2001 年的 5 个年度的结构相似系数(见表 7-6),可以发现:

表 7-6　1980—2001 年东西部地区的工业结构相似系数

东部	1980	1986	1991	1997	2001	西部	1980	1986	1991	1997	2001
北京	0.83	0.91	0.82	0.84	0.75	重庆	\	\	\	0.81	0.59
天津	0.96	0.97	0.9	0.83	0.85	四川	0.91	0.99	0.96	0.92	0.89
河北	0.93	0.94	0.95	0.9	0.79	贵州	0.75	0.9	0.66	0.71	0.66
辽宁	0.81	0.94	0.84	0.86	0.83	云南	0.86	0.77	0.45	0.43	0.37
上海	0.93	0.91	0.91	0.86	0.92	西藏	\	\	0.48	0.55	0.36
江苏	0.92	0.96	0.9	0.91	0.92	陕西	0.92	0.93	0.9	0.92	0.81
浙江	0.91	0.97	0.87	0.88	0.83	甘肃	0.68	0.88	0.8	0.69	0.61
山东	0.96	0.82	0.93	0.94	0.88	青海	0.9	0.96	0.81	0.58	0.46
广东	0.87	0.98	0.87	0.83	0.83	宁夏	0.7	0.85	0.81	0.71	0.61
广西	0.82	0.92	0.85	0.81	0.53	新疆	0.51	0.83	0.65	0.49	0.47
海南	\	\	0.52	0.71	0.66						
福建	0.72	0.87	0.86	0.89	0.9						

资料来源:1980、1986、1991 年数据来自洪银兴的《论买方市场条件下的结构调整》,《中国工业经济》1997 年第 8 期。

1997 年、2001 年数据分别根据《中国工业经济统计年鉴1998》与《中国工业经济统计年鉴2002》计算。

第一,总体而言,相似系数东高西低。东部沿海省市的相似系数较高,而经济总量规模小的西部落后省市相似系数较小。

第二,相似系数总体趋势是逐渐下降。在 1980 年,东西部地区相似系数在 0.8 以上的省市有 11 个,东部地区有 8 个,西部地区有 3 个,其中 0.9 以上的有 8 个,东部地区为 6 个,西部地区为 2 个,而系数值不到 0.8 的省市有 6 个,东部地区有 1 个,西部地区有 5 个;2001 年,东西部地区相似系数在 0.8 以上的省市有 10 个,东部地区有 8 个,西部地区有 2 个,其中 0.9 以上的有 3 个,东部为 3 个,西部为 0,而系数值不到 0.8 的省市有 12 个,东部地区有 4 个,西部地区有 8 个。1980 年相似系数在 0.9 以上的省市绝大多数到 2001 年系数有了不同程度的下降。

三、地区产业结构存在的主要问题

在地区经济发展过程中,一个地区经济增长的快慢,在很大程度上取决于该地区的产业结构状况。地区产业结构理论认为,地区经济的增长不仅表现为总量的扩张,更重要的是取决于其结构状况。一般而言,产业结构水平与构造越低的地区,经济发展越处于不利的境地。具体表现在三个方面:一是在三次产业中,第一产业比重大,而第二、三产业比重小;二是在工业结构中,重工业比重大,而轻工业比重相对小;三是在重工业中,采掘工业和原材料工业比重大,而加工业比重相对较小。

1. 东西部产业结构

东部地区在 20 年的快速经济增长中,已经成长为对世界经济产生重要影响的制造业产业带。在经济规模快速扩张的过程中,东部地区的产业结构、产品结构发生了引人注目的变化。但同时应该认识到,东部地区的产业结构、产品结构滞后于经济发展的需要。从产业结构来看,东部地区的传统制造业仍然在参与国内外分工中占主体地位,如改革开放以来经济增长最快的广东、浙江、江苏等省,其主要专业化产业仍然是纺织、服装、皮革制品、文体用品等传统产业。从产品结构看,虽然相当一部分产业在大的产业分类中属于技术密集产业,如电子工业,但所生产的部分产品仍属于劳动密集型产品;在参与跨国公司全球分工中,所承担的生产环节也主要属于劳动密集型产品;即使一些传统优势产业,其产品层次也比较低。这种产业结构和产品结构既不符合在三大地带分工中的地位,也难以支撑其自身经济的快速增长,产业结构和产品结构升级势在必行。

(1) 三次产业结构比例不合理

东西部地区产业结构调整升级取得进展,第二、三次产业比重有较大提高。与东部相比,西部第一产业比重仍然较高,第二、三产业比重偏低,显示出西部地区产业层次较低、素质较差的基本特征。近年来,东西部地区加快产业结构调整步伐,经济运行质量进一步提高。与 2001 年相比,第一产业比重均有所下降,下降幅度分别为 -0.76 和 -0.95 百分点,但西部第一产业的比重仍然较高,为 19.17%,东部为 10.67%,这说明西部地区是全国主要的农业经济区域,而农业是比较效益偏低的产业;第二产业比重均有提高,2002 年,东、西部地区第二产业比重分别上升了 1.5 和 0.88 个百分点,2002 年东部为 48.43%,西部为 42.42%,这说明西部地区工业化基础薄弱和程度低的特点;东、西部地区第三产业比重同比提高了 0.53 和 0.08 个百分点,东、西部地区第三产业比重分别下降了 0.76% 和 0.95%,东部为 40.90%,西部为 38.41%。

(2) 产业结构趋同

在改革开放初期,东西部地区产业结构并未出现差别化的分工体系,地区产业结构趋同问题在原本就比较严重的基础上进一步加剧。具体表现为一些资源省区和一些新兴加工省区在轻工业部门的大量投资,一度造成东西部地区产业结构轻型化的倾向,导致更为严重的产业结构趋同。

不管是东西部产业结构趋同还是趋异,并不是所有产业同向变化的结果,而是趋同、趋异产业力量对比和程度差别的反映。改革开放之后的 10 余年时间里,东西部地区产业结构趋同程度加剧,这主要是当时产业结构轻型化的浪潮缩小了东西部地区产业结构的差异,导致产业结构趋同;从 20 世纪 90 年代至今,地区产业结构总体上趋于差别化,也就是趋向于集中和专门化分工,但是一些食品、纺织、服装、印刷等轻纺产业布局趋于分散。

目前东西部地区已经形成了一定层次的区域专业化分工,并且东西部地区专业化分工的水平存在着差距。东部沿海发达省市和西部欠发达省市专业化水平都比较高,前者的专业化产业集中于电子、钢铁、交通设备、电气机械、化学工业等具有资金、技术优势的产业,后者主要集中于石油天然气开采、有色金属冶炼、电力等具有资源优势的产业。

东西部产业结构趋同化有其特定的内容,它并非指东西部产业结构趋同化,也不是指农业结构和轻重工业结构的趋同,而主要是指东西部地区工业行业结构变化中存在的趋同现象。

从工业布局的角度看,地区工业结构的不合理趋同,实际上也就是生产建设中的重复布局问题。可以说,地区工业结构的不合理趋同是生产建设中大量重复引进、重复布局的结果。

东西部工业结构不合理的趋同仍是当前东西部地区产业结构的一个主要矛盾。它一方面是继续追求所谓门类齐全的工业体系,搞"大而全"、"小而全"封闭式地区经济发展模式的结果;另一方面是不健全的市场机制和扭曲的价格所导致的工业部门结构趋同。不合理的结构趋同使许多部门远没有达到社会化大生产所要求的经济规模,未能形成地区专业化分工协作体系,造成分工利益和规模效益双重损失,阻碍着经济增长方式从粗放型向集约型、从速度型向效益型的转变。同时,它还造成生产能力过剩、产品供过于求,引发了过度竞争,加剧了能源、原材料、交通运输的紧张,甚至引起"羊毛大战"、"棉花大战"等,导致地区经济割据和自我保护现象日益严重,阻碍全国统一市场的形成和完善。

（3）工业经济增长质量差

西部不合理的经济结构导致了西部经济增长质量差、效益低。工业经济增长质量差，西部地区是东部地区的原材料供应地，工业比重大，传统工业在整个工业中占有的比重更大。工业经济效益如何直接关系到西部地区经济效益的高低。下面从工业增加值、总资产贡献率、资产负债率和全员劳动生产率四个指标来看西部地区工业企业的经济效益。

表7-7 2002年东西部地区国有及规模以上非国有
工业企业主要经济效益指标

地 区		工业增加产值率（%）	总资产贡献率（%）	资产负债率（%）	全员劳动生产率(元/人、年)
全 国		29.78	9.45	58.72	59 766
东部	北京	26.48	7.60	53.30	78 133
	天津	25.38	8.50	58.10	69 728
	河北	32.91	9.98	62.41	53 978
	辽宁	28.19	6.25	59.18	55 001
	上海	27.54	10.42	49.17	102 019
	江苏	25.58	9.67	59.78	66 709
	浙江	24.58	12.54	55.45	58 243
	福建	32.03	10.33	55.82	65 802
	山东	30.45	11.18	59.68	62 918
	广东	26.63	9.17	55.53	676 79
	广西	31.38	7.45	65.07	45 007
	海南	31.10	9.76	52.86	62 821

地　区		工业增加产值率 （%）	总资产贡献率 （%）	资产负债率 （%）	全员劳动生产 率(元/人、年)
西 部	重庆	29.32	7.84	61.33	43 912
	四川	35.71	7.64	61.76	51 010
	贵州	33.98	7.10	63.00	41 604
	云南	49.90	15.04	54.19	96 090
	西藏	53.84	4.12	27.29	37 986
	陕西	35.45	8.20	65.75	46 866
	甘肃	32.89	6.05	63.16	41 623
	青海	38.61	5.40	67.84	59 479
	宁夏	29.99	5.69	62.17	37 521
	新疆	40.75	9.03	58.30	90 351

资料来源：《2003 中国统计年鉴》,中国统计出版社。

　　资料表明,尽管西部各省区的工业增值率很高,但其他三项经济效益指标均处于低水平。从总资产贡献率来看,如果没有云南省 15.04%的高指标,西部地区的资产贡献率只有 7%左右;资产负债率除云南、西藏和新疆三省、自治区较低外,其他省区均高于全国平均水平;劳动生产率除云南,新疆外,其他省区远远低于全国平均水平。总体上来看,西部地区如果剔除云南烟草行业的支撑,工业经济效益非常低下。

　　(4) 轻、重工业比例失调

　　西部地区重工业比重过重,轻工业比重过小。长期以来,由于种种原因,东西部地区形成了垂直分工关系,西部地区是东部地区的能源、原材料供应基地。西部地区各省区重工业比重为62.76％,比全国平均水平高出5.6个百分点。在重工业中,采掘业和初级产品加工业占较高比重,高附加值的深加工工业则明显处于劣势。这种依托农业的不发达的轻工业和偏重的工业结构,在西部工业化建设过程中,不仅没有发挥出相应的扩散作用,反而相互脱节,严重地制约了经济的发展和人民生活水平的改善和提高。

(5) 农业结构单一

西部地区农业结构以种植业为主。目前西部地区普遍存在农业结构单一,土地利用不合理,多种经营水平低,林、牧业优势没有得到很好地发挥等现象。普遍或是压缩粮食生产面积,积极发展蔬菜、果品、花卉等高效经济作物,或是面对纸业、茶叶的暂时兴旺,一拥而上。面对有限的市场空间,虽一时效益明显,但长远矛盾突出,农业生产的结构性矛盾未从根本上解决,致使农村(种植及养殖业等)农副产品市场销售渠道不畅,又不能深度开发,形成区域销售、压级压价,农民增产不增收,严重制约了农村经济的发展。

2. 中部产业结构问题

(1) 产业结构发展协调性不够。表7-8显示,2003年中部大部分省份GDP的增长都达到了1998年的最高水平。其中湖北2003年生产总值首次突破5 000亿元大关,按可比价格计算比上年增长9.3,增幅高于全国平均水平0.2个百分点;从其三次产业的比例关系看,三次产业结构由2002年的14.2∶49.2∶36.6调整为2003年的14.7∶47.8∶37.5,第三产业比重进一步提高。但整个中部三次产业的发展还处在较低的水平,尤其是第三产业比重的提高仍然显得偏低,使得三次产业发展的协调性不强。

表 7 - 8   2003 年中部地区三次产业统计表

地区	国内生产总值(亿元)	第一产业(亿元)	第二产业(亿元)	第三产业(亿元)	构　成(%)		
					第一产业	第二产业	第三产业
湖 北	5 395.91	792.55	2 580.58	2 022.78	14.7	47.8	37.5
湖 南	4 633.73	885.87	1 793.71	1 954.15	19.1	38.7	42.2
河 南	7 025.93	1 237	3 550.47	2 238.46	17.6	50.5	31.9
安 徽	3 973.2	749.1	1 780.6	1 443.5	18.9	44.8	36.3
江 西	2 830	560	1 227	1 043	19.8	43.4	36.8
山 西	2 445.6	213.3	1 400.1	832.2	8.7	57.3	34
全 国	116 693.6	17 247.1	61 778.1	37 668.4	14.8	52.9	32.3

资料来源:钟新桥:《中部地区产业结构布局现状与调整战略研究》,《经济问题探索》2005 年第 2 期。

(2) 产业结构升级速度缓慢。2003 年中部第一产业增加值 4 429.32 亿元,第二产业增加值 12 260.16 亿元,第三产业增加值 9 536.39 亿元,三次产业结构由 2002 年的 18：46：36 调整为 17：46：37,变化趋好;但产业结构升级速度缓慢,第一产业比重仅下降一个百分点,第三产业比重也仅上升一个百分点,第二产业比重原地踏步,且至今未能突破 50% 的比重;而 2003 年全国的三次产业结构为 14.8：52.9：32.3,浙江为 8.8：51.2：40.0,广东为 7.8：2.4：39.8,江苏为 8.9：54.5：36.6;可见,中部与东部在三次产业比例关系方面仍然具有一定的差距。

(3) 产业比较劳动生产率较低。第一产业的比较劳动生产率呈递减的态势,说明中部的农业产值在产业产出中的比重不大;第二产业仍然保持较高的比较劳动生产率,但上升趋势趋缓回落;第三产业的劳动生产率近年来持续上升,表明有劳动力不断从其他产业向第三产业转移,第三产业的发展呈现有所改善的趋势。总体上评价,中部三次产业的比较劳动生产率均较为低下,特别是第一产业与第二、第三产业的比较劳动生产率差距较大,中部只有尽快想办法提高农业的劳动生产率,才能使产业比较劳动生产率低下的局面有所改观。①

第二节 地区产业结构的比较

一、地区产业结构的差距

东部发达地区的经济自改革开放以来迅猛发展,并进行了大规模的产业结构升级与转换,在这之中,国家为促进东部经济的发展而给予了相应的产业优惠政策。在中央优惠政策扶持下,经过多年发展,东部地区产业结构已进入良性快车道。与之相比,西部地区的产业结构存在许多不足。

1. 农业现代化进程的差距

东部沿海地区历来就是中国农业的发达地区。优越的自然条件加上改革开放初期实施的一系列有利于农业发展的政策,对沿海地区传统的农业发展模式产生了重大影响。主要是通过发展小城镇,转移农业劳动力,扩大农业经营规模,提高了农业劳动生产率,使一部分地区的传统农业开始向现代农业迈进。同时由于小城镇的发展,改善了乡镇企业的布局,使其逐步向城镇聚集,进行连片开发、规模经营,加速了农村工业化的进程。东部农业发展已由主要依靠传统农业转向依靠非农产业、畜牧养殖业和新

---

① 钟新桥:《中部地区产业结构布局现状与调整战略研究》,《经济问题探索》2005 年第 2 期

兴农业的模式。

西部农业基础薄弱。虽然西部区域农业资源比较丰裕,但平原少,山脉、丘陵、高原居多,气候干旱,水资源相对匮乏,农业生产条件差,内部结构不合理,产业水平低,农业比较效益不高,加之农村经济体制改革起步较迟,因而农业生产长期徘徊不前。农产品市场化开发不足,农产品商品化和产供销、贸工农一体化的农业产业化程度不高,很难与本区经济中其他产业形成良性的依存和发展关系,以致与东部的农业现代化进程相去甚远。

2. 工业化发展阶段的反差

20 世纪 90 年代,东部工业经济内部结构得到调整,进入到以长期消费目标为主的重化工业阶段,工业产值中重工业产值所占的比重显著上升。以上海为例,从 2003 年的统计数据来看,在全部工业部门中,重工业总产值的比重高达 53%;不仅如此,占上海工业总产值 50.46% 的六大支柱产业中,钢铁、化工都位居前列。

而西部地区,由于经济发展速度缓慢,至今仍处于工业化的初级阶段,需求与供给的层次均无法与沿海发达地区相比。只是在资源开采类工业,如煤炭、石油等重工业部门和个别加工工业领域中具有一些优势,主要仍以轻工、纺织、食品业等为主。这种"趋重"与"趋轻"的倾向,明显反映出西部与东部地区的工业化所处阶段的不同。

3. 第三产业发展程度的反差

我国沿海开放城市在结构调整中产业发展模式呈现出与西方国家类似的趋势。尽管第三产业在整个国民经济中的比重仍低于第一、二产业,但毕竟有了突破性的发展。东部地区的第一产业由 1993 年的 43.55% 降至 2002 年的 10.67%,第二产业由 32.26% 升至 48.43%,第三产业由 24.19% 升至 40.90%。由此可以看出,东部的第二、三产业已占绝对优势。从城市功能的转变来看,相当一部分城市,如上海、广州、北京、大连等,金融、保险、信息咨询、房地产开发等功能大大增强,而作为生产中心,尤其是传统工业生产中心的地位明显下降。其中上海的第三产业在 GDP 中所占的比重,已从 20 世纪 90 年代初的 30％上升到目前的 40％以上,而且贸易业已成为第三产业的主导。

与此相反,虽然西部地区发展第三产业的资源潜力和空间很大,由于市场经济发展相对缓慢使得三产难以按照市场经济规律运行和发展。不仅第三产业所占比重太小,而且其中的交通运输业、邮电通讯业、商业、仓储业以及为提高科学文化水平和居民素质服务的部门数量少、质量低,直接制约着第一、二产业的发展。即使西部第三产业较为发达的中心城市如成都、重庆、西安、兰州和昆明,三产在整体产业结构中所占的比重平均仅为 35％。同时在西部三产中,主要以商业、服务业、运输业中的传统陆路运输为主,而一些发展潜力较大的新型三产如金融、保险、中介服务业、信息咨询和旅游业等发展滞缓。从陕西来看,从业人员的58.8％仍集中于第一产业之中,远超过第二和第三产业,造成城乡剩余劳动力转移困难。近几年,虽通过加大投资使西部地区第三产业有了较快发展,但要使其成为西部经济发展的先导,还有相当长的距离,因而经济发展缺少生机与活力。

4. 产业升级速度的反差

东部地区在 20 世纪 90 年代生产资料涨价、能源紧张、劳动力价格上涨、土地价格攀升、市场相对饱和,一些高耗能、费原料、劳动密集型产业在受到高生产成本严重困扰的情况下,开始重点发展外向型经济,利用国外资源和技术,扶持发展技术含量高、创汇高、附加值大、能源原材料消耗低的资金密集型产业和技术密集型产业,东部地区以其优越的区位优势、经济优势、科技优势和人才优势,已由劳动密集型产业逐步转向知识技术密集型产业。早在 20 世纪 80 年代后期我国转入重化工业阶段以来,沿海地带在交通运输、设备制造、电气机械与器材制造、电子及通讯设备制造等方面代表着高资本投入、高技术聚集、高加工度方向,以耐用消费品为主要产品的产业在发展上的捷足先登,并很快形成产业优势。西部地区虽然地大物博,能源充足,资源丰富,市场广阔,且有众多的科研院所,但长期以来经济技术及文化水平相对落后,科技成果转化的速度很慢。西部地区除陕西、四川和重庆具有较强的实力外,其他9个省区的科技创新能力普遍较低,主要表现为科技经费投入不足,科技成果较少,企业技术进步缓慢,高新技术产业比重较小,等等。西部地区科技成果实际运用所产生的经济效益按产值利税率衡量只有7.1%,远低于东部的22.5%。到目前为止,仍主要从事劳动密集型产业,使工业与资源开采及初加工存在着更多的联系,资本有机构成低,导致经济运行的成本高,经济效益下滑,产业升级的速度迟缓。

二、地区产业结构差距形成的原因

任何事物的产生和发展,都是内因和外因共同作用的结果。造成西部产业结构调整滞后的成因,是由诸多因素交互作用所致,既有自然条件、发展基础、政策环境等外在因素,又有思想认识、运作体制、经济决策等内在因素。概括起来,主要有以下几个方面:

1. 经济结构畸形化

经济结构畸形化是制约西部经济发展的重要原因。长期以来,西部地区以生产生产资料的第一部类产业结构为主要特征。西部地区的能源、原材料产品低价卖出,所需的工业品,特别是大多数日用品和耐用消费品从东部地区高价买入,进而造成西部经济效益在输入和输出中的大量流失。改革开放前期,东部地区抓住了发达国家将资本密集型产业、新兴工业化国家将劳动密集型产业和低技术产业向外转移的机遇,大力发展外向型经济,这是沿海地区经济得以持续高速增长的重要原因之一。如今,全国的消费品市场几乎被东部垄断,东部地区新的经济增长带明显以第二部类产业结构为特征。但是以亚洲金融危机为转折,世界经济出现的新情况,对于产品加工层次低、以出口初级产品为主的我国西部地区来说无疑是严峻的挑战。因此,尽快优化产业结构,提升技术层次,融入世界经济的一体化发展就成为当务之急。

2. 基础设施落后,商品经济意识淡薄

西部地区地处内陆,基础设施落后,自我发展能力低。由于恶劣的生存环境和复杂的地质地貌,交通运输不便,货运能力低,每年陕甘地区大约有500万至600万吨的货物不能顺利运出,新疆大约有200多万吨物资运不出去,宁夏、青海的运力只能满足一半,主要铁路线运输需求多已超过现有的运输能力,乘车难,运货难已成为西部地区经济发展的重要制约因素。加上西部地区居民思想观念陈旧,商品经济意识淡薄,等靠要思想严重,这都成为阻碍经济发展的不利因素。

3. 经济基础薄弱,结构调整支撑力不强

从世界范围考察,地区经济发展差距有一个历史的演变过程。资料表明,新中国建立以来,东部沿海地区一直是我国经济发展水平最高的地区。正是这种强大的经济支撑力以及国家政策上的倾斜,增加了东部产业结构调整的回旋余地,使一些"朝阳产业"得以迅速崛起。而西部地区经济基础一直比较薄弱,其现代经济不是从自身基础上自己成长起来的,而主要是靠国家从外部投资发展起来的,因而形成了一种典型的二元经济结构。① 在先进与落后存在较大反差以及旧体制没有完全革除的情况下,城市与农村、工业与农业、中央与地方、国有与民营、军工与民用互相隔离、分割封锁,中间缺乏联系纽带,从而使先进产业的发展难以带动落后产业的发展,落后产业也不能与先进产业形成配套的有机联系,甚至阻碍着新产业的迅速成长,结果导致产业结构严重失衡,结构效益越来越低,难以使西部经济实现全面振兴。

---

① 张宝通:《跨世纪:西部发展大轮廓》,《陕西师范大学学报(哲学社会科学版)》1996年第3期。

4. 政策扶持偏少,资金投入不足

20世纪80年代初以来,我国实行先沿海、后内陆,先沿边、后内地腹地,先交通便利地区、后交通闭塞地区的梯度发展战略。在此战略思想支配下,进入80年代中期以后,我国对东部地区采取了倾斜式的政策扶持。① 比如,在产业发展方面,根据东部沿海地区的资源优势、已有基础和兴地富民的要求,选择重点发展的主导产业和部门,给予投资和政策双倾斜,使之率先起飞,成为我国高新产业发展最快的地区,迅速跃上经济发展的快车道,其中机电工业代表了产业发展的主导方向。然而,不发达的西部地区获得国家各种优惠政策较迟。仅从投资政策上看,全国固定资产投资在"六五"和"七五"期间,东部沿海地区12个省市区全民所有制固定资产投资占全国的份额从42%上升到52%,净增达10个百分点,而西部地区则从16.3%下降到15.9%,净减0.4个百分点。再如,1982年至1992年,国家基本建设投资中东部占46%,约为西部所占比例的两倍;1992年我国投资增量中约有62%是在东部地区完成的。这种过多考虑东部的倾斜政策,使西部的产业投入严重不足,造成工业总产值锐减,邮电通讯、交通运输业长期落后,一些瞄准了的新产业因投入不到位也只好搁浅。

三、地区产业转移的可能性

根据梯度转移理论,东部地区的产业尤其是传统产业会逐步向中西部转移。具体来说,在市场力量作用下,东部发达地区经济的迅速增长将会对西部欠发达地区产生一系列直接的经济影响。这些影响包括对西部落后地区有利的扩散效应和不利的极化效应,如东部发达地区存在的高工资、高利润、高效率及完善的生产和投资环境,一方面不断吸引落后地区的资本、技术和人才,

---

① 李国平等:《区域经济发展的公平问题》,《中国人民大学学报》1999年第1期。

从而使得这些地区的经济受到制约,两地区之间的经济发展差距日益扩大。另一方面,东部发达地区向周边地区的购买力或投资增加以及周边地区向发达地区的移民,提高了西部落后地区的边际劳动生产率和人均消费水平(陈栋生,2000)。短期来说,东部的极化效应会大于扩散效应。但从长期来看,由于经济增长到一定程度,东部发达地区会产生聚集不经济从而促使产业向四周扩散,因而地域上的扩散效应将会超过极化效应,以缩小东西两地之间的经济发展差距。

第八章 产业转移的结构转换升级

产业和产业结构的发展过程是有规律的,但并不排除不同条件下的产业和产业结构的形成和发展表现出自己的特点。但单一产业的发展和成熟、不同产业在经济发展中随着对经济增长作用的变化在地位上演进的阶段性和周期性,作为产业动态过程的表现形式,具有很大的灵活性。同时,外部力量的推动也可以弥补内在基础的不足。研究产业转移的结构转换升级的一般规律和它在东西部地区所能表现出来的特殊性,对东西部地区产业转移的顺利进行具有重要的现实意义。

第一节 产业转移的结构转换

一、产业结构转换升级的一般规律

"产业的形成和发展是社会生产力发展的过程,产业结构的实质是社会生产力的空间结构,也是国民经济发展的空间结构"①。因为,一是产业的形成和发展缘于社会生产力的发展,它是社会生产力的实体现象形态。产业的结构是随着社会生产力

---

① 钟阳胜:《追赶型经济增长理论与实际》,广东高等教育出版社1996年版,第190~191页。

的发展呈现出由低水平到高水平的上升运动趋势。二是产业的形成和发展又对社会生产力的发展起着巨大的能动作用,必然扩大社会生产力的规模,促进社会生产力的发展和水平的提高,带来国民经济的巨大增长。产业由小到大的扩张和产业结构由低级到高级的上升运动,是社会经济形态新陈代谢的物质基础。

本文所说的产业是一种集合体,既包括根据经济活动与社会分工的阶段性来划分国民经济的第一产业、第二产业和第三产业以及根据技术、工艺的相似性来划分国民经济的农业、工业、商业、交通运输业、建筑业等产业部门,也包括以同一商品市场为单位来划分国民经济各部门的许多不同的行业,如汽车工业、钢铁行业、种植业、养殖业等。产业是各种生产要素"以国民经济各部门分工为基础的有机组合的经济动态过程"①。它的特征如下:

(1)任何一个产业都必然经历一个形成——成长——成熟——衰退的生命周期。

(2)各次产业的形成和壮大并渐次在经济增长中起主导作用,成为国民经济的支柱,起决定性作用的是社会生产力的发展。

(3)在一、二、三产业渐次在经济增长中起主导作用的同时,以同一商品市场为单位细分的各行业(即广义的产业)也有一个随着对经济增长作用的变化在地位上演进的阶段性和周期性,即战略产业、主导产业、支柱产业和辅助产业的相互转化。

(4)各次产业形成并渐次在国民经济发展中起主导作用的过程,其实质是产业结构高度化的过程。

从产业结构的实质是社会生产力的空间结构这个角度来说,落后的社会生产力决定了西部地区产业结构转换升级将是一个缓慢而又艰难的过程。但是,我们应该看到,外部力量的推动可以弥补内部基础的不足,东部地区产业转换升级将使西部大开发

---

① 钟阳胜:《追赶型经济增长理论与实际》,广东高等教育出版社1996年版,第190~191页。

的实施从资金、技术、人才等方面为西部地区产业结构的转换升级提供强大的推动力。同时,东部地区产业升级也能促使东部自身实现区内产业结构高度化和布局合理化。

二、产业演进规律支配产业转移

产业的演进是社会分工的结果,分工的发展不断催生新的产业部门,使产业结构从简单到复杂,从单一产业到多种产业。按三次产业分类法,一国的产业结构的重心先是从第一产业向第二产业转移,即工业革命使工业从农业中逐步分离并独立出来,然后又从第二产业向第三产业转移。随着产业分工的进一步分化,一些学者也建议分为四次产业。美国经济学家波拉特在1977年出版的《信息经济论》中提出,应改变传统的三次产业分类法,建立包括农业、工业、服务业、信息业的四次产业分类法。信息产业分成第一信息部门与第二信息部门,前者包括为现有市场提供信息设备或信息服务的所有产业,后者包括利用信息进行工作的所有部门,例如民间企业、政府机构中的计划、管理、情报部门,等等。

仅从工业演进规律看,工业化过程首先从轻工业向重工业和化学工业转移,从材料工业向加工组装工业转移,从一般加工制造业向技术集约化和制造难度更高的组装工业转移。重化工业覆盖机器生产、电气生产和化学工业时代,高加工化阶段覆盖自动化生产时代以及更高程度的信息化生产时代。发达国家到自动化生产时代的中期就实现了工业化,此后是进一步用自动化技术改造传统产业,进入后工业化或信息化阶段。战后日本主导产业从纺织业到钢铁、汽车、电机、电子等产业的转移、交替的过程,是最典型的例子之一。在工业由低级向高级发展的同时,技术、知识日益取代资本成为生产要素构成中的最重要的因素,导致技术密集、知识密集的高技术产业日益兴起。从生产要素构成的角度看,上述产业结构变化的过程,又表现为整个产业的重心从劳动密集型产业向资本密集型产业、再向技术和知识密集型产业的转移过程。这种随着经济的发展，产业构成中技术和知识产业所占比重越来越高的现象，称为"产业结构高度化"。工业发展的阶段划分还有一些其他的方式，如霍夫曼依据消费品产业生产额与资本品产业生产额的比率的不同，将工业化过程划分为消费品产业占绝大比重、资本品产业开始发展、消费品产业与资本品产业的比率趋于接近、资本品产业显著扩大四个阶段。霍夫曼对工业化阶段的划分，同样揭示了在各国工业化初期首先获得发展的是轻工业，然后工业化的中心逐渐向重化学工业转移的历史经验法则。

推动第一产业向第二、三产业演进的内在动力是由社会发展的基本矛盾所决定的，是经济发展的一种必然趋势。早在17世纪，威廉·配第指出：随着经济的发展，工业将比农业占有更重要的位置，而商业又将比工业占有更重要的位置。1933年，费雪又进一步指出：生产结构的变化表现为各种人力、物力、资金将不断地从第一产业转向第二产业，再以第二产业转向第三产业，即使政府进行干预也无法阻止这一进程。[①]

1940年，英国经济学家考林·克拉克出版了著名的《经济进步的条件》一书。该书通过整理、分析和利用英、美等十几个国家的统计资料，考察劳动力在三次产业之间的分配状况的变化，得出导致劳动力在三次产业之间转移的直接原因，在于各产业之间存在着收入上的差距，即制造业的收入高于农业，商业的收入又高于制造业，而劳动力总是倾向于朝着收入更高的产业转移。这一理论又称为配第—克拉克法则。[②]美国经济学家库茨涅兹通

---

① 许保利：《三次产业的劳动力分布及生产率分析》，《财经问题研究》1996年第6期。

② 杨丽：《分析配第—克拉克定理在我国西部经济欠发达地区的局限性》，《经济问题探索》2001年第11期。

过整理分析大量的统计资料,揭示了三次产业(农业部门、工业部门、服务部门)在实现收入上的变化趋势,并把收入与劳动力的变化联系起来进行考察。根据库茨涅兹的分析,各国都经历了农业部门的劳动人口比例迅速下降,工业部门、服务部门的劳动人口比例趋于上升的过程。①

各国的产业结构在全球产业价值链条上,由于受资源禀赋和发展阶段的制约,始终会呈梯度分布,发达国家的产业结构调整与发展中国家的产业结构调整互补,产业转移就是由这种差异引起的。发达国家在分工日益深化和产业不断升级的过程中,由于附加值更高、发展前景更广阔的新兴产业不断产生,从而吸引大量的生产要素流入,传统产业在这些国家逐渐丧失生存条件。而众多的后发展国家,经济发展尚处于比较落后的阶段,产业结构升级一方面可以依托本国产业的发展和分工的深化,另一方面则可以承接发达国家的产业转移。发展中国家的经验已经证明,落后国家承接发达国家的产业转移,是实现产业跨越式发展的最有效途径。发达国家的产业转移重点为一般加工制造业,其原因在于:一方面,落后国家需要尽快实现工业化,而发达国家则始终面临产业结构升级和传统产业受发展中国家低成本竞争的两大挑战,只有将一般制造业转移到落后国家,才能大量和充分利用这些国家的劳动力、土地和资源价低的优势,形成新的竞争力,解决发达国家面临的矛盾。另一方面,制造业技术的发展,运输、通讯、金融等行业服务范围的扩大和成本降低,使工业产品的生产环节可以进一步细分,专业化分工可以跨区域进行。

从20世纪60年代以来国际上先后出现过的三次规模较大的制造业转移,可以证实发达国家的制造业向外转移,是产业转移的重点。如第一次是60年代到70年代,西方发达国家纷纷将劳动密集型制造业转移到制造成本低的国家,形成战后第一次全

① 于刃刚,《配第—克拉克定理评述》,《经济学杂志》1996年第8期。

球性的海外投资浪潮。第二次是 70 年代到 80 年代,发达国家出现的新技术革命促使资本密集型制造业向外转移,许多亚太新兴工业化国家和地区,就是通过建立出口加工区等,大量承接资本密集型制造业,使经济得到了高速发展。进入 90 年代,随着信息技术产业的快速发展,发达国家又将部分技术密集型制造业向外转移,形成新一轮制造业外迁高潮。

第二节　地区产业转移的结构升级

一、产业转移对东部经济的影响

产业转移为东部地区产业结构的调整升级提供了空间。东部地区的产业结构随着其经济的发展而不断调整,但仍有很大程度上的不合理之处,存在明显的结构性障碍,阻碍了其经济的发展。东部经济很大程度上是在吸引外资的基础上发展起来的,这些资本很多来源于我国香港、台湾等地,投资的行业主要是加工类及其他技术含量低的劳动密集型产业,加上国内的低水平重复建设,使其在东部饱和过剩,很大一部分生产能力闲置。而这些产业在东部很多已不符合市场的实际需求,在国际上也越来越失去竞争力,因此已在逐渐淘汰之中。但随着西部经济的发展,在西部却有很大的市场潜力。西部地区拥有廉价劳动力、土地及原材料,其充分利用可以降低成本,因此这些产业在西部还有其存在的市场。把一般加工类产业转移到西部,东部地区可借此机会优化产业结构,集中精力发展高新技术产业、信息产业、金融保险等产业,使东部地区的经济结构更趋合理。

东部成熟技术的西移,使东部获得更新技术的时间和空间,优化产业结构,发展新兴产业,从而促进技术的不断更新和发展。因为,输出的这些技术继续发挥作用,这等于延长了某项技术的生命,延长了依靠该技术获取利润和报酬的期限。

东部资本的西移对东部地区自身将产生多方面的影响。首先,东部可获得大量的利润和利息,提高资本的收益率。其次,东部企业在西部的发展,可扩大东部地区产品的市场空间。因为,一是西部各级地方政府对东部产品进入的态度和设置各种壁垒,及西部地区人均收入水平低,购买力小,东部资本的西移可以减少这种阻力。二是东部资本西移,其产品属于西部的产品,较容易占领西部市场。再次,东部可以与西部的自然资源及能源原材料、低廉的劳动力相结合,优化要素配置,提高经济效益。但经济的过量输出可能会降低东部经济的发展速度,影响东部的经济结构。如生产领域里资本要素的过量转移,可能使东部第二产业增长速度减缓,出现"产业空心化"现象,使东部经济发展缺乏坚实的基础和有力的依托。

二、东部产业西移的原则

1. 相互协调原则

东部产业的转移,只有与西部现有经济相互协调,才会对西部经济的发展产生促进作用。科学技术的进步,使产业间、产业内的联系变得更加密切,需要综合的、立体的发展,才能使之互相影响、互相促进、共同进步。具体而言,就是各个产业部门的技术性质形成整体性联系。换言之,先导产业、支柱产业和基础产业(包括迁入产业)能够相互适应。相关协调要求产业结构的"链条"式联系和网络结构,保持比例均衡,实行协调演进。否则,产业西进中先进的生产要素的密集注入无法启动西部地区经济的全面发展,现代企业的高层技术也难以发挥对传统产业技术扩散、渗透和替代的作用。

2. 区域市场化与统一市场原则

推进产业空间转移,必须把区域市场化和区域开放结合起来,既要推进区域市场化进程,又要扩大区域开放,在发展区域市场的基础上,形成和健全全国统一市场。东部地区,不仅要扩大对外开放,更多地与国际市场接轨,调整和优化产业结构,实现区内产业结构高度化和布局合理化,而且要面向国内市场,拓展向西部地区的辐射渠道,推进向西部地区的发展传播,合理引导产业西进。

第三节　西部产业转移的结构转换

一　西部产业结构转换升级的取向

西部产业结构转换升级的过程,必须立足于本地区现实生产力水平和产业结构现状,同时要正确认识和充分利用外部因素的推动作用,坚持走具有地方特色的道路,又要放眼于产业结构调整和西部大开发、经济建设重心转移的大趋势。重点应做好如下几方面的工作:

1. 西部地区产业的培育和产业结构的转换升级要走超常规发展的道路

西部地区的经济增长,要通过产业结构变化来带动,这是与国外或国内发达地区经济增长和产业结构变换的一般发展规律相吻合的,但是,西部经济增长和产业结构变化又有与一般经济增长过程相区别的特殊规律性,其中最典型的是产业结构配置顺序的超前发展。产业结构变化一般情况下是沿着农业——轻工业——重基础工业——重加工工业——服务业的产业配置顺序发展的,这一结构演变过程反映了社会经济发展的内在规律性。但西部的经济增长,却必须充分利用"后发优势"的有利条件以及西部大开发和发达地区产业调整与转移的有利时机,提前把现代产业部门引入产业结构,沿着农业——加工业——服务业的顺序,超前实现产业结构的优化。

西部地区要获得较高的经济增长速度,单靠资源总量投入的速度型增长方式是行不通的,也难以实现产业结构的合理化与优化,必须改变只重速度、忽视效益的粗放型、速度型经济增长方式,向产业结构变化的结构效益型经济增长方式转变,因此,必须重视改造传统产业,提高传统产业的生产水平。

2. 以资源为依托,以市场机制为准则,积极培育支柱产业

西部的产业结构转换升级必须同时依托资源和市场,把开发与市场经济结合起来,把产业结构调整纳入市场经济的运行轨道。按照市场经济的要求和规律,立足当地资源,选择好发展方向和项目,发展一批支柱产业。

新培育和选择的支柱产业,应具备下列条件:在生产方面,前向关联和后向关联的链条长,能带动一批产业或行业的发展,被带动的产业或行业既可以是资源密集型的,也可以是劳动、原材料密集型的,以利于创造更多的就业机会;在消费领域,支柱产业应当成为消费热点,其产品拥有较高的市场占有率,在居民消费支出中占有相当比重;在技术领域,支柱产业应能带动其他产业的技术进步,推动技术结构升级。

3. 大力引进和运用先进技术,走高起点开发之路

西部地区产业结构的调整与转换升级,必须大力引进先进的科学技术,推动传统产业向现代产业的转变。科技进步是推动产业结构转换升级的重要力量,要将生产与科技结合起来,将科学技术转化为现实生产力;完善科技推广服务体系,面向市场开发科技含量高的支柱产业,以科学的管理和先进的技术增强市场竞争力,带动整个区域经济的发展。

二、产业转移对西部产业结构升级的影响

西部地区承接转移产业产生的影响是双重的。如果能合理选择接纳东部西移产业,西部地区会不断发展壮大自己,促进产业结构升级和经济发展。

(1)东部产业的西移,西部地区可引进相对先进的技术,获得

操作技术、工艺流程、管理经验及市场营销关系,这有利于提高产业的素质,促进产业结构的优化发展。

(2)东部产业的西移,西部地区不仅能扩大生产规模,而且可能建立新的产业,优化产业结构;同时,通过产业转移建立的新产业,会吸收一定的劳动力就业,或从其他产业流入一定量的劳动力,因而能引起就业结构升级。

(3)西部地区合理承接的转移产业,其技术和资本有机构成通常应高于西部地区原有产业或其他产业,所以,这些产业的移入,有利于提高西部地区产业的平均有机构成,提高产业的技术集约程度。

(4)西部地区诸多省份,如陕西、四川、甘肃、贵州等过去军工企业较多,具有比较好的发展高新技术产业的基础,也具有接受发达国家和地区资本密集型,甚至技术密集型产业转移的条件,西部地区如果合理选择承接一部分资本密集型和技术密集型产业,可使西部地区原有企业改善管理手段、管理方式,改造传统产品,加快产品升级换代,还可以改造传统设备、工艺,提高技术水平,增强产业的生存能力和发展能力。在此基础上,有重点地发展高新技术,并促进其产业化发展,无疑有利于提升西部地区的产业结构。

(5)西部地区接纳东部地区西移的高耗能、耗材产业,如石油化工、天然气化工、煤化工、冶金、建材等,可以获得规模经济效益,延长生产链条,增加附加值,将能源、资源的开发潜力挖掘出来。重要的是随着这些产业发展能力的增强,可能会带来新材料、新能源技术上的突破。由此将带来西部地区处于薄弱环节的基础产业的发展,并适应其他产业发展的需要。

但是,西部地区对于东部地区西移的产业如果不能作出合理的选择,其负面影响也不可避免:

(1)东部地区劳动密集型和资源密集型产业向西部转移,西部地区如果仅仅为了扩大生产能力而盲目引进生产能力,最终可能因为市场原因而使投资无效益,并导致产业结构调整升级难度的进一步加大。

（2）东部地区的企业可能会把淘汰的设备、市场前景不好的产品转移出去，或将一些市场风险很大甚至没有市场前途的产业转让给西部地区企业，结果不仅不能促进和优化西部经济发展，反而制约西部经济发展和西部地区产业结构升级。

（3）西部地区拥有丰富的资源，所以，一直实施的是以资源开发为主导的发展战略，如果不改变发展思路，仍然把吸收外来投资的重点放在资源开发产业上，伴随着资源的大规模开发，会使西部地区脆弱的生态环境遭到更大破坏，而且可能会带来产业关系的进一步失衡。因此，对于西部地区承接转移产业所产生的作用要客观评价，承接转移产业是促进西部地区产业结构升级的一个重要途径，但不是唯一途径，如果接纳的产业，不符合西部地区可持续发展的要求，或产业本身的发展后劲不足，将不利于西部地区产业结构升级，更不可能依靠承接转移产业来提高产业素质，消除西部地区与发达地区之间的产业级差。

三、西部接纳转移产业的原则

1. 理论原则

西方发达国家走过的经济发展道路展示了一条规律性的结论，在经济发展的不同阶段，产业结构具有明显不同的特点，产业的发展有一定序列。西方经济学家从理论上做出了总结，这些理论对于规划产业结构、选择产业发展序列提供了理论依据和历史经验。西部地区经济发展水平与东部地区有差距。所以，西部地区接纳东部地区西移的产业，也应该遵循产业发展的序列和产业结构演变的规律。即以这种理论为依托，借鉴国内外的经验和方法，合理选择发展产业，构建产业结构，使之符合西部地区的经济发展水平。

2. 适应原则

任何一种产业的迁入和设置都必须适合落后地区的基本情况及具体产业的实际需要。因为产业的引入和技术的发展与应用是有条件的。先进与否是相对而言的，最先进的未必是最适用的。关键是本地区的吸收、消化、创新能力。西部地区不宜过多地引进和采用高、精、尖技术产业,而应着重引进或采用那些对国际或全国来说并不最先进,但对本地区来讲是先进且十分必要的适用技术和产业。西部地区接纳的西移产业,一定要适合当地的实际,确保产业引进后能顺利投产,投产后不会对西部地区的环境造成污染,破坏生态平衡;同时,接纳转移产业,必须要符合西部地区产业结构优化调整的方向,有利于实现产业升级和产业结构的高级化,而且要考虑产业本身的规模合理问题以及产业布局疏密程度的合理问题,避免西部地区出现的盲目建设和重复建设问题。

3. 技术进步原则

西部地区产业结构调整的方向,就是要增加产业的科技含量,提高产业的技术集约程度。所以,接纳东移产业必须要考虑其技术先进性,包括考察产业能否吸收先进技术,能否利用新技术改造传统产业,推动产业存量调整与改造,产业对经济环境变化适应力和抗衡力的强弱,接纳产业的发展和改造,能否延伸出新的产业,转移产业的技术与西部地区现有产业技术基础是否相适应。

4. 适应内外贸需求的原则

西部应建立完善的内贸与外贸相结合的全方位的产业结构,以促进产业的快速发展。西部地区在建立和接纳产业过程中,必须要考虑区际贸易和对外贸易的需要。

第四节　中部产业结构的升级

一、中部产业结构的转换

1. 中部传统产业的现状

在东部与中部地区产业分工中,中部地区长期向东部地区输出能源、原材料,而输入的是东部地区的制造业产品。东部与中部地区之间形成的"垂直分工",一方面是因为东部与中部地区较大的发展差距所致;另一方面是因为东部与中部地区的资源禀赋所致。从整体上看,中部地区在我国能源、原材料发展中以及在三大地带的分工中占主导地位。从能源工业来讲,中部地区的优势是煤炭工业和石油工业。虽然煤炭在我国能源工业中居主体地位,但这种地位随着我国能源消费结构的变化和实施可持续发展战略的需要而下降,近年来煤炭产量的下降主要是为了压缩库存,实现煤炭市场供求的基本平衡。中部地区石油的重点产区是大庆油田,其产量一直占全国的 30% 左右,但由于长期开发,后备资源严重不足,维持目前的产量已实属罕见,进一步增产的概率很小。中部地区参与全国分工的产业基本都依赖于矿产资源,而矿产资源型产业发展的最主要特征是周期性,目前中部地区大多数矿产资源型产业都进入成熟阶段,其中相当一部分进入衰退阶段,从而使许多建立在资源优势基础上的矿业城市的经济陷入严重的衰退。就中部地区整体而言,虽然参与全国分工的产业还不能脱离能源、原材料等资源密集型产业,但从发展趋势看,根据工业化演进阶段,中部地区将进入向制造业为主的转变阶段。

2. 中部的制造业

中部地区参与全国地域分工的产业主要是能源、原材料工业,但部分制造业也具有相当的竞争能力,有些产业甚至在全国还具有竞争优势,如机械工业、交通运输设备制造业等。从省级行政单位看,大多数省都形成了在全国具有比较优势的制造业,如吉林的交通设备制造业、医药工业;安徽的纺织、机械、电气制造、食品、饮料等工业;江西的医药工业;河南的皮革制品、机械、食品、饮料等工业;湖北的纺织、缝纫、交通设备制造和烟草工业等。各省既有的具有比较优势的产业构成其产业结构调整的基础。但作为整体,中部地区制造业的发展仍然在很大程度上依赖于东部地区产业结构升级及由此而产生的产业转移。

3. 中部在产业转换中的优势

(1) 区位优势。中部与东部地区毗邻,并已形成联系方便的交通运输网络,这对于出口导向型产业以及与母公司形成企业内部分工的产业转移具有较强吸引力。东部地区向外转移的产业中,相当一部分仍然要参与国际分工,其产品以出口为主。在劳动力成本和其他投资条件相近的情况下,运输成本就成为产业转移区位选择的重要影响因素。中部地区,尤其是与东部地区相毗邻,且有主要交通干线相连接的地区,将成为这类产业转移的首选地区。另外一类所转移的产业,不是产品的整体转移,而是把不符合本地比较优势的零部件生产或生产的某种环节向外转移,所转移的产品与母公司在本地生产的产品还需要重新进行整合,才能为消费者提供最终产品。对于这类产业的转移,如果对所选择区位没有特殊要求,一般来讲,距母公司越近越具有吸引力。因此,对于吸引这类产业的转移,中部地区也具有一定的优势。

(2) 市场优势。占领市场是企业跨地区投资的主要目的之一。中西部地区都属于欠发达地区,但中部地区的发展水平略高于西部。2000 年中部人均 GDP5 943 元;西部为 4 506 元,西部为中部的 75.8%。① 较高的发展水平,意味着中部地区具有较高的消费能力,2000 年中西部地区的最终消费分别为 14 498.25 亿元和 10 860.37 亿元,西部为中部的 74.9%。②中部地区的市场优势还在于,与西部相比,其人口密度和经济密度高。2000 年,中西部地区的人口密度分别为 248.9 人/km² 和 66.9 人/km²;经济密度分别为 147.9 万元/km² 和 30.19 万元/km²。③较高的人口密度和经济密度,使得在有效的服务范围内能形成更大的生产能力,从而获得规模经济。除此以外,西部为少数民族集聚地区,各民族在长期的发展过程中形成具有各自民族特征的饮食、服饰习惯,而这种需求主要由当地供给。在经济发展水平较低,即恩格尔系

①②③　《中国统计年鉴,2001》,第 57～59、311、95 页。

数较高的消费水平下,由人均收入决定的消费市场将进一步缩小。因此,就平均状况而言,中部与西部地区相比,具有一定的市场优势。

(3)劳动力优势。在东部地区向外转移的产业中,劳动密集型产业占很大比重。东部发达地区与中西部地区劳动力价格的较大差异是促使劳动密集型产业发生地区转移的主要原因。虽然中部地区的人均收入水平略高于西部地区,这似乎表明西部地区对劳动密集型产业更具有吸引力。但在劳动密集型产业转移的地区选择中,劳动力供给低价仅仅是构成吸引这种产业的因素之一;更重要的是劳动力素质。据《中国统计年鉴》提供的有关数据计算,现有从业人员中西部地区受到小学、初中、高中、大学教育程度的分别为 34.2%、40.5%、40.7%、29.7%和 12.9%、9.3%、3.3%、2.6%;受到初中以上教育的分别为 56.3%和41.6%。[1] 由此可以看出,中部地区的劳动力素质明显高于西部地区。

二、中部在产业转换中的选择

1. 人力资源开发

一是要加大人力资源投资规模;二是要实现投资主体多元化,形成办学主体多元化、投资多渠道、管理多样化,以国家办学为主体,社会各界共同办学的多元化办学模式;三是要建立以市场为导向的科研机制,推动科研机构与企业多种形式的合作、联合,使科技真正成为生产要素,发挥应有的作用。

2. 发展私有经济

一是要打破垄断,降低市场门槛,没有效益或效益低下的国有企业退出市场,为私有经济腾出资源,腾出市场,让私有经济来经营;二是政策支持,反对歧视,使国有经济和私有经济平等竞争;三是建立通畅的融资渠道,为中小企业、私有企业建立多元的

---

[1] 《中国统计年鉴,2001》,第 96 页。

融资渠道。这个多元的融资渠道包括基层的小规模贷款协会、股份制的地区小银行、民间的风险投资等多种小型和多种所有制的金融服务机构;四是通过立法保障私有经济的合法地位。

3. 分工创新战略

一是分工观念创新。中部地区要发展,必须突破传统观念的束缚,克服资金和技术上的困难,大跨度地进行分工创新,打破传统的局限于参与国内区域分工的格局,直接参与国际分工,形成国际分工与国内分工有机结合的多层次分工格局。二是变以资源为导向的产业体系为以市场为导向的产业体系。从可持续发展和保护环境的角度,促进企业进行技术改造,增加产品的附加值,达到以较少的资源获取较高的经济效益。三是产业结构的创新。中部地区各地方应在协调的基础上,对产业结构进行调整:(1) 按照生产相对集中的原则,调整产业结构,形成规模经济,促进产业结构升级;(2) 按照生产分工合作的原则促进产业结构的多层次化;(3) 开拓市场、引导需求,在创新中培养新的经济增长点。此外,中部地区在调整自己的产业结构的同时,还必须注意与东、西部地区的配合,降低东、西部地区产业结构的同构程度,推动区域经济协调发展。

4. 不平衡发展战略

实行不平衡发展战略,就是以大中城市为中心,建立若干经济增长区域和产业带,以此来拉动整个经济的增长。根据中部各省的空间结构特征,可以建立以中心城市为核心、以交通干线为网络、以区域统一市场为联系的区域一体化格局。实行不平衡发展战略也可选择开发区模式。开发区是一种以改善投资环境为条件,以吸引外资和国外先进技术为主要手段,以推进区域产业高度化和区域经济现代化为基本目的的特殊区域。因此,中部各省可以在扩大对外开放的过程中,有重点地办好一批基础较好、有发展前途的开发区,一方面不断提高开发区的经济国际化水平和对国际市场的开拓力、竞争力,另一方面,不断扩大开发区对周边经济的辐射作用。

5. 中部地区"承东启西"战略

中部地区的发展,必须以国内外经济发展的形势为导向,进一步推进改革开放,完善中部地区市场经济体制,充分发挥中部地区的比较优势,推进中部地区"双向开放",秉承中部地区"承东启西"的战略区位优势,实现中部地区经济快速增长与东、中、西部经济的协调发展。

第九章　地区产业转移的
　　　　　实证分析

　　本章以东西部纺织工业和加工贸易转移为对象,探讨在产业转移过程中的一些深层次的原因。如我国纺织工业主要分布于沿海地区,随着沿海地区经济的发展,沿海地区生产要素的价格,特别是劳动力价格的上涨,使得沿海地区纺织工业的传统优势在逐渐丧失,纺织工业呈现出向西部地区转移的趋势,特别是纺织初加工工业。纺织工业向西部地区转移的原因主要是:来自国内外的竞争压力;区域分工与协作的需要;国家宏观政策的影响以及西部地区所具有的资源和劳动力优势。再如,东部沿海地区加速产业升级要求把劳动密集型的加工贸易产业转移出去。在加工贸易产业向中西部转移时,也存在运输成本增加等制约因素。政府应实施结构调整援助政策,加大中西部地区吸引外资力度,改革中西部地区投资环境,培育中西部地区加工贸易企业"新竞争力"。

第一节　我国地区纺织业的转移

　　在新旧体制交替转轨过程中,纺织工业被生产能力过剩和结构调整两大难题所困扰,但总量与结构的调整并不意味着全国性的纺织衰退,而是国家综合经济发展带来产业升级的必经阶段。国家在研究"九五"计划时,把转变经济增长方式,提高纺织经济运行质量和效益作为"重中之重"来规划,在此背景下中国纺织总会与西部省区达成共识提出"东锭西移"战略,利用东部过剩的设备、技术与西部丰富资源和闲置设备结合,在盘活部分闲置资产的同时使西部纺织业初加工能力迅速扩大。

一、我国纺织工业的总体情况

1 纺织行业发展速度

20 世纪 90 年代,中国纺织工业由扩张期进入调整期,但工业增加值基本保持上升趋势,纺织品出口也保持快速增长势头。进入 21 世纪以来,纺织行业产业结构调整和技术改造的积极效果更为明显,工业增加值平均每年增速约为 10%。[①]

随着国际贸易环境的改善,最近几年,出口已成为拉动纺织行业增长的关键因素之一。2003 年中国纺织行业再次呈现扩张势头,不仅工业增加值、出口大幅增长,而且固定资产投资、销售收入、企业户数和就业人数都呈现增长态势。这显示了我国纺织业这一劳动密集型产业在国际分工和国际竞争中所具有的重要地位和强大的竞争优势,但同时也要看到,行业持续、健康、稳定发展带来的一些压力。[②]

第一,固定资产投资大幅度增长导致纺织业生产能力快速扩张。如纺织机械销售和进口双增,纺织机械生产企业利润丰厚,而且产品交货期变长;上游原料价格暴涨。后者对于纺织业的稳定发展有着重大影响,因为原料成本一般要占到纺织产品最终成本的 60% 以上。

第二,纺织工业出口增幅迅猛。2003 年下半年,美国对我国部分纺织产品提出了紧急进口保障,其他一些国家也开始制造舆论、施加压力。从目前形势来看,以扩大产能、压低成本、数

[①②] 《CEI 中国行业发展报告》(2003),中国经济出版社 2004 年版,第 17~18 页。

量竞争为手段来增加出口,今后将会给我国纺织业带来更多的不便。

第三,内需市场压力加大,产品库存增加。由于纺织行业对国际市场依赖度较高,出口不顺内需压力必然加大,一旦内需增量消化不了出口减量,而受 2000 年过于旺盛的外需拉动形成的生产惯性,自然给企业带来销售不顺、库存增加的麻烦。

第四,内外销产品价格下跌,行业经济效益减少。由于内外销市场呈现不顺,而生产保持着稳定增长的势头,企业之间的价格竞争必然发生,经济效益下降自然难免。2001 年纺织品平均销价下降了 2.25%,其中出口平均价格下降 3.73%;在国内消费品零售价格上涨 0.8%的同时,国内衣着类消费品价格却下降了近 2%。由于内外销产品价格普遍下跌,2001 年全行业盈利水平下跌,实现利润 269 亿元,同比下降 8.3%,其中国有纺织企业实现利润 10 亿元,同比下降 84%。

第五,化纤、棉纺两大行业效益下滑。在 2001 年的纺织各行业中,增利行业是服装、丝绸、针织;减利行业为棉纺、化纤、毛纺、麻纺。棉纺、服装、化纤是全行业主体,2000 年为三大创利行业,而 2001 年服装行业依然看好,全年有近 100 亿元的盈利水平。但化纤、棉纺两大行业遭受挫折,分别减利 34 亿元、15 亿元,分别占全行业减利的 142%和 61%,严重抑制了全行业经济效益的来源。

2. 纺织行业区域结构

第一,东部纺织行业生产和企业效益情况。

从 2002 年全国纺织行业各地区主要产品完成产量看,上海、浙江、江苏、山东、广东等东部省、市是行业生产能力的主体,这五个省、市化纤产量占全国的 72.33%,布产量占全国的 55.73%,服装产量占全国的 77.48%,非织造布产量比重也达到 55.35%(见表 9-1)。

表 9 - 1　2002 年全国纺织行业规模以上
企业分地区主要产品产量

地　区	化纤(万吨)	纱(万吨)	布(亿米)	非织造布(万吨)	服装(万件)
全　国	991.20	801.75	226.51	10.84	877 249
北　京	0.30	4.22	1.03	0.57	11 187
天　津	22.41	9.18	2.71	0.90	20 151
河　北	10.20	48.30	15.95	0.42	25 483
山　西	2.77	10.44	3.34	0.00	1 256
内　蒙	0.10	2.37	0.53	0.00	1 899
辽　宁	33.50	16.42	4.99	1.23	26 883
吉　林	17.65	6.60	0.99	0.00	5 007
黑龙江	19.30	4.32	1.02	0.00	138
上　海	51.67	14.00	2.06	0.01	48 414
江　苏	261.22	155.30	37.28	0.50	137 429
浙　江	307.25	48.17	31.94	3.38	176 277
安　徽	11.31	32.43	6.36	0.00	6 805
福　建	65.97	22.93	7.96	1.38	32 037
江　西	8.59	11.60	2.04	0.00	14 749
山　东	52.06	142.26	39.54	0.80	92 246
河　南	35.40	81.33	13.02	0.33	7 469
湖　北	10.61	67.03	18.28	0.00	16 594

续　表

地　　区	化纤(万吨)	纱(万吨)	布(亿米)	非织造布(万吨)	服装(万件)
湖　　南	9.02	17.89	2.96	0.00	4 384
广　　东	44.78	23.87	15.42	1.31	225 308
广　　西	2.38	10.66	0.82	0.00	17 698
海　　南	5.23	0.00	0.15	0.00	817
重　　庆	1.73	5.20	2.29	0.00	234
四　　川	10.85	16.95	5.67	0.00	1 602
贵　　州	0.42	1.30	0.36	0.00	476
云　　南	0.00	1.89	0.35	0.00	401
西　　藏	0.00	0.00	0.00	0.00	4
陕　　西	1.79	17.47	7.27	0.01	1 206
甘　　肃	2.09	2.40	0.50	0.00	150
青　　海	0.00	0.01	0.00	0.00	100
宁　　夏	0.30	0.00	0.00	0.00	127
新　　疆	2.30	27.75	1.68	0.00	721

资料来源:《CEI中国行业发展报告》(2003),中国经济出版社,2004年版。

东部地区在纺织工业发展过程中注重上下游产业的良好衔接,合理地配置产业链。江苏、广东、浙江等省均出现了相当数量的以中小城市为中心的产业群聚现象(所谓产业群聚是指大量生产同类产品的企业集中到一个行政区域,形成对下游采购商的大规模、多品种的市场供应能力以及对上游供应商的规模化的需求;上下游的规模要求又促使形成另一个产业群聚区)。

东部5个省市(江苏、浙江、广东、山东和上海)都明显处于绝对优势地位——销售收入占全国的 75％,而收入增量更是占全国的 82％;实现利润占全国的 86％,出口额占全国纺织品出口额的 78％。当然,东部 5 省市里面也有分化。上海纺织业的发展已经明显减速,江苏、浙江两省则填补了上海留下的大部分空白,这符合长江三角洲地区经济格局的变化。山东无论是发展速度还是利润都仅次于浙江,显示出山东纺织业在环渤海经济圈强大的领头作用。广东纺织强省的地位虽然仍然比较稳固,但增速并不很理想,一方面是因为该地区纯加工贸易模式占据主要地位,而加工贸易在中国纺织经济中的比重正逐年降低;另一方面是由于该地区正逐渐有选择地退出传统行业而专注于新兴产业,产业结构的调整削弱了纺织经济进一步增长的动力。

第二,中西部纺织行业生产情况。

中西部地区纺织产品的生产供应也有可圈可点之处,如河北、河南、安徽、湖北、新疆五省区纱的产量占到全国产量的 32.03％,辽宁的非织造布产量居全国前列等。但这些地区或过度依赖当地的天然资源,或严重依赖某个特殊产业的超常发展,纺织产品的生产供应存在一定的隐患。河北、河南、安徽、湖北和新疆是重要产棉区,它们是靠就近采购原料的优势来支撑纱的生产;辽宁的非织造布产业领先是因为汽车等产业的快速发展带来对产业用纺织品的旺盛需求。这些地区的纺织行业缺乏上游和下游产业的有机衔接,如果没有体制、机制的及时转换和技术的更新,仅仅靠单一的因素,其优势很难长久维持。①

3. 区域间互补性格局尚未形成

目前西部地区纺织加工能力占全国纺织生产能力的 12％左右,产值仅占 4.5％,企业资产负债率高于全国纺织 12 个百分点,经济运行质量明显低于东部。中西部拥有丰富的纤维资源和相

① 《CEI 中国行业发展报告》(2003),中国经济出版社 2004 年版,第22 页。

对廉价的劳动力,但服装、针织等劳动密集型产业发展不足,西部服装产量仅占全国服装产量的 2.3%。近年来,虽然东部沿海地区和中心城市结构调整力度较大,但是仍保留了一些落后生产能力和初加工能力,产业升级缓慢,产品存在趋同化,东中西部的产业分工不明显,没有形成发挥各自比较优势的互补性格局。

二、纺织初加工业向西转移的动因

1. 来自发达国家和发展中国家的双重压力

近年来,国内外学者和纺织界、经济界人士都认为发达国家的纺织工业已是"夕阳工业",其理由是发达国家在世界纺织品中所占的份额越来越少,而发展中国家纺织品出口和纺织工业的发展十分迅速。但就此得出发达国家纺织工业已走上穷途末路的结论尚为时过早。发达国家的纺织工业在传统的生活必需品领域确实已走向衰落,但在纺织工业的新兴领域,发达国家已远远走在世界的前列。发达国家一方面利用技术对纺织工业进行技术改造和设备更新,使得纺织工业向自动化、连续化、电脑化方向发展。传统劳动密集型的纺织工业正向技术密集型现代纺织工业转变;另一方面,发达国家在纺织品加工深度、生产高附加值产品,以及开发产业用纺织品方面发挥着自身的优势,在更广泛的领域里和更高层次里与发展中国家展开竞争,以高科技抵消发展中国家低工资成本。在面临发达国家技术和资本密集的纺织品挑战的同时,中国纺织业还面临来自南亚、东盟等发展中国家更严峻的挑战。因为这些国家出口纺织品与我国的出口产品结构类似,都是中、低档纺织品,而且销售市场也与我国基本相似,由于这些国家从 20 世纪 80 年代后期大量从国外引进先进设备,使先进设备所占比例已超过我国,而且有些国家还可以找到比我国更低廉的劳动力。这样中国纺织工业就面临着发达国家和发展中国家的两面夹击。为了保持中国纺织品在国际市场的主导地位,中国一方面要降低生产成本,把传统纺织工业向原料价格和劳动力价格相对便宜的中、西部地区转移,同时,东部沿海地区利用部分新加工能力向西部转移,集中财力和技术向深加工、高附加值纺织品市场进军,以适宜国际纺织品逐步向深加工方向发展的趋势。

2. 国内产业分工和区域协作的需要

我国的纺织品生产能力,集中分布于东部沿海地区。由于东部地区原料价格和劳动力成本持续升高,使得我国长期以来在国际纺织品市场上由于原料和劳动力成本低廉的优势在东部沿海地区已基本不复存在。沿海上、中游纺织品在国际、国内市场的竞争力已不断下降,迫切需要向低生产成本地区转移。但即使纺织工业战略西移顺利实施,但保持的优势仍将局限于初级产品方面。面对国际纺织品市场产品档次不断提高,加工深度不断增加和技术含量越来越高的趋势,必须要加速我国纺织工业的技术改造,促进纺织工业的产业升级。这就需要从全国整体角度对纺织工业的发展做出统筹规划,对不同区域的纺织工业发展进行合理分工。西部地区在技术水平、管理水平和经济实力方面,适合多承担一些上、中游纺织品的生产任务,使东部沿海地区利用原有基础较好的优势,完成产业的升级和产品的更新换代,以提高我国纺织工业在高级服装面料、中高档服装以及装饰用、工程用纺织品生产方面的国际竞争力,以保持我国纺织工业在国际市场的优势地位。而西部地区也可以利用原料丰富,劳动力相对便宜的优势,继续保持在初级产品市场上的地位。

3. 西部地区具有发展纺织工业的资源优势

东部地区长期是我国的纺织基地和纺织原料的主要产地。随着经济的发展,东部地区的资源优势在逐步消失。东部地区棉花产量占全国的比重从 1980 年的 47.75%,下降到 1995 年的 27.86%,而西部地区的比例则在同期由 8.84% 上升到 20.57%。此外西部地区的羊毛、羊绒、丝以及兔毛、牦牛毛等天然纤维在全国的地位也很重要。

4. 西部地区有较廉价的劳动力

东部沿海地区是我国纺织工业的摇篮,沿海地区原有的工业基础加上东部地区劳动力丰富,技术熟练,工资也比较低,原料也很丰富,再加上经济相对发达,纺织品市场较大,且与国际市场的联系也很紧密,使得沿海地区在 20 世纪 80 年代后期以前纺织工业一直在国内和国际市场具有很强的竞争力。随着经济形势的变化,沿海地区的上述相对优势已逐渐丧失,特别是劳动力价格的上涨,使得劳动密集型的纺织工业的发展条件大大恶化。在原料价格上涨的同时,工资上涨幅度也相当可观。由于中西部地区劳动力价格相对于沿海地区来说较低,纺织初加工能力西移可以降低生产成本,提高纺织工业的整体效益,增强纺织工业扭亏增盈的能力和在国际市场上的竞争力。

5. 国家宏观政策的影响

针对我国纺织生产能力,特别是棉纺生产能力过剩问题,国家计委已在 1992 年起安排在 6 年内压缩 1 000 万锭的能力。1995 年 3 月全国人大会议期间,国务院领导同志也指示将一部分沿海地区棉纺初加工能力向新疆转移。近年来国家把"东锭西移"作为纺织工业重组和调整升级的重要措施。沿海地区的一些纺织设备向新疆等西部地区转移,使得我国东、西部在区域分工中各有所侧重。同时把纺织初加工能力向西转移,还是增强西部地区工业实力,发展西部经济的一个组成部分,通过西部地区工业和经济实力的壮大,逐步缩小东、西部之间的差距。此外,逐步将纺织初加工能力向内部省区转移,还可以避免不同地区对纺织原料的争夺,协调不同区域之间的关系。

三、纺织工业主要行业西移的可行性

1. 棉纺织行业

棉纺工业是我国纺织工业中规模最大的产业部门,也是放在纺织工业最重要的基础性部门。它除了自身能产生相当规模的经济和社会效益以外,还与上下游的运行状况直接关联。

首先,从布局指向上看,棉纺工业是弱原料指向,其原料指数约为 1.08 左右,虽然棉花的初加工是原料指向,但对棉纺企业来说,原料指向性对布局的影响不十分大,一般来说,棉纺企业应在原料产地,但在非原料地布局也是合理的,这里主要取决于其他配套条件。棉纺工业向西转移的另一个原因是协调日益紧张的产棉区与非产棉区之间的矛盾。由于棉花原料短缺,各地区从自身的利益出发,使得棉花计划调拨任务很难落实。随着棉花产量向西部地区转移,棉纺初加工能力也向西部转移,既是国家布局调整的需要,也是协调产棉区与非产棉区关系的需要。

其次,如前面所述,由于劳动力价格和棉花价格相对便宜,使得西部地区棉纺工业的竞争力相对较强。因此,棉纺初加工能力向西转移的趋势非常明显。因此,棉纺织工业初加工能力向西转移,是大势所趋。事实上,上海和广东的一些棉纺企业的初加工能力已经向西部地区转移,如广东番禺市在 1995 年将 3 万锭棉纺锭转移到新疆库尔勒棉纺厂;1996 年,上海第一棉纺厂与石河子第二毛纺厂合资成立新申纺织有限公司,上海一棉以 3 万锭棉纺锭及配套设备作为资本投入,石河子第二毛纺织厂以厂房和基础设施作为资本投入,由上海第一棉纺织厂控股(占总出资额的51%)。北京的京棉一、二、三厂约 1/4 的棉纺生产能力也陆续转移到河南开封。这几次纺织初加工能力的西移,在初期还算成功,库尔勒棉纺厂 1995 年引进的 3 万锭棉纺设备,仅三个月就建成投产,当年实现利润 700 万元,但进入 1995 年以后,由于市场上棉花价格的上涨,生产成本急剧增长,企业生产经营出现困境,使"东锭西移"一时难以继续进行下去。这种困难不是"东锭西移"造成的,而是整个纺织企业在发展中出现的暂时困难和经济转型时期出现的阵痛。从长远来看,棉纺初加工向中西部地区转移是大势所趋。从棉纺织工业西移的区域来看,重点是新疆。新疆是我国重要的优质棉生产基地,棉花产量占全国的 20%以上,但棉纺生产能力仅有 114 万锭,占全国纺锭的 2.7%,只能加工当地皮棉产量的 30%。新疆气候条件非常适合棉花种植,1996 年全区种棉 900 万亩。新疆有 7 300 万亩的宜农荒地,发展棉花种植的前景十分广阔,应把新疆作为今后棉纺织工业发展和东西部纺织工业合作的重点地区。从棉纺织工业转移的形式看,要从开始时的将东部地区的生产设备搬迁到西部地区的这种方式,逐步向西部地区提供技术和资金,西部地区提供厂房以及较廉价的原料和劳动力这种合作方式转变。

2. 毛纺织行业

毛纺织也是我国纺织行业的一个大户,从目前的毛纺行业情况来看,存在的问题也较为突出。一是国产原料不能满足毛纺工业的需要,缺口很大,1994 年进口羊毛量高达 31.9 万吨,占全部用毛量的 78.4%;二是低水平生产能力过剩,现存的 360 万锭,属国际先进水平的仅占 15%,有 50 万锭需要淘汰;三是产品结构不能适应市场需求,许多国有企业处境困难。从毛纺行业今后的趋势看,近期内向西部地区转移的趋势不明显,东部地区从毛纺锭、呢绒和毛线三者占全国的比重都呈上升趋势,而西部地区上述三项比重都呈下降趋势。近两三年,纺织工业压锭和区域转移的重点是棉纺工业,毛纺工业可能是东部和西部地区大致维持各自的比例。虽然我国羊毛生产主要在中西部地区,但我国羊毛绝大部分依赖进口,羊毛原料对毛纺工业的影响不是特别大,况且,从全国的经济效益看,也是东部地区明显好于中西部地区。尽管从羊毛供给和经济效益等方面来看,东部地区仍有优势,但从长远来看,东部地区在产业调整过程中,毛纺织初加工能力会逐渐萎缩将是大势所趋。东部的初加工能力逐渐向西部地区转移,也是经济发展的必然结果。西部毛纺工业的发展和与东部进行合作的重点区域,主要是毛纺原料较丰富的新疆、青海和甘肃等省区。新疆有 7.2 亿亩天然草场,在加强管理和合理利用的前提下,载畜量可比现在有较大的提高,羊毛和羊绒也有较大的增产潜力。

青海毛纺行业利用地处高原的有利条件,研制加工有地方特色的牛绒产品,不仅使青海第一毛纺厂扭亏为盈,而且还创出了名牌。青海一毛与湖南衡阳毛纺厂合资组建了衡阳白唇鹿针织有限公司,吸引当地的资金,年产牛绒衫2万至5万件,逐步把"白唇鹿"的声誉和市场扩大到中部省区和沿海地区。如果东部有条件的企业,利用自身的技术和资金条件与青海合作,发展有青海特色的毛纺工业,也是很有前途的。

3. 化纤工业

化纤工业虽然不是纺织工业的一个部门(在工业分类上属于化学工业),但化学纤维已是我国纺织工业中重要的纤维来源之一。我国化纤工业已形成有相当规模、品种比较全的工业体系。但我国化纤工业发展仍然不能满足纺织工业发展的需要。化纤和化纤原料的大量进口,造成国际市场化纤和化纤原料价格大幅度上涨,影响了我国化纤工业的正常生产和发展。从国内化纤的区域格局看,化纤生产能力和产量还主要分布在东部沿海地区。纺织工业的发展离不开纺织原料的供应,近年来,纺织原料短缺严重,供需矛盾十分突出,由于国内天然纤维中,毛、麻、丝所占比例不大,主要是棉花,而天然纤维受自然和经济等因素影响很大,加上受耕地面积的限制,棉花生产只能是走稳定面积、提高单产的发展路子,总产量的增加有限。因此,只有靠大力发展化纤工业才是唯一出路。为此,纺织总会把大力发展化纤和化纤原料作为今后纺织工业发展的主要任务。从今后东西部化纤工业发展的趋势看,东部化纤工业的地位仍将继续保持。化纤工业向西转移目前还不具备条件。今后化纤工业的发展,重点是发展有基础的企业,不是遍地开花,而是重点扶持基地的建设,把企业的规模搞大,主要是通过企业的改扩建来实现,原则上不再布新点。由于目前化纤工业的重点在东部,化纤生产能力和化纤产量东部分别占77.8%和78.9%,因此,今后的发展重点将是东部地区。2010年前后,随着我国石油工业的重点向西部地区转移,化纤原料和化纤工业,有可能逐步向西部地区转移。转移的区域,主要是油气资源潜力较大的新疆、甘肃、四川和青海。

四、西部纺织工业发展的原则与目标

1. 西部纺织工业发展的原则

西部纺织工业发展应遵循以下原则

(1) 市场资源配置原则。西部纺织工业的发展,是在大多数纺织品已经饱和、产业利润率低、买方市场特征十分明显的背景下进行的。因此,如何充分发挥市场机制的作用,通过市场的力量合理配置纺织资源,促进纺织生产要素的流动和重组,已经成为西部纺织工业发展面临的首要课题。在西部纺织工业的发展上,首先要用市场观念分析解决西部纺织工业发展中存在的问题,树立以市场为导向的发展观、资源观、优势观,按照"效率优先,兼顾公平"的原则,努力提高西部地区的资源利用效率、资金使用效益和经济增长质量,利用市场机制引导产业发展。政府的主要任务是创造良好的投资环境,建立和完善有利于发挥市场机制的政策法规等。

(2) 优势互补原则。加强东部、中部与西部地区的合作,实现优势互补不仅有利于提高我国纺织业的国际竞争力,也是西部纺织工业发展的必然选择。改革开放以来,我国东部沿海地区外向型经济很多是从纺织工业开始起步,并逐步发展、壮大起来的。但随着东部地区经济发展环境的变化,原先的一些有利因素逐渐丧失,一些劳动密集型、技术含量低、产品附加值不高的产业,如纺织初加工业,已不再适合在东部地区发展,而生产力水平相对较低、劳动力资源极为丰富的中西部地区便成了东部纺织工业外移的主要承接地和扩散区。

(3) 结构调整原则。西部地区纺织业的发展是在我国加入WTO之后,是在我国经济融入世界经济一体化、贸易自由化的大背景下进行的;同时,也是在我国纺织工业为实现纺织大国向纺

织强国的转变,进而全面实施产业结构升级的条件下进行的。因此,西部纺织工业要在发展中加快结构调整,通过结构调整促进经济发展。

2. 西部纺织工业发展的目标

西部纺织工业的发展目标是:充分发挥西部纺织原料资源的优势,以促进劳动力就业为主要目的,以市场为导向,加快纺织业结构调整,加大国有纺织企业改组、改造力度,加速非国有经济的发展;加快西部纺织要素市场的培育和发展,营造良好的市场发展环境,以吸引外资和区外资金;加强区际合作,实现优势互补,增强企业竞争能力;积极发展边境贸易和特色经济,使资源优势转变为产品优势、经济优势。同时,也应注意到,西部不同区域之间的条件是不一样的,因此,西部各区域之间的发展目标不完全相同。

五、东西部纺织工业的发展建议

西部纺织工业的发展,一方面要抓住中国加入 WTO 和国家实施西部大开发给纺织业带来的机遇,同时又要适应我国加入 WTO 对纺织工业带来的挑战,并从西部纺织工业中存在的问题入手,在以下几个方面下功夫。

(1) 走既"特"又"新"的发展道路。从国家最近公布的《中西部地区投资优势企业产业目录》可以看出,西部各省区在纺织领域的外商投资导向上都突出了自己的特色,如新疆棉纺织、内蒙古毛纺织及毛针织、四川麻纺织及丝绸、甘肃毛纺织及产业用纺织品等,由此表明,纺织业将成为西部发展特色经济的一个组成部分。西部纺织业要加快改革和调整的步伐,尽快探索出一条既"特"又"新"的发展之路。所谓"特"是指西部省区要继续按照比较优势和市场需要的原则,走出反映自己资源特色的纺织业发展道路。应该抓住得天独厚的资源优势,生产出既有特色又符合市场需要的产品。所谓"新"是指对西部纺织业应该有两个方面的要求：一是企业自身创新，包括体制创新、管理创新、技术创新、文化创新。这是西部纺织行业要花大力气解决的问题。而实现企业自身创新的目的，是要使企业在设计开发、制作加工、品牌形象、市场营销等环节具有平衡和健康发展的素质，这是西部纺织业能否抓住西部开发机遇的必要条件。二是行业发展要体现超越的思路，采取新经济注入的方式调整产业结构，尤其对计算机网络技术在企业生产经营中的运用要有总体规划和具体措施，这不仅有利于弥补西部企业的区位缺陷，而且有助于使西部纺织业的调整能够在高起点上展开。

（2）组建大型企业，实现产业集团化。对西部印染、棉纺、针织、毛纺和服装等企业，特别是国有企业进行资产重组，建立集团公司，并逐步形成自己的原料产地和产品出口基地。形成"原料——加工——外贸"完整的产业链，使企业逐步向着多元化、集团化的大型跨国公司方向发展，与世界经济接轨。这有利于降低企业的生产成本，加大分工与协作，提高专业化的水平，并为企业实现"总成本领先策略"奠定基础。同时，建立完整的"原料——加工——外贸"产业链，可以大大缩短纺织业的管理过程，使其能够迅速适应市场变化快、周期短等特点。

（3）加大科技投入，提高产品层次。初中级产品生产能力过剩而高档产品生产空缺，是中国西部纺织工业品的生产现状。在当今纺织品市场为买方市场的情况下，实施科技领航和推动技术创新是西部纺织工业赢得市场优势和竞争优势的关键所在。入世后欧美容量极大的中高档纺织品市场将完全向中国开放，因此西部纺织企业必须尽快提高产品的加工深度和加大产品的附加值，开发出具有自己特色的"高附加值、高科技含量、低污染、低消耗"的新型绿色纺织品。具体来讲，棉织业应大力发展无结头纱和无梭织布，并积极开发新型纺织纤维材料和绿色纺织品；毛纺织业应大力发展精纺毛绒面料和高支混纺织物，并大力发展提花织物；服装业在产品设计过程中应广泛使用计算机技术，使产品向着个性化和潮流化的方向发展。西部纺织企业在改造和产品开发过程中应积极与国内外科研单位和高等院校联合,将高新科学技术不断地应用到纺织业最具竞争优势的环节上,开发出市场畅销、花色齐全、品种繁多、价格适宜的轻薄、柔软、滑爽、飘逸的宽幅织物,积极开发经过阻燃、丝光、轧光、热定型、防皱、防缩、磨砂等特种处理的织物。

(4) 加快电子化、信息化和电子商务化的步伐。在西部地区,纺织服装企业的现代经营管理理念缺乏,现代意识和信息意识薄弱,同时西部地区信息网络的基础建设也相对落后。因此,西部地区的纺织服装企业应尽快加强网络的基础建设,以信息化、知识化改造西部纺织工业,并推进西部纺织工业的结构升级。如用网络营销来拉近与顾客之间的距离,通过建立"信息快速反应中心"来加快信息的利用和传递速度;在生产领域中实现机电一体化,并尽可能地应用计算机辅助系统等。只有这样才能营造出西部纺织服装业的科技氛围,培育良好、健全的纺织服装信息市场,同时也才能适应现代纺织服装业的激烈竞争,并能够在国内外纺织服装市场上占有一席之地。

(5) 发挥区域优势,加强东西合作。西部具有丰富的纺织原料,且各具特色。各地区应结合实际情况,积极发展本地区最具优势的纺织服装产业。如新疆应以棉纺织加工为主;广西应以麻纺织加工为主;云南、贵州应以民族服装加工为主;西藏应以珍稀羊绒加工为主;甘肃、宁夏和青海应以毛纺织加工为主;陕西应以棉纺织加工为主,并适度发展服装和印染加工;四川、重庆应以棉、丝、麻及混纺加工为主,并适度发展服装加工。同时西部部分地区还具有发展边境贸易的区域优势。如新疆毗邻中亚五国、南亚两国和中东地区;内蒙古与俄罗斯和蒙古接壤;广西与越南接壤;云南与缅甸、老挝和越南接壤;西藏毗邻尼泊尔、印度、不丹、缅甸等国。这些地区具有沿边开放的独特优势,应该增加陆路口岸,加强与周边各国的纺织服装贸易。东部的资金、技术、人才、经济信息、管理知识经验等要素向西部移动,与西部极其丰富的土地、自然资源及其初加工品、劳动力相结合。这种经济合作可以增加和提高整个生产要素的总产出和收益率,对西部地区经济发展有明显的推动作用。西部纺织服装企业利用自己的优势,在充分分析"互补性、相容性、双赢性和整合性"等各经济指标的基础上,选择最合适的东部合作伙伴,并逐步建立战略联盟及跨区域的产业链,以达到优势互补、互惠互利的目的。

(6)培育纺织服装企业的核心竞争力。核心竞争力是一种战略资源,它包括了企业所有的技术、营销、企业文化等一系列有别于其他企业的能力。国内外知名企业都有其独特的核心竞争力。如海尔集团的创新能力,可口可乐公司的独特秘方,奔驰汽车公司的发动机设计,花旗银行的快捷服务,新东方学校的独特培训等。美国研发出来的"莱卡纤维"和日本研发出来的"第二代新合成纤维"因其技术具有排他性,也可以看作是以核心技术为基础的核心竞争力。对于西部纺织服装企业应该广泛地学习国内外优秀企业形成核心竞争力的方法,并结合本企业的特点,在技术、管理、营销等方面开创出独特的核心竞争力,并利用自己所具有的核心竞争力树立起优秀的纺织服装品牌。

(7)开发绿色纺织品工程。

绿色纺织品是绿色运动的重要内容之一,环境保护已日益成为国际社会关注的热点。由于国际贸易是跨越国界、遍及全球的行为,因而对整个地球的环境保护负有责任,各国严重污染环境、破坏生态平衡的产业发展和产品贸易都应受到限制。因此,对于西部纺织工业生产、贸易、产品使用过程中存在的对环境的严重污染和对人体的危害,必须采取相应的措施,绿色贸易壁垒已经对纺织出口贸易造成影响。绿色贸易壁垒也称"环境壁垒",是指在国际贸易活动中,每个国家制定的环境贸易措施。从今后发展趋势来看,绿色环保对西部纺织品出口产品将会产生更为明显的影响,因此,加快西部纺织工业绿色环保工程既是西部地区实施可持续发展战略的需要,也是西部纺织工业扩大出口,提高其国际竞争力的需要。

至于东部纺织工业结构的调整需要重视的是,进一步搞好东部沿海及中心城市的产业布局,适当压缩纺织初加工能力,集中力量发展精加工、深加工、高附加值产品、高技术产品,形成优势产品、名牌产品、出口产品的生产基地和产品开发、技术创新中心和信息网络中心。

六、东锭西移战略的实施

东锭西移战略的实施,不应是单纯的数量叠加和摊子的盲目扩大,不能沿用"能上则上"、"见好就上"、"一哄而上"的传统方法,必须要用发展的观点、市场的观点、效益的观点去开发,具体有以下几个方面:

1. "东锭西移"要将最为先进的和较为先进的设备技术移进

要有长远规划,立足实际,要高起点、高质量地转移具有国际20世纪80年代末90年代初的和国内一、二流技术含量高的设备,以便对西部地区现有的中低档设备进行改造,达到对西部地区纺织行业结构进行调整提高的目的。

2. 面向市场、依靠科技、以效益为中心

按照这个原则,要坚持做到:项目不新不上,装备不先进不上,技术含量不高不上,规模不大不上。没有规模只能是对资源的浪费与破坏,因此一定要将规模搞上去,坚决抵制低水平重复建设。特别是在转入设备水平要求上,一定要高档次、高质量。

3. 政府宏观调控部门,要为企业牵好线、把好关

利用"东锭西移"战略实施给予优惠政策,切实将好的设备转入,这样,生产出的产品结构才能满足国际、国内多层次市场的需求,才能在国际、国内市场的竞争中立于不败之地。而"东锭西移"的战略目标才算是真正地得到实现。

第二节　我国地区加工贸易产业
转移的实证研究

一、我国加工贸易产业地区转移的背景

在 20 世纪 40 年代到 70 年代初,发达的资本主义国家利用电力、电子、内燃机和化工技术日趋成熟的机调,着重发展资本和技术密集型产业,而将某些劳动密集型产业向海外转移。以美国为代表,在战后萌发了以电子计算机、生物技术、新型材料、光电技术、新能源和空间技术为标志的新技术革命,50 年代初美国第三产业已占 GDP 的 50% 以上,而把部分制造业向日本等国转移。70 年代,西方发达国家加速发展技术、知识密集型产业,将一部分资本密集型产业向海外转移;80 年代以后又加速发展微电子工业、生物工程、光纤通讯、激光技术、新材料、新能源、宇航和海洋开发等高新技术产业,同时把一些淘汰的劳动密集型、资本密集型乃至部分技术密集型产业向海外转移。这一阶段,先是亚洲四小龙抓住机遇,获得了迅速发展,成为新兴工业化国家和地区。随后,中国东部沿海特别是珠江三角洲、长江三角洲以及环渤海湾区又一次成为世界加工贸易的中心。90 年代初至今,随着新经济时代的到来,世界各国加大了产业结构的调整,加强了服务业的发展以及高新技术产业的发展,以争夺 21 世纪经济发展的制高点。其中,欧美各国在世界经济结构中仍占主导地位;同时,发展中国家也愈益重视利用高新技术改造传统产业,积极发展新兴产业,促进产业结构的调整和升级。由于科学技术特别是信息技术的发展,大大降低了通讯、运输的价格,导致管理成本的下降,也使零部件生产的可分性越来越大,从而使经济全球化不仅在规则上成为可能,而且在技术上也成为可能。跨国公司在全球范围

内进行资源配置,追求利润的最大化,使各国经济不断融入世界经济的洪流中。中国加入 WTO 后,经济也正在进一步融入全球化经济。目前,中国加工贸易的发展已显示出两个趋势:一是劳动密集型、低附加值的加工贸易向内地、向中西部地区的转移;二是原有的加工贸易如何进行行业结构的调整,即逐渐向高附加值的具有资本和技术密集型的加工贸易等产业的转化。本文仅就第一个趋势进行初步讨论。加工贸易产业能否顺利向中西部转移,取决于多种因素。加工贸易产业的区域性转移和调整是比较优势或竞争优势的选择,也是国际分工格局以及跨国公司对其增值过程进行重新安排的结果。改革开放以来,中国根据大国经济中各地区经济、社会发展不平衡的具体情况,采取了梯度推进、优先开发东部沿海地区、渐进西移的发展战略。这种战略使增长和开放条件相对较好的东部沿海地区率先迈入加速增长和结构高度化阶段。但是,由于这种梯度推进乏力,以及结构转换受阻,从而梯度转移的"涓流效应"微乎其微,最终导致地区经济发展的不平衡加剧,形成"断层危机"。这也是导致中国经济增长减速波动的深层原因之一。可以这么说,中国地区经济发展的不平衡、东部沿海地区加速产业结构高度化的客观需要,以及世界经济的大调整,为加工贸易产业向中西部地区的转移提供了新机遇。

二、加工贸易产业向西部转移的理论依据

1. 贸易和投资的比较优势原理

日本学者小岛清在 20 世纪 70 年代提出边际产业扩张论,用以解释日本的对外投资。小岛清认为,日本正在对外投资的行业是在日本已处于劣势,而在东道国正在形成比较优势或具有潜在比较优势的行业,从而对外投资的增加能带来国际贸易量的扩大,因而投资是贸易创造型的。目前我国东西部经济发展不平衡且相对封闭、分割,如果能依据建立在贸易和投资的比较优势原

理上的边际产业扩张论,把东部沿海地区即将处于比较劣势的加工贸易产业转移到正在形成具有比较优势的中西部地区,形成互补性的地区分工格局,将有利于提高国民福利。

2. 产业竞争阶段说

1985 年美国学者哈佛商学院教授波特认为,产业国际竞争力的成长阶段大致可以分为依次推进的四个阶段,即要素驱动阶段、投资驱动阶段、创新驱动阶段和财富驱动阶段。[①] 对我国的加工贸易而言,东部沿海地区经过 20 年的快速发展,正处于从要素驱动阶段向投资驱动阶段的转变过程中,而中西部地区即将迎来要素驱动高速发展阶段。

三、中国地区加工贸易产业转移的可行性

1. 东部加工贸易产业向中西部地区转移是中国经济发展的必然选择

我国东部沿海地区在加速产业结构高度化的过程中,并没有辅之以传统产业、分散的小规模乡镇企业向中西部地区加速转移的战略,即传统的以劳动密集为特征的加工贸易产业没能实现地区战略转移,结果是东部地区的这类企业在丧失了廉价劳动后负担沉重。而中西部地区在缺乏东部产业转移推动的条件下,只能采取地方保护措施,并依照东部地区进行自主的结构高度化演进,造成"地区产业结构同构"。大国经济模式中这种没有依据比较优势选择的产业结构地域分工协作体系,其结构演进迟早会遭受严重的升级障碍;伴随着结构升级乏力,从而使与结构扩张相应的高速增长难以实现。20 世纪 90 年代以来中国经济的结构矛盾全面凸现,正是由此造成。中国经济的持续发展,必然要求依据比较优势,建立产业结构的地域分工协作体系,因而全方位、高

---

① 刘巨钦、陈应龙:《对波特竞争战略理论的理性反思及其启示》,《科学管理》,2004 年第 5 期。

强度地开发西部,实现加工贸易产业向内地的转移是一种必然选择。目前,上海以钢铁、汽车、通讯信息设备、家用电器、电站成套设备及大型机电设备、石油化工及精细化工为代表的六大支柱产业在工业总产值中的比重逐年上升,其中具有典型高加工特征的汽车、通讯信息设备、家电行业的增长尤为迅速。这表明上海已进入了一般加工组装阶段的成熟期,正在向深加工度阶段转化。江苏推进传统制造业升级的战略定位是西太平洋地区重要的先进加工制造基地。深圳也把信息技术和生物工程等高新技术产业作为21世纪的主导产业。种种迹象表明,东部沿海地区将把劳动密集为特征的加工贸易产业转移出去。

2. 中西部地区发展加工贸易产业的比较优势

从表9-2可以看出,河南、安徽、湖南三省存在大量廉价劳动力,这三省制造业平均工资大约只相当东部地区平均水平的一半左右,近年来民工潮就主要来自上述地区。而对于技术要求不高的加工贸易产业,工资的低廉是首要考虑的条件,因而加工贸易产业向内地转移从成本上说有可能。此外,中西部地区人口多,市场需求潜力大,与东部发达地区相比,劳动力素质差距不太明显;内地已有一定的工业基础,但在不平衡发展战略下,外资基本上流向了东部地区,随着全方位开放格局和加入WTO的承诺,必将有更多外资流向中西部,特别是加工贸易产业,从而形成全球分工合作网络。

表9-2　2002年中西部地区有关数据统计

地区	年底总人口（万人）	从业人员（万人）	文盲、半文盲占15岁以上比例(%)	制造业平均工资（元）	第二次产业从业人口（万人）	外商投资企业数(户)	投资总额(万美元)
上海	1 625	742.8	8.18	22 083	306.0	20 963	12 796 392
江苏	7 381	3 505.6	14.31	11 520	1 079.3	22 991	12 548 391

地区	年底总人口（万人）	从业人员（万人）	文盲、半文盲占15岁以上比例（%）	制造业平均工资（元）	第二次产业从业人口（万人）	外商投资企业数（户）	投资总额（万美元）
安徽	6 338	3 403.8	17.88	8 356	586.8	1 914	962 205
北京	1 423	798.9	5.35	17 645	246.4	9 172	4 549 513
天津	1 007	403.1	6.74	14 237	155.21	9 020	3 652 857
山东	9 082	4 751.9	11.24	8 763	1 182.1	14 741	4 251 569
河南	9 613	5 522.0	9.14	7 837	1 037.8	2 437	1 007 256
广东	7 859	3 966.7	7.01	14 701	1 060.2	49 875	22 182 259
湖南	6 629	3 468.7	8.35	9 917	529.5	2 152	656 701

数据来源：《中国统计年鉴》2003年，中国统计出版社。

四、制约加工贸易产业向西部地区转移的因素

1. 运输成本的增加

原有的加工贸易产业从沿海转入内陆地区，运输成本必将增加。因而，加工贸易产业向中西部地区转移的成功与否，很大程度上取决于这种加工贸易产业能为运输成本的增加提供多大的消化空间，即运输成本与人工和材料成本的对比变化。由于科技的发展，降低了运输的价格；而且加工贸易产业向中西部地区转移后，产品除部分出口外，有一部分就地进入当地市场消费，从而使成本降低。因而在这个问题上，应该存在转移的空间。但是，这空间必须足够大，即能超过目前世界上仍存不多的可发展区域。例如朝鲜，其工资非常低廉，而劳动力素质又高，被形容为还未开发的处女地，近年加大了同世界的接触，将是加工贸易产业

向内地转移的潜在竞争对手。

2. 其他国家加工贸易产业的竞争威胁

在经济全球化时代,中国中西部地区加工贸易产业是否能充分发挥比较优势,还受到其他已相对成熟区域的加工贸易产业的竞争威胁。例如欧盟为提高国际竞争力,通过东扩把欧盟各国已经丧失国际竞争力的产业转移到中东欧相对较为落后的国家。土耳其和东欧各国正成为中国强有力的竞争对手。这些国家的商品,具有劳动成本低、交货期短、距离近、所需费用低的特点,已成为中国加工贸易商品进入欧盟的竞争对手。因而,加工贸易产业向中西部地区转移后,在同上述地区的竞争中能否具有竞争优势,将成为加工贸易产业成功转移的关键因素。

3. 现存贸易格局的制约

依据"中心—外围"论,先进国家和地区在其历史发展中,倾向于把工业化集中在自己的疆域范围内,而不让它扩散到其他地区。按此理论,东部沿海地区感兴趣的只是中西部地区的初级生产,为的是以低价满足其日益扩大的需要。因而,在中国目前形势下,中西部地区仍能源源不断地向东部沿海地区供应廉价劳动力,这是加工贸易产业向中西部转移的最大障碍。加工贸易产业向中西部地区转移过程中存在的外部限制,加上中西部地区积累不足的内部限制,中国加入 WTO,将使中西部地区的发展在面临机遇的同时,也将遭遇多重冲击。

五、推动加工贸易产业向西部转移的建议

1. 政府应当实施结构调整援助政策

退出渠道不畅是导致低效率分工协作体系、从而影响传统产业升级及转移的一个很重要原因。在这个问题上,政府应发挥积极作用,弥补市场作用的不足,打破地区和行业的局限,从而使传统产业的组织结构从封闭、自我完善型的结构转变为开放的、以有效分工协作为基础的相互依存型结构。只有这样,东部沿海地

区的加工贸易产业才能顺利转移到中西部地区去。

2. 应通过各种途径和手段吸引中西部地区的加工贸易产业投资

一是加大吸引外资力度。我国东部近二十年的高速发展早已证明,外资对于出口加工贸易产业发展具有重要意义,因而应在全面开放的条件下,积极吸引外商投资于中西部地区的加工贸易产业。此外,可采取措施,引导外出打工者带资金、带技术返回中西部地区创业。况且,东部原有加工贸易产业也有向中西部地区转移的趋势和需要,因而可以吸引东部一批国有、乡镇、私营企业生产者把东部那些成熟的加工贸易产业转移到中西部地区。

3. 中西部地区应该建立良好的投资环境和制度保障

我国应当以西部大开发为契机,加大中西部的能源、交通与通讯设施的投资与建设,从而为加工贸易产业向中西部地区转移提供现代化的基础设施。加强中西部地区的劳动力资源的开发和培训,同时规划好中西部地区土地资源的开发利用,力求在较长一段时间内保持中西部地区的土地资源的价格优势和劳动力资源的价格与技术优势。进一步提高中西部地区的信息服务水平,市场管理的透明度与效率,从而为加工贸易产业在中西部地区的运作提供一流的规范化服务。不断提高中西部地区的环境保护、社区文明、教育、文化等经济可持续发展因素的水平,以优良的经济运作与生活环境吸引投资者。

4. 中西部地区的加工贸易企业应注意培养"新竞争力"

落后地区要想缩小与发达地区的经济差距,应该利用要素禀赋的比较优势才能实现有效而高速的增长。这需要中西部地区的加工贸易企业充分利用高新技术和先进实用技术不断地对传统产品加以"软化",最大限度地提高传统产品的技术含量,不断推出具有专有技术和技术创新特点的新产品。

第十章　结论与政策建议

对我国地区产业转移这一论题进行多侧面、多方位的理论和现状研究,有助于体系化地理解产业转移在东、中、西部产业结构中的运行,本论文以上各章所致力完成的正是这一工作。在此,对本文获得的结论和观点进行精炼和整理,作为对最初提出的几个问题的回答,同时也作为全文的最终结论和政策建议。

第一节　本文研究的若干结论

通过前九章的理论研究与分析,全文可归结为如下七个方面的观点:

1. 地区的产业转移,有利于建立开放、统一的大市场

诺贝尔经济学奖得主美国经济学家科斯认为,缺乏统一市场势必造成区域之间交易成本扩大,导致产业结构同化,产业相似度偏高,过度竞争激烈,竞争费用、保护成本增大等畸形发展。[①]因此,离开开放的市场体系,就不可能促进区域间人力资源、自然资源、技术、信息、资金等要素的合理流动。为此,地区的产业转移,须建立公开、公平、公正的市场竞争机制,冲破地区封锁和行业垄断,消除市场割据和地方保护,消除区域经济产业转移的体

---

① 费方域:《论科斯对微观经济学的贡献:交易费用和生产制度结构》,《外国经济与管理》1995 年第 5 期。

制障碍,以拓展市场容量和空间,促进经济资源和社会资源朝着有利于发挥最大效益的方向配置,从而推动地区经济在更高层次和更大规模上持续发展。

2. 地区产业转移,有利于优化区域经济结构,促进区域经济持续健康发展

地区产业结构突出地表现为两个不协调:一是轻型与重型不协调,二是产业配套能力不协调。通过东西部产业转移,这个矛盾是可以化解的。如果东部不进行结构调整与升级,中西部发展必然依靠东部传统来实现。即使在一定时期内,通过中央政府的支持在中西部建立了比较齐全的产业结构,这些产业也会在东部强有力的竞争压力下被淘汰。然而,中西部开发的市场和投资机会,也为东部的结构调整与升级提供良好的条件,中西部开发所产生的强劲的市场需求与投资需求为东部产业升级提供巨大的发展空间,以缓解东部结构调整与升级的难度。因此,应充分利用产业转移机制,将东部已不具备比较优势的产业转移到中西部。中西部接受东部的转移并与自己的"后发优势"相结合,培育新的经济增长点。当然,要特别注意不能将东部的问题转移到中西部,更不能将东部那些污染和破坏环境的产业转移到中西部。这一点必须要有清醒的认识和强有力的防范措施。地区产业转移,既有利于驱动中西部经济迅速发展和振兴,又有利于东部迅速实现产业升级,抢占市场制高点,寻求新的生存和发展空间。

3. 地区产业转移与结构调整,有利于促进整个国民经济的发展

一定区域承载的经济元素的量是有限的,仅仅依赖本区域的市场、资金、技术、劳动力等资源虽然可能取得一定的增长,但其增长的势头难以持久。地区产业转移与结构调整,从实质上讲,就是资源配置在不断增长的空间范围内的调整与重组,在更广阔的市场空间谋求最佳组合,以提高资源配置效率,促进经济和整个国民经济的发展。因此地区产业转移与结构调整既是生产力

社会化和区域分工协作发展的必然结果,又是区域经济专业化和市场经济发展的必然趋势。

4. 地区产业转移,要与中西部地区现有经济相互协调融合

在现代社会中,由于科学技术的进步,产业间、产业内、生产间的联系变得更加密切,需要综合性的立体发展,使之互相影响、互相促进、共同发展。这样才能把科学技术的巨大威力发挥出来,取得良好的经济效益、社会效益和生态效益。否则,产业转移中先进生产要素的密集注入将无法启动中西部地区经济的全面发展,不能全面提高中西部地区的社会发育程度,现代产业中的高层技术也难以发挥对传统产业技术的扩散、渗透效益和替代改造作用。

5. 地区产业转移,是迎接全球经济挑战的重要策略

随着全球经济一体化的日益加强,国际分工进一步深化,国际贸易日趋自由化和规范化,国际资本的流动规模不断扩大,国内与国际经济的融合度不断提高。在中国加入 WTO 后,中国将面临更大的国际市场空间和更多的产业转移机遇,可以有效利用全球要素(资本、技术、高级人才)来加快经济结构的调整和产业的优化升级。与此同时,国内市场的开放与国际资本的涌入,也给我国各地区经济社会生活带来了深刻的影响与冲击。建立地区产业转移,既有利于东部地区通过产业转移实现产业的优化升级,也有利于中西部地区发挥自身的资源优势,提高所吸纳产业的竞争力。通过建立地区产业转移,就是要呼唤东、中、西部在产业、市场、生产、科技方面,进行全方位对接。通过比较优势的对接,形成整体优势,来应对 WTO 冲击,迎接全球经济的挑战。

6. 地区产业转移有利于中西部地区吸纳东部的技术

一是中西部丰富的自然资源可为生产技术含量高的产品提供较为廉价的原材料;二是中西部工资水平低于东部,劳动力成本较低;三是市场经济体制建立后,中西部企业吸纳高新技术的愿望日益加强;四是国家对中西部地区的扶持政策有力地改善了中西部投资的软硬环境,增加了对东部企业的吸引力;五是中西部广大的需求空间可为高新技术产品的销售创造良好的市场条件;六是中西部三线企业的技术力量和众多大专院校,为吸纳东部的技术提供了必要的人才。因此,中西部地区完全有条件从国内外直接引进技术,加速东西部合作中的技术转移,实现西部地区经济的超越式发展。

7. 地区产业转移为地区经济发展带来了机遇

第一,对东部地区而言,产业投资于中西部实际上是将设备、技术、资金与欠发达的中西部地区的劳动力、资源结合起来,能够获取更多的利润。对于中西部而言,东部的产业投资可以引致中西部的投资乘数效应,带动其他产业的发展。同时当资源型产业、劳动密集型产业、初级加工工业的产业贸易和产业投资发展后,中西部会为追求利润而模仿,导致东部利润减少,同时必然会发生这类产业的最终转移,从而实现中西部产业的区域性突破。第二,有利于节约投资和技术开发费用。在东部向中西部进行产业转移时,转移产业已经由它的开发期进入成熟期,技术基本定型,易于转移。而在产业进行最终转移前,东部和中西部已经通过产业贸易和产业投资阶段,让中西部地区更广泛地了解该产业的技术,更易接受。这样在中西部吸纳该产业的过程中,就会相对降低投资收益的不确定性。第三,有利于加强东部地区对新兴高科技产业的接受能力。区际之间不仅有产业转移,而且有产业再转移。东部地区一直都在接受国外的转移产业。这主要是因为东部的基础条件较好,有很强的产业接受力和转化力,容易形成劳动力费用低的相似产业优势。虽然东部现有产业群基本能够协调发展,但有一些传统产业、初级加工产业、劳动密集型产业和能源大量消耗型产业已进入产业衰退阶段。如果把这类产业转移到中西部,能够挪出更多的劳动力和资本,以便有更多空间去接受国外的一些新兴的高科技、高附加值的产业。

第二节　地区产业转移系统
优化论的战略选择

一、地区产业转移的联动战略

东部地区产业结构升级及丧失比较优势的产业向中西部转移是实现协调发展的重要机制之一。作为相对发达的东部地区，只有通过与中西部地区的有效合作，才能在促进和带动中西部地区经济发展的同时，使自身经济再迈上一个新台阶，从而实现地区的联动发展。

1. 地区联动战略的基础条件

第一，东部地区的进一步发展需要以中西部为依托。改革开放以来，东部地区利用自身较好的经济基础，优越的区位条件和国家的政策支持，各项事业获得了较快的发展。东部地区发展到如今，要保持一个良好的发展势头，必须寻求更加广阔的市场和发展空间。在东部地区生产能力出现严重过剩和市场日趋饱和的情况下，必须把视野转向中西部。再则，中西部地区是我国水电、天然气、煤炭、有色金属资源的主要蕴藏地，更是石油战略后备资源的所在地，因而是我国未来工业化、现代化的资源库。伴随东部地区工业化进程的加快，土地和矿产资源的开发利用已进入后期，因而对东部来说，中西部"资源库"的作用更显重要。

第二，地区产业转移联动要服从国民经济的协调发展。首先，从国内整体经济看，中西部地区仍然处于工业化的初期阶段，而东部地区许多规模上档次的企业急需寻求新的发展契机；另外，我国经济总体上已告别了短缺时代，大多数工业品的生产能力已严重过剩，这既对中西部地区如何确立工业化道路，选准大开发的对象和重点有极大影响，又是东部发展、中西部开发所必须同时考虑的。其次,从经济全球化趋势看,无论是发达的东部沿海,还是欠发达的中西部地区,都将同时面对国际资本的竞争。

2. 地区产业转移联动应注意的问题

一是处理好传统产业与知识产业的关系。目前,东部地区产业结构调整压力大,更多的资金急需找到出路,更多的商品需要找到市场,特别是传统产业的外移;另一方面中西部地区资金紧缺,传统产业发展很不充分,而发展传统产业需要的资源、劳动力等生产要素又较为丰富。若能将东、中、西地区的需求结合,实现联动,我国的经济就可以再上一个台阶。根据经济发展落差理论,东部地区在经济结构调整中需要外迁的部分产业,正好可以向中西部移动。但要强调的是,东部向中西部移动的产业要进行更新换代,用高新技术进行改造,在高起点高水平上建立传统产业生产基地。同时,东部地区应积极参与中西部大开发,依托边境省份和周边国家的各类跨国贸易市场,发展边境贸易,扩散产品,拓展市场。二是实现生产要素合理流动,社会资源优化配置。良好高效的制度基础,完善的市场经济体制,是实现生产要素合理流动,社会资源优化配置的基础。地区经济联动,涉及地区间利益的组合和再分配,只要符合国家的政策和法令,具体运作可由双方协商确定。市场化建设工作包括:市场基础设施建设、市场体系建设(除了商品市场,还有要素市场:资本、劳动力、技术和信息等)、市场规则的制定和社会保障制度的建立。三是注意观念和人才的互动、各自经济发展中成功的经验和失败的教训,加快中西部发展,发展特色经济。

3. 地区联动发展的模式

第一,资源型联动。中西部地区的优势是资源,应将其优势尽快转化为商品优势、经济优势和市场竞争优势,这样,既可带动中西部地区经济的发展,提高中西部地区产品的附加值,改变中西部地区单纯的原材料和初级产品输出状况,还可缓解东部地区能源不足的紧张状态,促进双方共同发展。资源型联动包括原材料、能源、工业生产能力、农业生产能力、资金、人才等有形资源，也包括技术、信息、管理等各种无形资源。

第二，产业联动。东部地区可以利用中西部地区劳动力资源相对丰富和廉价的优势，促进东部产业结构升级，寻找优势产业，把劳动密集型的产业逐步向中西部地区转移。但不应将东部落后的工业向中西部转移。中西部可根据自己的产业优势和支柱产业，有选择地接受东部地区产业的转移和扩散，培育自己的主导产业。这样，可以推进跨地区产业结构战略性调整，形成合理的区域分工。这种模式包括：（1）名牌产品对接，即拥有名牌产品和销售网络的东部企业把自己的产成品生产基地向中西部扩展，或收购中西部的同类加工企业，组成企业集团。（2）零部件或初级产品生产基地转移，即拥有先进组装或深加工技术的东部企业把自己的零部件或初级产品生产基地向中西部转移，或收购中西部的相关企业，组成企业集团。（3）特色产业对接。由于自然条件等原因，有些资源是中西部特有的；有些资源经过长期开采其储量已在东部接近耗竭，需要中西部地区来接济的，如水、电、煤等。如果地区能联手开发，给双方都会带来可观的收益。

第三，科技与市场联动。在科技方面，地区联手探索技术合作途径和渠道，共同开发高技术含量、高附加值、高市场占有率的产品，把科研成果转化为生产力。在市场方面，东、中、西部要优势互补。中西部可选择市场前景好，起点较高，投入产出比较大，产业关联度和带动力较强，有一定科技含量，有利于提高资源利用率、经济竞争力和当地财政收入的项目，与东部地区进行多层次、多形式、多领域和全方位的经济技术联合与协作。

二、地区产业转移的可持续发展

产业本身有个优胜劣汰的过程，需要不断地更新换代。建立在产业优胜劣汰和更新换代基础之上的发展才是可持续发展。如果在原有产业结构冻结的情况下求发展,这种发展必然是不可持续的。要实现经济社会的可持续发展,必须使各产业在动态演进中保持合理的结构,以便减缓自然资源的消耗速度,减轻经济发展对环境质量的负面影响。

地区在转移过程中,增加了对自然资源的消耗和对生态环境的压力。传统工业产业一方面是大量无节制的开采,另一方面又是无法控制的排放,造成严重的生态平衡破坏。产业转移的可持续发展所要考虑的根本问题,实质是地区在产业转移活动中如何才能符合生态系统平衡的自然要求,通过创新变革产业结构生产方式,实现可持续发展。

1. 产业转移系统创新

产业转移系统创新就是要按自动控制理论,建立一个具有反馈机制的产业生态结构系统,这种系统是通过社会一系列产业活动的多种反馈环的链网扩张作用实现的。传统工业产业主要是开采、加工制造、化工合成等,其特点是大消耗、大排放,整个工业活动过程基本上是消费污染型的,加上人口的增加和社会的发展,产业系统的输入和输出形成正反馈的恶性循环,达到一定程度,必然造成生态系统失稳,出现资源枯竭、环境污染和生态破坏的严重恶果。产业结构系统创新,就是要保持生态系统的稳定,在工业产业与自然构成的系统中增加负反馈因素。要同时减少开采、消耗和排放的量,就必须提高资源的利用效率,最大限度地使资源转化为社会财富,以最少的消耗和排放实现最大的经济增长。大力发展环保产业和生态农林业,进行清洁生产和加强资源的重复利用即是增加生态系统负反馈因素的重要途径和实现负反馈调整机制的有力手段。环保产业的出现,使传统工业产业与新兴的环保产业互相耦联,共生共荣,实现和恢复新的自然生态平衡,达到人类可持续发展的目的。

2. 建立产业转移创新与可持续发展系统

产业转移创新与可持续发展系统的建立,要考虑两点:一是系统中要有负反馈因素,二是产业要实现内在的耦联。负反馈可以使系统趋于稳定,耦联可以使系统内的元素共生共荣。环保产业的出现恰好为这两种机制的建立提供了可能。就目前生产方式而言,工业还占有重要的位置,从生产力发展角度看,短期内不能取消,而开发与加工生产企业还无法完全消化处理自生的全部废物,所以必须开辟新的环保产业,即处理业、排放业。生态产业,农、林、牧业必须从量上扩展,知识产业要加大对整个生态系统的研究力度,尤其是生物、信息等高科技技术在环保产业上的应用。产业结构耦联的重点是工业产业和环保产业耦联,两者要从质和量上有机地匹配起来,尽可能把环保产业变成二次加工业,传统产业变成清洁生产业,在工业企业内部提高废物的回收加工程度,变废物为产品,做到加工中有处理,处理中有加工,充分体现出反馈和耦联的机制、功能和作用。这种创新的产业结构既能保持经济稳定增长,又能扼制环境污染,形成一种良性的循环运动系统。总之,通过产业结构系统创新,综合利用,变废为宝,对工业生产排放的废气、废水、废渣,通过技术开发得到合理、充分的利用,不仅是提高经济效益的科学方法,又是实现可持续发展的有效途径。

3. 中西部地区产业引入的可持续发展战略

一是改变目前中西部某些不适当的开发方式,对资源应作为战略储备保护起来,这比急于开采更符合可持续发展的要求。二是要有效治理和限制高污染、高消耗行业的发展,加大对"三废"治理的力度,努力减少各种污染物的排放量,防止只顾眼前经济利益而牺牲生态环境效益的倾向。大力开展节水节能降耗活动,提高资源的综合利用率。三是积极发展生态环保产业,一方面为改善中西部生态环境提供必要的物质技术基础,另一方面也为中西部产业发展提供一个新的发展方向和增长点。

第三节　地区产业转移的战略思考

一、中西部接纳东部转移产业和自身的发展

东南沿海出现产业内迁趋势,为中西部经济发展提供了难得的历史机遇。中西部地区完全可以凭借地租低、劳动力价格低、市场需求量大等方面的优势,吸引沿海地区向该地区转移技术、设备,扶持它们在中西部地区发展,并逐渐形成一种扩散效应。这对于中西部地区充分发挥优势,迅速发展和壮大自己,抑制和缩小地区差距,是一个有利的时机。

1. 大力发展基础产业,为区际产业转移提供优越条件

如国外在我国的投资和贸易大都集中在东部地区,因为国外在技术方面、资金方面、产业方面与东部存在技术级差,并且东部有较好的吸纳国外技术的软硬件环境。为使东部顺利地对中西部进行产业转移,并有利于转移产业的生存和发展,中西部首先应大力发展公路、铁路、航运、河运、通讯、能源等基础设施建设,为产业转移的物质、人员的流动提供方便的渠道。其次应大力发展教育、金融、信息等软件产业,一方面使资金、信息方便输入输出,另一方面培养高科技人才,提高产业转移的接纳和吸收转化能力。第三,电力资源、水资源、燃气资源的充裕也为转移产业的生存和发展提供了便利。因此,中西部大力发展基础产业,能够吸收东部更多的有利于中西部发展的转移产业,还能使双方获利,避免产业转移失败。

2. 中西部应从自身利益考虑产业转移

中西部地区经过几十年的发展,已经形成了一定的产业体系,特别在冶金、化工、毛纺、能源的初加工工业方面在全国占到一定比重,正是这些产业群支撑和带动着西部的经济发展。因此

中西部在接纳转移产业时,要考虑到现有产业结构。一方面考虑到中西部地区的产业布局,转移时不能形成多头转移,使本来就不发达的中西部各地之间形成趋同产业竞争。另一方面,考虑到中西部现有产业情况,接受转移的产业应有利于加大其原有产业的规模,同时也可以接受一些与原有产业群关联度比较强的产业,有利于产业的协调发展。中西部在优化产业结构时,还要考虑到经济的长远发展。首先,不能吸纳对中西部环境造成严重破坏、资源消耗量极大的产业,因为此类产业影响中西部经济的长远发展。其次,分析产业结构的变动趋势,准确把握产业从劳动密集型转移到资金、技术密集型这一趋势。这样才能逐渐缩小产业级差和技术级差,使东部和中西部的经济在平等的基础上协调发展。

3. 中西部地区应加强自身的横向联合

在区际产业转移时,转移双方都会有价值盈余,但是产业转移的价值盈余在转移双方中有一个分配问题,由于东部在产业转移上占有主动地位,具有更多的优势,因而会获得较多的价值盈余。中西部地区由于急于获得东部的投资和技术,或由于是一头对多头的转移,在谈判中容易妥协,从而减少了中西部的价值盈余。中西部为了能在和东部的经济交往中获得对等的地位,应加强中西部地区的横向联合。考虑到中西部各省区市主导资源和资源组合有一定的差异,主导产品、资源加工方式不尽相同,所以具有可联合性。中西部的联合能在一定程度上可以避免一头对多头的产业转移,使中西部在与东部的交往中拥有更多的主动权,增加中西部获得的价值盈余。

4. 中西部地区产业引入的比较优势战略

通过产业的空间转移,充分发挥中西部地区的比较优势,扬长避短,趋利避害,合理调整生产力布局,实现产业结构高度化。中西部地区有若干经济发展的比较优势,概括起来主要表现为以下两个方面:第一,资源优势。中西部地区有利的条件是具有丰富的资源。因此,中西部地区的工业化应当与当地资源开发相结合。资源的开发包括地下资源和地表资源的开发:地下资源包括煤、油、铁、铜矿以及各种稀有资源的开发;地表资源包括现代农业、现代牧业的发展。中西部地区产业引入的重点以国内外市场为导向,充分利用这些资源优势,进行初级加工,力求产业转移与资源的开发联动。第二,劳动力资源优势。中西部地区目前处于低收入发展阶段。这一方面说明了中西部地区的相对贫困,另一方面也说明中西部地区劳动力成本较低,中西部省区劳动力充足,劳务费用不高,而投资及生产成本较低。因而,中西部可以根据自身资金缺乏而劳动力丰富的资源禀赋特点,引入和发展劳动密集型产业。

5. 中西部应加大深层次开放力度

开放性是市场经济的本质属性,中西部地区要融入全国乃至世界的统一大市场中去,必须加大改革开放的力度,变被动开放为主动开放,变模仿别人的经验为创新;利用地缘优势,加大沿边、沿江地区的开放力度。如中西部可以通过开办与东部地区之间的商品交易、技术贸易和投资合作方面的交易会,进而促进区域之间的产业有序转移。区域之间的交往最重要和最基本的活动就是商品交易、技术交易,以及投资合作。现在,中西部地区已认识到了这类交易会对促进与东部的交流和合作的重要性,推出了各种各样的交易会,收到了比较显著的效果。各种交易会的举办,为西部、东部地区展现各自的优势提供了机会,也为扩大相互间的合作提供了机会,进而出现了由单纯的贸易向生产转移。中西部一方面可以接受东部地区有市场但在当地面临激烈竞争的传统产业;另一方面又可以积极推动东部技术成果在中西部的产业化和市场化,从而在各个地区之间形成合理有序的产业转移。

二、产业转移中东部应主动开辟新的经济发展空间

联合开发资源。中西部地区有丰富的自然资源,这些资源的

开发、利用对东部经济发展具有十分重要的意义。然而,中西部地区限于自己的经济实力,长期以来没有对其进行有效的开发,资源的优势不能很好地转化为经济优势。东部要积极参与,与中西部地区共同开发。这样,既可以使中西部的资源优势得到发挥,也能满足东部经济发展的需要,实现互惠互利。当前,东西部在资源开发上最能够对各自的经济发展产生重大和深远影响的项目就是"西气东输"和"西电东送"。

"西气东输"工程是开发新疆的天然气资源,并把它输送到中东部地区。这个工程建设,将直接产生很大的投资需求。"西电东送"就是开发西部地区的水能资源,把它变成电力,输送到中部和东部。

第四节 地区产业转移的政策建议

目前东南沿海的产业内迁趋势,完全是在市场经济条件下,受利益驱动的企业自发行为。由于我国地区经济发展尚不充足,市场化体制尚不完善,市场的力量还不足以形成解决东西差距的能量。所以,产业转移中政府的力量不可缺少。但是,政府政策倾斜的实施,必须符合生产力发展的客观规律、遵循区域经济发展的阶段性要求。纵览西方区域发展史实,各国中央政府的政策支持对于刺激不同时期的区域发展都曾起到了重要作用。例如,美国主要依靠价值规律的作用解决地区之间发展不平衡问题,而德国选择的不仅是市场竞争,而且注意政府干预。我国政府可以借鉴西方国家在这方面的政策经验,对宏观政策适时地进行调整,以鼓励沿海产业与内地产业形成明确分工,以促进西部经济的发展,同时也便利沿海产业的升级换代。区域政策与产业政策叠加起来,以鼓励和调节产业在区域间的合理转移。

一、中央政府的宏观政策

1. 中央政府应采取措施鼓励东部产业向中西部地区转移

东部产业转移是实现我国区域经济协调发展的主要机制。在实施西部大开发战略中,吸引东部企业投资和产业转移是重要的制度安排之一,但目前西部尚不具备大规模接受东部产业转移的条件。即使采取优惠政策,也未必能完全实现政策预期的效果。另外,东部发达地区率先实现现代化的安排,使东部地区地方政府更加重视人均 GDP 的增长。虽然地方政府也注重推进产业结构升级,但为了保持较高的经济增长率,往往对衰退产业进行保护。即使对那些已经丧失绝对优势而必须向外转移的产业,也鼓励在所管辖的地区内进行。因此,中央政府对东部发达地区已丧失比较优势的产业,应采取一定政策,鼓励其向中西部地区转移。之所以需要中央政府通过制度安排鼓励东部丧失比较优势的产业,向中部具有潜在发展优势的地区转移,还因为即使在成熟的市场经济环境下,产业转移也总是滞后于产业发展的区域优势的转化。其原因:一是劳动力的跨地区流动与产业的空间转移具有一定的替代性,劳动密集产业的空间转移对劳动力流动的敏感性更强。二是产业的空间转移主要是通过企业跨地区投资来实现,由于信息不对称,即企业在异地投资所获得的能反映地区优势的信息总少于实际值,在投资决策过程中势必放大投资的风险,低估投资的预期收益,因此只有在与本地投资相比获得收益足够大时,才可能实施对外投资。基于此,西方发达国家对产业由发达地区向欠发达地区转移都制定了一定的优惠政策。

2. 理顺资源性产品价格,增强西部自我发展能力

价值与价格的背离是影响地区扬长避短、分工协作、生产力合理布局的一个重要因素。我国历史上形成的某些矿产品和原材料价格偏低,造成西部地区价值的严重流失,影响了西部地区的开发与建设。这个矛盾的解决,有赖于理顺生产资料系列产品

的比价关系,使生产中各个环节的经营者能够取得大体一致的资金利润率。正确运用地区差价是实现产业布局合理化的重要杠杆。目前有些地区差价既不反应不同地区的劳动消耗,也不反应地区的产品供求关系。如西北地区水电成本比全国低20%至40%,现有电力供应有余,而电价反而高于能源调入区和紧缺地区的电价,这就不能控制东部一些高耗能工业的发展,使其向西部地区转移。

3. 大力促进东、中、西联合,引导产业合理转移

目前,东部发达省区的经济发展已有较强基础。按照全国产业结构现代化、合理化的要求,"九五"期间已经到了东部沿海地区产业结构较大升级换代的适宜时期,即以重点发展技术密集型产业(特别是高新技术产业)为主要方向,而将部分资源密集型和一般性的劳动密集型产业向中西部逐步转移。通过产业转移,把东部的资金、技术、管理、人才优势与中西部地区的资源优势(能源、原材料、土地、劳动力资源等)以各种具体方式有效结合起来,进行联合开发。为此,国家要研究制定并逐步出台系列化的区域产业政策和布局政策,包括诸如东部企业将资金、设备、人才向中西部转移的优惠政策,东部缺能地区对高耗能产品生产的限制性政策等。

4. 逐步把跨省区的重大基础设施建设重点转移到中西部地区

重大基础设施项目一般投资大、工期长、短期内经济效益不显著,不发达省区一般无力进行建设。在国家财力不断增加的基础上,应加大加速对西部地区重大基础设施的建设投入。首先大力进行交通建设,吸取孙中山先生《建国方略》中的实业计划思想,加速兴建连接东部大中港口与西部经济中心、工矿区的铁路干线和公路国道,开辟更多的空中航线,加速亚欧大陆桥的建设,为21世纪国家建设重点逐步西移创造先行条件。水利、能源、科技开发和智力开发等基础结构工程也要有步骤地向西部地区

倾斜。

中央政府在对西部地区实施产业政策倾斜时,应当正视中西部地区的落后状况,发展可增强该地区经济发展后劲的能源、原材料加工、交通运输、邮电通讯等"瓶颈"产业,以使中西部地区的投资环境有一个较大程度的改善。

5. 改善西部地区的投资环境和政策环境,加大政策倾斜力度

国家应把扶持落后地区的经济发展作为一项重要任务来抓,制定和完善加速不发达地区发展的政策体系,为中西部地区创造宽松的经济环境。在"输血"的同时加强其"造血"功能,方便东部企业在微观层次上对中西部的投入。对中西部地区给予投资和政策的双层倾斜,在财政、信贷、税收、价格、投资等方面进一步实行更灵活更宽松的优惠政策。比如,在税收方面,中央政府可以根据不同地区发展的差异,在地方税种的设置和税率的安排上,对落后地区予以特殊照顾,对发达地区逐步取消各种优惠政策。在金融政策上,可考虑有区别的区域货币政策。向落后地区的基础产业和基础设施提供优惠贷款,以改善这些地区的投资环境。建立规范和标准的中央财政转移支付制度。中央财政对中西部地区发展的支持力度应该着重体现在中央财政的宏观支出导向上。按照事权分工和中西部地区在未来中国经济、社会中的重要地位,中央财政必须从各方面加大对中西部地区的扶持力度,使大部分财政发展资金和专项扶持资金明显地向中西部地区适度倾斜。

6. 进行资源配置

直接的资源配置是政府为城市间合作项目提供相关公共物品或服务,间接的资源配置则是政府通过补贴、税收等手段影响经济部门对各合作项目的资源配置,优先在中西部城市安排资源开发项目,不仅引导资源加工型和劳动密集型产业向中西部城市转移,也引导资金、技术密集型产业向中西部城

市转移。

二、地方政府的政策

中央政府的政策支持无疑对加快西部地区经济的发展，实现区域产业转移是十分重要的。但是，中央政府的财力毕竟有限，要想较好地解决区域产业转移问题，还需依靠地区和部门之间的协调和合作。不同的地方政府也应该相应地采取不同的政策和措施，促进地区间产业的合理、有效转移，以此带动中西部经济的发展。

1. 东南沿海地区政府

（1）东部地区政府应该认识到如果没有中西部地区能源、原材料和劳动力等生产要素的持续有力的补给，没有一种相互支持稳定和谐的经济关系，目前这种强劲的发展势头也是难以为继的。东部地区政府应从"互惠互利"的原则出发，在市场经济条件下，鼓励和引导不适合在当地发展的产业向中西部省区转移，有偿和无偿地向中西部省区提供设备和技术，通过联合、联营、合作等形式发展生产，促进中西部省区的经济发展，从而达到扩大市场，扩大原材料渠道，实现共同发展的目的。

（2）本着"先富帮后富"，积极为中西部地区培养人才，参与人才交流。人才短缺是中西部经济发展的一大制约因素，积极培养人才是当务之急：一是以各种形式帮助中西部地区发展教育，为中西部地区培养技术管理人才。二是通过产业转移，促进双向的人才交流，一方面接受中西部省区选派的技术人员和管理干部，来沿海城市的企业或管理部门实习；另一方面，选送沿海地区的工程技术人员去中西部地区兼职指导帮助。

2. 中西部地区政府

就产业迁入的中西部地区政府而言，政策的保护作用显得更为重要。因为微观层次上的企业从东南沿海转移资金技术和设备，并非只有一个区位选择，往往可以在多个比较后择优投资。

中西部地方政府如果不制定相关政策吸引东部沿海资金、技术和设备,就无法利用目前这种产业在区域间流动所带来的机会弥合区域差距,促进本地区经济的繁荣。

(1)应该首先采取的基本政策是尽快转变观念。历史经验表明,良好的发展机遇对一个地区来说不是常有的。在机遇面前,故步自封、因循守旧,将会与机遇失之交臂。如何抓住机遇、利用好机遇是当前我国中西部地区面临的一个现实而紧迫的课题。

(2)制定优惠政策,发展区域联合和东、中、西联姻,大力推进与东部地区更富有成效的经济协作。中西部地区同东部沿海地区经济实力的差距,在很大程度上同资金、技术、人才、信息处于劣势直接相关。应当通过大力推进东、中、西联合,采取一系列政策和措施发展东、中、西联姻,东、中、西协作,实现优势互补,共同发展。在社会主义市场经济体制逐步完善的过程中,其着眼点应当充分发挥地区资源优势。中西部地区应抓住东部沿海地区开始竞相"西进"的势头,创造东、中、西部企业间的双向投资、双向参股、双向服务的机会,引进新技术,开发新产品,拓宽市场。

(3)坚持可持续发展战略,采取有效的措施,避免或减少污染,保护环境。西部落后地区由于经济发展的基础较差,缺乏先进的技术和管理的指导,在产业转移过程中可能会产生盲目的、不科学的行为,以环境去换取经济的短期增长,会造成资源浪费和新的环境污染。而且沿海产业在向中西部地区转移中,肯定会有一部分当地环境立法限制发展的产业迁出,这都会对中西部地区的环境造成新的威胁。因此,为了在产业转移中兼顾生态平衡,保护环境,求得经济持续发展,中西部地区必须以可持续发展战略为指导思想,采取有效措施,避免或减少污染,保护环境。具体对策有:第一,产业环境合理配置,针对高污染产业制定特殊的布局政策。鉴于能源工业是造成环境污染的主要因素,因此,中西部地区在此次产业引入中,应该通过合理布局,尽可能减少污染造成的环境危害。第二,加强对污染产业转移的管理。尽量避免沿海地区向中西部输出和转移污染,在鼓励沿海产业迁入的同时,限制乃至禁止高排污项目。第三,直接鼓励和欢迎那些环境保护型产业的迁入:一是可以通过财政、金融、组织和人力资源等方面的扶持措施,鼓励其发展;二是对污染产业采取抑制迁入的措施,鼓励发展可替代其产品而又污染少的产业。第四,加快环境保护技术的研究与开发,增加环境保护费用。总之,中西部地区在产业引入中,不能因为要加快发展,而放弃经济的可持续发展,不能为一些暂时的、局部的经济利益而忽视长远的、全局的经济利益。

(4)因势利导,积极促进非国有经济的发展。中西部地区非国有经济发展较差,与东南沿海形成鲜明对照,这也是造成东、中、西之间经济发展差距拉大的重要原因之一。东部沿海的高速增长,主要依靠乡镇企业、集体企业等非国有部门的扩张。而非国有经济对市场变化的积极性和敏感性更为强烈,再加上自身"船小好掉头",因此在这次产业转移中将占有较大的比例。同时从私人企业的地区分布看,中西部地区在引进内资发展方面还有很大的余地。对中西部省区政府来说,认清这一经济趋势,因势利导地利用沿海资金、技术和设备来帮助本省区的发展,从而促进非国有经济的发展,以及就业的扩大,资源的开发,社会总产值和税收增加,产业结构的调整。

(5)产业转移在带来机遇的同时,还会伴随一些消极的不利影响,会存在和出现一些问题和困难,如"风险内移,利益外流"、"两难选择"、"消化能力低下"等。这就要求中西部地方政府还必须在理论上反复地研究,在实践中不断地总结,采取有效政策,避免和解决问题,克服困难,把不利影响减少到最低程度。

(6)中西部在吸纳转移产业的过程中,应创造合理的制度环境以利于产业的顺利转移和保护中西部的自身利益。首先,应加快转移产业的审批程序,联合办公,使转移产业能快速地通过审批。同时在审批转移产业时,应注意区分:一是非良性产业与良性产业,主要指是否转移产业会对接纳地区的环境和资源造成破坏;二是不适应产业和适应产业,主要指接纳地区的资源、劳动力、资金和技术是否适合转移产业的生存和发展。因而审批时,不良产业不予审批,良性不适合的产业也不应予以通过。其次,应提供合理的政策环境。一方面为了吸引东部向中西部进行产业转移,可以采取一系列的优惠政策,如无偿使用土地、较低税率、低息贷款等;另一方面,根据中西部地区经济发展的实际需要和经济结构调整的方向对转移产业采取严格标准,规定转移产业的类别,以利于中西部地区产业的升级改造和区域经济的协调发展。

(7)实施对外开放政策。中西部城市必须进一步扩大对外开放,增加外商、外资流入量,推动国内外经济技术合作的开展。优先在西部城市安排资源开发项目,不仅引导国内外资源加工型和劳动密集型产业向西部城市转移,也要引导资金技术密集型产业向西部城市转移。

第五节　地区在产业转移过程中须注意的问题

1. 产业转移要与区域经济发展结合起来

中西部地区应形成产业发展和地区发展相协调的机制。一是将产业政策区域化,即对各个产业,尤其是重点支持的主导产业、支柱产业在全国的布局,勾画出一个基本框架,按照比较优势禀赋状况和地区分工原理,分解、落实到各个地区,排出各地区支持发展或限制发展的产业序列;二是将区域政策产业化,即国家在制定、实施区域政策时,需要以国家的产业政策为指导,充分考虑产业发展专业化、产业结构高度化和协调化以及规模经济的要求,通过区域政策的调控,解决产业结构的优化升级。

2. 中西部地区接受产业转移应当有选择、有重点地审慎进行

东部地区在产业转移的过程中,由于受地方利益的驱动,可能把高能耗、粗加工、低技术、低利益和高污染的产业向中西部转移,给中西部地区的资源保护、环境保护及产业结构等带来某些副作用。此外,中西部地区经济基础薄弱,缺乏技术人才和技术管理经验,引进技术的消化能力低下。因此,中西部地区产业的引入一定要慎重,不能因为急于求成而盲目引进。可先对引进产业的可行性、市场前景进行评估分析,根据自身条件,有计划、有步骤地合理引进。

3. 产业转移中政策法规不适应

目前,产业转移在实际操作中遇到诸多障碍:如产权交易程序、资产处理、国家股转让、金融信贷的申请与批复、土地使用权参与入股作价等问题普遍感到无法可依、政策不明。无疑为日后可能出现的产权纠纷、利益分配埋下了隐患。因此,必须加强相关的法律法规建设。同时,国家应在信息提供、信贷、产权变更、职工安排等方面给予必要的支持,以便转移更为有序、合理,推动东部与中西部产业发展的协调。

4. 中西部地区在发展中面临着交通运输、环境恶化、水资源不足等困难

中西部地区若不能有效改善投资环境,将不足以吸引东部生产要素西移和产业转移。随着西部大开发战略的实施,加大对中西部基础设施建设的投资力度,即加大对交通运输、水利、通讯等方面的投资,尤其是对高效率的交通网络的投资,只有这样才能加强区域间的联系,为产业转移创造条件。

5. 中西部地区产业转移应与产业结构调整相结合

重点围绕本地的支柱行业、产业引进,尽可能引进一些新兴项目,或在原有行业延伸开发,让产品离原料远一点,离市场终端近一点,形成特色经济,提高产业水平,对本地区产业结构的优化

升级起到积极的推动、促进和补充作用,以利于加速支柱产业的发展。

　　总之,如何从产业转移的角度来处理好东部发达地区与中西部欠发达地区产业结构的问题,是需要高度重视的。东西部地区经济结构及其趋势各有特色,完全可以通过产业转移共谋发展,实现合理化、良性化、高效化的产业结构。

参 考 文 献

1. 周振华：《产业结构优化论》，上海人民出版社 1992 年版。
2. 周振华：《地区发展》，上海人民出版社 1991 年版。
3. 周振华：《现代经济增长中的结构效应》，三联书店上海分店 1991 年版。
4. 周振华：《积极推进经济结构的调整和优化》，上海人民出版社 1998 年版。
5. 卢根鑫：《国际产业转移论》，上海人民出版社 1997 年版。
6. 陈建军：《产业区域转移与东扩西进战略：理论和实证分析》，中华书局 2002 年版。
7. 毛健：《产业结构变动与产业政策选择》，中国财政经济出版社 1999 年版。
8. 方甲：《产业结构研究》，中国人民大学出版社 1999 年版。
9. 龚仰军：《产业结构研究》，上海财经大学出版社 2002 年版。
10. 江世银：《区域产业结构调整与主导产业选择研究》，上海人民出版社 2004 年版。
11. 杨治：《产业经济学导论》，中国人民大学出版社 1985 年版。
12. 杨建荣等：《中国地区产业结构分析》，复旦大学出版社 1993 年版。
13. 蒋清海：《中国区域经济分析》，重庆出版社 1990 年版。
14. 高纯德等：《中国地区产业结构》，中国计划出版社 1991 年版。
15. 郭万清：《中国地区比较优势分析》，中国计划出版社 1992

年版。

16. 黄燕等:《产业素质升级研究》,经济管理出版社 2003 年版。

17. 黎鹏:《区域经济协同发展研究》,经济管理出版社 2003年版。

18. 陈计旺:《地域分工与区域经济协调发展》,经济管理出版社2001 年版。

19. 王必达:《后发优势与区域发展》,复旦大学出版社 2004年版。

20. 藏旭恒等:《产业经济学》,经济科学出版社 2002 年版。

21. 江小涓:《西部经济崛起之路》,上海远东出版社 1998 年版。

22. 刘再兴:《区域经济理论与方法》,中国物价出版社 1996年版。

23. 刁化功:《东西部区域优势和经济互补分析》,《现代经济探讨》2000 年第 12 期。

24. 周积祯等:《论西部大开发中政府管理模式的建构》,《甘肃行政学院学报》2000 年第 3 期。

25. 陈国龙:《珠江三角洲产业转移与广东山区经济发展》,《广州市财贸管理干部学院学报》2003 年(66)。

26. 许学石:《上海应加快沿江产业梯度转移》,《上海综合经济》1996 年第 3 期。

27. 郁鸿胜:《国民经济结构调整与优化》,上海社会科学院出版社 2000 年版。

28. 王崇举等:《中国西部传统产业的高技术改造》,重庆出版社2001 年版。

29. 陈广汉:《刘易斯的经济思想研究》,中山大学出版社 2000年版。

30. 蒋自强:《当代西方经济学流派》,复旦大学出版社 2001年版。

31. 厉以宁:《经济全球化与西部大开发:兼论西方经济学的新发

展》,北京大学出版社 2001 年版。

32. 厉以宁:《非均衡的中国经济》,广东经济出版社 1998 年版。

33. 厉以宁:《区域发展新思路:中国社会发展不平衡对现代化进程的影响与对策》,经济日报出版社 2000 年版。

34. 冯之浚:《区域经济发展战略》,经济科学出版社 2002 年版。

35. 李善同:《西部大开发与地区协调发展》,商务印书出版社 2003 年版。

36. 董锁成:《西北比较优势与特色区域经济发展》,甘肃人民出版社 2001 年版。

37. 阿瑟·刘易斯:《二元经济论》,北京经济学院出版社 1989 年版。

38. 李平、王志宏:《东亚地区的经济结构调整与中国》,经济科学出版社 2000 年版。

39. 李凯:《CEI 中国行业发展报告·纺织业》,中国经济出版社 2004 年版。

40. 张可云:《区域大战与区域经济》,民主与建设出版社 2001 年版。

41. 周起立等:《区域经济学》,中国人民大学出版社 1989 年版。

42. 邓玲:《中国七大经济区产业结构研究》,四川大学出版社 2002 年版。

43. 有关年度《中国经济年鉴》、《中国统计年鉴》和《中国中西部地区开发年鉴》。

44. 万君康:《论产品生命周期理论的发展及应用》,《武汉市经济管理干部学院学报》1999 年第 1 期。

45. 马子玲等:《推进投融资体制改革拓宽西部开发融资渠道》,《经济问题探索》2002 年第 1 期。

46. 权衡:《中国区域经济发展战略理论研究述评》,《中国社会科学》1997 年第 6 期。

47. 蒋文军等:《策应产业转移:欠发达地区中小企业快速发展的重要举措》,《云南科技管理》2001 年第 6 期。

48. 苏华：《产业西进：缩小东西部差距的一条现实途径》，《开发研究》1999 年第 3 期。

49. 陈计旺：《区际产业转移与要素流动的比较研究》，《生产力研究》1999 年第 3 期。

50. 杨梅：《论西部开发中的东西部协调发展》，《中国民族大学学报》2003 年第 3 期。

51. 梁志成：《南北贸易与国际技术转移理论模型及其发展》，《经济学动态》2002 年第 3 期。

52. 潘伟志：《论经济全球化与加快产业转移》，《生产力研究》2003 年第 4 期。

53. 于治贤：《论世界经济产业结构调整和产业转移》，《社会科学辑刊》2000 年第 2 期。

54. 段从清等：《论产业转移的国际化》，《武汉理工大学学报》2002 年第 2 期。

55. 龚新蜀：《论西部开发中的产业结构调整》，《新疆农垦经济》2001 年第 1 期。

56. 周继红等：《论国际产业转移与我国新型工业化》，《特区经济》2003 年第 6 期。

57. 甘肃省人民政府研究室课题组：《中国西部欠发达地区经济增长研究》，《开发研究》1998 年第 2 期。

58. 黄铁苗等：《借鉴东部开发西部》，《经济学动态》2000 年第 9 期。

59. 吴伟萍：《广东承接新一轮国际产业转移的策略研究》，《国际经贸探索》2003 年第 6 期。

60. 杨斌等：《国际产业转移理论与中国的产业战略选择》，《计划与市场》2002 年第 4 期。

61. 王公义：《轻工业东西部协调发展的战略问题》，《中国工业经济》1997 年第 8 期。

62. 侯德贤等：《国际产业转移对上海经济影响现状分析》，《生产力研究》2002 年第 3 期。

63. 李建琴等：《构建西部开发中的东西部经济互动区》,《经济社会体制比较》2003 年第 1 期。

64. 陈建军：《中国现阶段的产业区域转移及其动力机制》,《中国工业经济》2002 年第 8 期。

65. 刘辉煌：《国际产业转移的新趋向与中国产业结构的调整》,《求索》1999 年第 1 期。

66. 邹蓝等：《产业迁移：东西部合作方式和政策研究》,《特区理论与实践》2000 年第 3 期。

67. 张守一：《我国产业结构演变的若干理论问题》,《开发研究》1994 年第 5 期。

68. 李浩：《从动态比较优势理论看我国的产业结构调整》,《兰州学刊》2003 年第 1 期。

69. 胡春力：《经济增长的动力：中国产业结构调整的重点及对策》,《国际贸易》1998 年第 2 期。

70. 孙宇晖等：《我国产业结构调整的重点方面和政策措施》,《税务与经济》2002 年第 3 期。

71. 史先虎：《日本主导产业的选择与政府的培育政策》,《生产力研究》1996 年第 3 期。

72. 方小教：《西部大开发的产业政策》,《安徽教育学院学报》2000 年第 4 期。

73. 方小教：《西部开发模式与东部发展经验》,《安徽教育学院学报》2001 年第 4 期。

74. 魏后凯：《论东西差距与加快西部开发》,《贵州社会科学》1994 年第 5 期。

75. 钟晓柯：《东西联动：西部大开发的新思路》,《探索》2000 年第 6 期。

76. 王能应：《论西部大开发与东西部经济互动》,《党政干部论坛》2000 年第 12 期。

77. 徐建龙：《中国经济体制改革与东西部产业衔接》，《青海师范大学学报》1998 年第 4 期。

78. 欧志文：《构建东西部联动协调发展模式》，《经贸导刊》2001年第 10 期。

79. 朱晓蓉等：《我国西部大开发中的东西联动与结构调整》，《上海企业》2001 年第 5 期。

80. 宁晓青等：《实现我国东西均衡发展的战略选择：论东西经济产业联动升级对接》，《贵州财经学院学报》2001 年第 5 期。

81. 韩国珍：《产业结构和所有制结构的差异：关于东西部地区经济增长差距的一种解释》，《兰州大学学报》2002 年第 6 期。

82. 赵崇生等：《东西部经济优势和劣势的动态分析》，《前进》1997年第 8 期。

83. 张贡生：《东西部地区之间经济发展差距拉大的原因剖析》，《兰州商学院学报》2001 年第 4 期。

84. 阎革等：《我国产业结构调整的重点和主要任务》，《改革与战略》1999 年第 5 期。

85. 任太增：《比较优势理论与梯级产业转移》，《当代经济研究》2001 年第 1 期。

86. 沈西林等：《东西部经济合作的经济效应分析》，《昆明理工大学学报》2002 年第 3 期。

87. 彭绍彬：《加快容县接受东部产业转移的对策浅谈》，《计划与市场探索》2002 年第 2 期。

88. 省计委外资处：《世界产业结构的调整和转移为产业结构的优化创造了机遇》，《广东发展导刊》2003 年第 5 期。

89. 曾端详：《我国发展战略理论模式的大提升：从东部沿海开放到西部大开发战略模式研究》，《武汉市行政学院学报》2001年第 1 期。

90. 毛捷：《东亚地区产业区域转移新特点探析》，《软科学》2002年第 1 期。

91. 胡俊文：《"雁行模式"理论与日本产业结构优化升级》，《亚太经济》2003 年第 4 期。

92. 崔巍：《西方跨国公司理论的典范：邓宁体系》，《经济学动态》1994 年第 8 期。

93. 俞德鹏：《刘易斯模型与中国现代化道路的思考》，《改革与战略》1997 年第 1 期。

94. Jensen, R. , M. Thursby. A Strategy Approach to the Product Life cycle[J] Journal of International Economics, 1986, (21): 269 - 284.

95. Krugman, P. R.. A Model of innovation, technology Transfer, and the World Distribution of Income [J]. Journal of Political Economy, 1979, (87): 253 - 266.

96. Francois Perroux. Note on the Concept of Growth Poles, 1, in Ian Livingstoneed[J]. Development Economics and Policy Readings, London: George Allen & Unwin, 1981: 182 - 187.

97. Albert O. Hisrschman. The Strategy of Economic Development [M]. New Haven: Yale University Press, 1958.

98. Shi Min. The Economic Cooperation among China, Japan and ROK Oriented the 21st Century[J]. World Economy & China. Number, 1999(5 - 6).

99. Kirkpatrick, C. H. Industrial Structure and Policy in Less Developed Countries[M]. Allen & Unwin. 1984.

100. Lee, W. B. Industrial Policy & Technology Transfer: an Asia-Pacific Perspective[J]. Department of Manufacturing Engineering, Hong Kong Polytechnic University. 1998.

101. Vern Terpstra. International Marketing[M]. The Dryden Press, 1983.

图书在版编目(CIP)数据

中国地区产业转移 / 俞国琴著. —上海：学林出版社,2006.9
ISBN 7 - 80730 - 205 - 4

Ⅰ.中… Ⅱ.俞… Ⅲ.地区经济－产业结构－研究－中国 Ⅳ.F127

中国版本图书馆 CIP 数据核字(2006)第 084536 号

中国地区产业转移

作　　者——	俞国琴
特约编辑——	刘益民
责任编辑——	钱丽明
封面设计——	魏　来
出　　版——	上海世纪出版股份有限公司
	学林出版社(上海钦州南路81号3楼)
	电话：64515005　传真：64515005
发　　行——	新华书店上海发行所
	学林图书发行部(钦州南路81号1楼)
	电话：64515012　传真：64844088
照　　排——	南京展望文化发展有限公司
印　　刷——	常熟市东张印刷有限公司
开　　本——	889×1194　1/32
印　　张——	7.25
字　　数——	18.6 万
版　　次——	2006 年 9 月第 1 版
	2006 年 9 月第 1 次印刷
印　　数——	3 000 册
书　　号——	ISBN 7 - 80730 - 205 - 4/F·22
定　　价——	20.00 元

(如发生印刷、装订质量问题,读者可向工厂调换。)